Verena Reinhardt

Herr Schnettelbeck und das Geheimnis der verschwundenen Sterne

Verena Reinhardt

HERR SCHNETTELBECK

und das Geheimnis der verschwundenen Sterne

Roman

BELTZ
& Gelberg

Inhalt

1. Kapitel

Das rätselhafte Verschwinden der Sterne

Eines Tages beschloss Herr Schnettelbeck, dass er sterben wollte. Dafür gab es keinen bestimmten Grund. Er war zwar alt, aber nicht krank, und weil er ein Mistkäfer war und Mistkäfern keine Haare wachsen, störte ihn auch seine Kahlköpfigkeit nicht. Nein, Herr Schnettelbeck war des Lebens einfach überdrüssig.

Aber vor dem Sterben wollte er noch einmal eine richtig schöne Dungkugel rollen, wie damals, als er noch ein junger Mistkäfer gewesen war. Also los! Er suchte sich einen großen, dampfenden Haufen Dung und begann mit der Arbeit. Als die Nacht hereinbrach, war die Dungkugel fertig. Fest und rund und größer als Herr Schnettelbeck selbst. Ein passendes letztes Meisterwerk, dachte Herr Schnettelbeck und stemmte die Vorderfüße in die Seiten. Nun wollte er sie losrollen. Er schaute zum Himmel. Denn Mistkäfer rollen ihre Dungkugeln nach der Milchstraße. Und ja, Mistkäfer können mit ihren kleinen Augen die Milchstraße sehen!

Aber Herr Schnettelbeck konnte gar nichts sehen, nur den leeren, schwarzen Himmel und den bleichen Mond. Er rieb sich die Augen und schüttelte sich, und je länger er schaute, desto klarer wurde es: Am Himmel waren keine Sterne mehr. Da stand Herr Schnettelbeck nun und glotzte dumm.

»Was ist denn da passiert?«, murmelte er und kratzte sich am Kopf. »Seit wann sind die Sterne weg?« Und er kratzte sich und kratzte sich, aber egal wo er sich kratzte – er konnte sich nicht erinnern, wann er die Sterne das letzte Mal gesehen hatte. Und dann wurde er böse.

»Na warte«, knurrte er, »wenn ich den erwische, der dafür verantwortlich ist! Diese verdammte Jugend heutzutage! Lausejungen und Liederjane, alle miteinander! Wenn ich die erwische, dann werd ich, dann werd ich …«

Um ehrlich zu sein, hatte Herr Schnettelbeck keine Ahnung, was er tun würde. Oder wie die heutige Jugend die Sterne entfernt haben sollte. Aber irgendwie mussten sie wohl daran schuld sein. Oder die Südländer, denn die waren ja bekanntermaßen an allem schuld! Und so beschloss Herr Schnettelbeck, vorerst noch nicht zu sterben. Erst einmal würde er diesem Diebsgesindel zu Leibe rücken! Kochend vor Wut stapfte er zurück nach Hause und machte sich einen Plan, was zu tun sei.

Herr Schnettelbeck lebte in einer sehr gemütlichen, mit Moosmöbeln ausgestatteten Höhle unter einer Baumwurzel. Genauer gesagt, in Moosing, einem kleinen Städtchen im Land Westwärts, das zum großen Reich Skarnland gehörte. Seine Kinder waren alle erwachsen und hatten eigene Familien gegründet, seine Frau war schon vor langer Zeit mit dem Postboten durchgebrannt, und sein Gesangsverein Zur fröhlichen Lerche war nach und nach verstorben. Und so zog Herr Schnettelbeck jetzt seine Lebensfreude daraus, alte Postpakete aus den Mülltonnen zu holen. Auch in den Mülltonnen musste schließlich Zucht und Ordnung herrschen, und die Kartons verstopften die Tonnen! Und weil sie ja immer noch adressiert waren, legte er sie den Leuten wieder vor die Haustür. Aber die Nachbarn lernten schnell: Sie entfernten die Adressaufkleber, bevor sie den Karton wegwarfen! Da war Herr Schnettelbeck wütend, aber machtlos, und sein Leben hatte auch das letzte bisschen Sinn verloren. So ein Käfer war er, und so ein Käfer war er auch schon immer gewesen.

Und nun hatte er wieder etwas, worüber er sich herrlich aufregen konnte. Wütend stapfte Herr Schnettelbeck im Wohnzimmer seiner Höhle auf und ab und brabbelte dabei laut vor sich hin.

»Bodenlose Frechheit! Die Sterne zu klauen! So weit ist es gekommen! Ich sag's ja immer! Es wird nur schlimmer mit der Welt!« Aber als er fertig geschimpft hatte, grübelte er. Denn die Sterne konnte man ja nicht so einfach klauen wie ein Portemonnaie oder einen Briefkasten. Das erforderte etwas mehr Raffinesse.

»Die Sterne vom Himmel holen«, murmelte er und kratzte sich am Fühler. »Die Sterne …« Und da fiel ihm etwas ein – ein Lied, das ihm seine Mutter vorgesungen hatte, als er noch ein Engerling gewesen war. Das Lied von den Sterntauchern nannte sie es, und es ging so:

In einer eisigen Winternacht
leuchten die Sterne in all ihrer Pracht
und spiegeln im Wasser sich wieder.

Es funkelt am Himmel, es funkelt im Meer,
da schwimmt ein großer Vogel daher
und steckt sie in sein Gefieder.

Sterntaucher, Sterntaucher, schön siehst du aus!
Sterntaucher, jetzt muss ich aber nach Haus.

Herr Schnettelbeck erinnerte sich noch ganz klar an jede einzelne Zeile. Und jetzt war ihm auch klar, wer die Sterne geklaut hatte. Es waren natürlich die Sterntaucher gewesen! Er setzte sich an den Küchentisch und grübelte. »Also die Sterntaucher«, grunzte er, »haben die Spiegelbilder der Sterne aus dem Wasser genommen und sich in die Federn geklebt. Ohne Rücksicht auf Verluste. Und dann ...«, hier nahm er sich einen blanken Kaffeelöffel und guckte sein kopfstehendes Spiegelbild darin an, »dann sind die echten Sterne gleich mit verschwunden. Denn ...«, und hier verrenkte er sich fast sein Käferhirn, »wenn ich weggehe, dann verschwindet mein Spiegelbild. Richtig? Richtig. Und wenn – theoretisch! – eines Tages mein Spiegelbild weggehen würde, dann würde *ich* auch verschwinden! Denn das ist nur gerecht.«

Ja, so musste es abgelaufen sein! Die Sterntaucher hatten die Spiegelbilder der Sterne entwendet, und daraufhin waren auch die Originale verschwunden. Sie hatten ja keine Wahl.

»Also«, schloss Herr Schnettelbeck triumphierend, »müssen die Spiegelbilder wieder an ihren Platz, dann erscheinen auch die echten Sterne wieder!«

Nun wusste er, was zu tun war. Die Sterntaucher, diese eitlen Seevögel, mussten die Sterne wieder herausrücken, koste es, was es wolle, damit er vor seinem Ableben seine Dungkugel in die richtige Richtung rollen konnte! Und wo gab es Sterntaucher? Am Meer natürlich. Zum Glück war es nicht weit bis dorthin.

Voller Tatendrang ging Herr Schnettelbeck zu Bett. Gleich am nächsten Morgen packte er einen Wanderstock und schnürte seine wichtigsten Habseligkeiten in einem Bündel zusammen. Und dann verließ er seine Höhle – nicht ohne Bedauern und mit einem langen Blick auf die geschmackvolle Moospolster-Sitzgruppe – und zog los, in Richtung Meer.

Wie jeder anständige Mistkäfer ging Herr Schnettelbeck zu Fuß. Natürlich hatte er zwei gesunde Flügel auf dem Rücken, aber das Fliegen galt in seiner Generation als frivol. Deshalb brauchte er auch fast den ganzen Tag, bis er im nächsten Städtchen ankam. Es war noch nicht dunkel, aber das Licht wurde schon blass.

Herr Schnettelbeck fand, dass er jetzt eine anständige Herberge aufsuchen sollte, die ihm ein deftiges Abendessen anbot. Aber das war gar nicht so einfach. Das ganze Städtchen war auf den Beinen, die Straßen waren voller Leute. Und dann, als er zur Hauptstraße kam, ging es nicht weiter.

»Hallo!«, rief Herr Schnettelbeck ärgerlich. »Was ist denn da vorne los?«

»Na, hier ist doch Festumzug heute«, erklärte ihm eine freundliche Blattlaus.

Herr Schnettelbeck schnaubte und drängelte sich weiter durch die Menge. Da hörte er plötzlich das Tuten einer Blaskapelle. Irgendwo vor ihm, über den Köpfen der Leute, schwankte eine blankpolierte Tuba vorbei. Trommelschläge wummerten durch das Gewühl. Und dann war Herr Schnettelbeck ganz vorne und sah einen Festumzugswagen, auf dem angeheiterte Grillen saßen und Bonbons warfen. Er starrte angewidert auf die Parade, die vor ihm über die Straße zog. Hier kam er jedenfalls nicht vorbei. So eine Frechheit! »Jetzt machen sie schon am hellllichten Tag Festumzüge«, stellte er laut fest. »Die haben wohl nichts Besseres zu tun. Also, *ich* brauch so was nicht!« Und dann guckte er sich unauffällig um und hoffte, dass ihm jemand beistimmen würde. Das funktionierte fast immer.

Aber sein Nachbar war eine strubbelige junge Menschenfrau, und die sagte nur: »Für dich macht den auch keiner, da kannst du lange warten.«

Herr Schnettelbeck schnaufte empört. Und das auch noch von einem Zweibeiner! Das war ja noch schöner! »Die heutige Jugend«, schnarrte er. »Noch nie einen Tag gearbeitet, aber dicke Backen machen!«

Da drehte sich das junge Ding ganz zu ihm um und starrte ihn frech an. »Unverschämtheit, die dekadente Rentnerschaft von heute«, pöbelte sie zurück. »In der Jugend nix geschafft, jetzt zu wenig Rente zum Suppekochen, aber immer am Nörgeln!«

Herr Schnettelbeck erschrak. Er hatte nicht mit einer Antwort gerechnet. Normalerweise konnte er schimpfen, wie er wollte, und wurde vornehm ignoriert. Außerdem hatte das Mädchen keine Augenbrauen! Zumindest keine richtigen. Die Brauen waren weißblond wie ihre Haare und praktisch unsichtbar. Das sah richtiggehend ungesund aus!

»Merken Sie nicht, was Sie für ein Wüstling sind?«, fragte er würdevoll.

»Und du bist ein abgebrochener Gartenzwerg«, sagte sie

(tatsächlich war sie ein bisschen größer als Herr Schnettelbeck), und dann drehte sie sich wieder nach vorn und schaute auf die Parade.

Herr Schnettelbeck lief unter seinem Insektenpanzer hochrot an. »Das ist ja wohl ...! Das kann ja wohl nicht ...!«

Jemand hinter ihm schubste ihn an und deutete auf die trötenden Trompeter, die gerade vorbeistolzierten. »Psst!«

»Wissen Sie, was dieses freche Subjekt grade zu mir gesagt hat?!«, krächzte Herr Schnettelbeck.

Das freche Subjekt streckte ihm die Zunge heraus.

»Also das ist ja wohl die Höhe!«, rief Herr Schnettelbeck. »Das gibt's ja nicht! Haben Sie das gesehen? Ja?!«

»Schnauze da drüben«, kam es von rechts.

Vor Wut hüpfte Herr Schnettelbeck auf und ab. »Hier werden ehrbare Leute beleidigt, und niemanden schert es!«, blökte er. »In was für einer Welt leben wir eigentlich?!«

»Wenn du jetzt nicht die Klappe hältst, kriegst du von mir eins auf die Nuss«, drohte das Menschenmädchen. »Ich will die Parade sehen!«

»Gewalt!«, kreischte Herr Schnettelbeck. »Hilfe!«

»Seid endlich ruhig, ihr zwei Idioten!«, brüllte jemand.

»Genau! Prügelt euch woanders!«

Da kam ein großer Bockkäfer mit Polizistenmütze angeschnauft. »Wer hat hier um Hilfe gerufen?«, brummte er.

»Ich, Herr Wachtmeister!« Herr Schnettelbeck hob den Vorderfuß. »Die da hat mir gedroht, sie würde mich hauen!«

»Er beleidigt mich die ganze Zeit«, rief das Mädchen und stemmte die Hände in die Hüften. »Und er hält einfach nicht die Klappe!«

»Tinea schon wieder«, seufzte der Bockkäfer.

»Ihr haltet *beide* nicht die Klappe«, beschwerte sich ein Zeisig aus einem Baum.

»Er hat angefangen!«, rief Tinea. »Ich hab hier nur friedlich gestanden!«

»Ist jetzt endlich Ruhe?!«, kam es von links.

Der Käfer seufzte. »Kraft meines Amtes erteile ich euch beiden eine Verwarnung. Tinea, du wirst diesem Herrn heute Abend Kost und Logis gewähren. Und Sie«, wandte er sich an Herrn Schnettelbeck, während Tinea lauthals protestierte, »werden die Einladung annehmen und sich dabei gesittet aufführen. Ist das klar?«

»Bei dieser kriminellen Wahnsinnigen übernachte ich nicht! Dazu können Sie mich nicht zwingen«, protestierte nun auch Herr Schnettelbeck.

»Doch, kann ich«, seufzte der Bockkäfer und schrieb zwei Verwarnungen auf seinen Notizblock. »Für kleinere Störungen der öffentlichen Ordnung kann ich solche Strafen verhängen. Stadtregularium.«

Herr Schnettelbeck beäugte Tinea mit Widerwillen. Das sollte heute seine Gastgeberin sein? Nach einem langen Tag der Wanderung hatte er wohl ein Gasthaus verdient, eine zünftige Mahlzeit und ein weiches Bett und Kellner, die ihn höflich behandelten! Keine solche Vogelscheuche als Gastgeberin. Bestimmt konnte sie gar nicht kochen!

»Und jetzt will ich kein Wort mehr hören«, sagte der Wachtmeister. »Von keinem von euch, ist das klar?«

»Hmpf«, machte Tinea, und dann starrte sie nur noch geradeaus auf die Parade, als wäre Herr Schnettelbeck gar nicht da.

Der Wachtmeister drehte sich um und verschwand in der Menge. Aber Herr Schnettelbeck fand immer noch, das Recht sei auf seiner Seite, und so drehte er sich zu einem Nachbarn um. Sein Nachbar war ein vierschrötiger Mensch, der gerade ein Würstchen aß.

»Was denkt denn dieses unverschämte Ding, wer sie ist?«, sagte Herr Schnettelbeck, gerade laut genug, dass Tinea es gut hören konnte.

»Tinea, offensichtlich«, sagte der Kerl, den Mund voll Würstchen. »Sie nennt sich so, also denkt sie wohl, dass sie das auch ist. Ich glaube, sie heißt eigentlich Annegret. Oder anders. Manchmal benennt sie sich einfach um.«

Das war keine befriedigende Antwort. Herr Schnettelbeck hatte gehofft, dass ihm sein Nachbar mit lautem Tadel zur Seite stehen würde. Aber nun beachtete ihn niemand mehr.

Wenig später war die Parade vorübergezogen. Die Menge begann sich zu zerstreuen und Tinea drehte sich wortlos um und stampfte davon. Herr Schnettelbeck hastete hinter ihr her die Hauptstraße entlang. Er hatte überhaupt keine Lust, bei ihr zu übernachten, aber sich dem Schutzmann zu widersetzen, das wagte er auch nicht.

»Laufen Sie nicht so schnell«, keuchte er.

Tinea schnaubte nur.

Am Stadtrand wurde die gepflasterte Hauptstraße zu einem Sandweg, und immer noch lief Tinea vor Herrn Schnettelbeck her. Der keuchte: »Wo wohnen Sie denn?«

»Reiß dich zusammen, das ist noch ein Stück«, erwiderte Tinea, ohne sich umzudrehen. Und es dauerte tatsächlich noch eine Weile, bis Tineas Haus in Sicht kam. Dicht an eine überhängende Felswand geschmiegt, stand es da, ein kleines, schiefes Hüttchen. Die Felswand bildete die eine Wand, die andere war aus Holz. Um das Häuschen herum war mit knorrigen und hässlichen Latten ein kleiner, verwilderter Garten abgesteckt.

Tinea öffnete das quietschende Gartentor, und Herr Schnettelbeck folgte ihr. Äußerst ungepflegt wirkte das alles!

»Sind das Himbeeren?«, fragte er.

»Was denn sonst?«

Herr Schnettelbeck schüttelte sich empört. »Die Städteverordnung von Westwärts verbietet das Anpflanzen von Himbeeren in Kleingärten. Die wurzeln bis hinüber in die Nachbargärten!«

Tinea starrte Herrn Schnettelbeck nur träumerisch an.

»Wenn Sie die Himbeeren nicht entfernen, sehe ich mich gezwungen, Sie morgen beim Schutzmann anzuzeigen«, drohte Herr Schnettelbeck.

Tinea starrte ihn noch ein bisschen an. Dann holte sie eine aufgerollte Hanfschnur, die über einer Zaunlatte hing, fesselte Herrn Schnettelbeck damit an den Gartenzaun und ging ins Haus.

Der Zaun war stabiler, als er aussah. Herr Schnettelbeck stand da, angebunden und verschnürt wie ein Paket, und er war sprachlos vor Wut. Aber dann beschloss er, diese Situation mit Würde durchzustehen. Also rief er nicht um Hilfe, sondern wartete stumm. Wenn dieses freche Ding wiederkäme, würde er sie mit einem Blick voll tiefer Verachtung strafen, und sie würde vor Schande in Grund und Boden versinken, jawohl!

Dunkle Wolken zogen auf. Herr Schnettelbeck fand langsam, dass er schon ziemlich lange hier draußen stand. Aber er kam ja nicht weg. Als die ersten Tropfen fielen, kam Tinea und band ihn los. Herr Schnettelbeck schaute sie mit tiefster Verachtung an, so wie er es geplant hatte. Aber sie schämte sich kein bisschen in Grund und Boden.

»Na schön, du kannst reinkommen«, sagte sie.

Das schiefe Häuschen sah plötzlich so einladend und heimelig aus, dass Herr Schnettelbeck ihr grummelnd folgte. Drinnen roch es nach Suppe. Auf dem Tisch standen eine große Terrine und zwei kleine Schalen. Tinea setzte sich. Sie füllte die Schalen und begann zu essen, ohne sich weiter um Herrn Schnettelbeck zu kümmern.

»Ein sehr unordentliches Haus«, bemerkte Herr Schnettelbeck missbilligend und ließ sich ihr gegenüber nieder. Hunderte von Schrauben lagen herum, Metallteile, Kupferbleche, Schweißgerät, Hämmer und Zangen. Die einzigen Dinge hier, die weder Material noch Werkzeug waren, waren ein alter Ofen, ein abgewetztes Sofa, ein Waschbecken und der Tisch. Außerdem führte eine Leiter hinauf zu einem Bett unterm Dach. Etwas neugierig wurde Herr Schnettelbeck nun doch. »Sind Sie Altmetallhändlerin von Beruf?«

»Ich bin Kesselflickerin«, antwortete Tinea mit vollem Mund. »Aber ich kann auch alles andere reparieren. Einfach alles. Nur, davon verstehst du ja anscheinend nix.«

Herr Schnettelbeck maß Tinea abschätzig. »Ich habe fünfzig Jahre als Metallarbeiter gearbeitet. Ich war sogar Vorarbeiter! Und das Haus hier ist eine Schande für die ganze Zunft. Zu meiner Zeit hätte man so was nicht geduldet.«

»Seh ich aus, als wär ich in einer Zunft?«, schnaubte Tinea.

Herr Schnettelbeck nahm die metallene Saftkanne, um sich etwas einzuschenken. Da bog sich der Henkel und löste sich langsam ab. Gerade noch rechtzeitig schnappte Herr Schnettelbeck die Kanne, bevor sich der Saft über den Tisch ergießen konnte. »Wer hat denn das verbrochen?«, fragte er und nahm den Henkel genauer unter die Lupe. »So eine schlampige Arbeit!«

Tinea guckte hoch. »Hast du etwa meine Kanne kaputtgemacht?!«

»Haben Sie das etwa selbst geschweißt?!«

Zum ersten Mal sagte Tinea nichts, sie schaute nur böse.

»Aha«, sagte Herr Schnettelbeck nur. Und er beschloss, dass er bei so viel Ungezogenheit auch nicht mehr höflich sein musste. Also aß er seine Suppe und versuchte zu erraten, was für eine Suppe es sein sollte. Tinea konnte tatsächlich nicht kochen, so viel stand fest. Kurz angebunden fragte er: »Und wo schlafe ich?«

»Auf dem Sofa«, sagte Tinea.

»Gibt es hier keine feuchten Blätter, unter denen ich mich verkriechen kann?«, fragte er missbilligend. Wie anders sah dagegen seine eigene Höhle aus! So stilvoll und wohnlich, so kühl und erfrischend feucht!

Tinea starrte ihn resigniert an. Dann stand sie auf, holte Streichhölzer und zündete die Kerze auf dem Tisch an. »Was machst du überhaupt hier? Warum bist du nicht zu Hause und terrorisierst deine Enkel?«

»Ich«, sagte Herr Schnettelbeck wichtig, »muss die Sterne zurück an den Himmel bringen.«

»Aha«, sagte Tinea.

»Ist Ihnen nicht aufgefallen, dass sie neuerdings verschwunden sind?«

»Neuerdings? Seit Jahren schon.« Tinea zuckte die Achseln. »Und? Wer braucht schon die Sterne? Die sind doch für nichts nütze.«

»Oh doch! Für Mistkäfer sind sie essentiell! Ohne die Sterne wissen wir nicht, in welche Richtung wir unsere Dungkugeln rollen sollen.«

»Oh, Dung, lecker. Gut, dass ich schon gegessen hab«, sagte Tinea. »Kannst du dir nicht einfach einen Kompass kaufen?«

»Das ist nicht dasselbe. Man kann auch Sand in die Suppe schütten, aber es schmeckt nicht wie Salz.«

»Der Vergleich macht überhaupt keinen Sinn«, stellte Tinea fest.

»Jetzt fragen Sie sich vermutlich: Wer hat die Sterne, und wie kann man sie wieder zurück an den Himmel bringen?«

»Nee, frage ich mich nicht.«

Herr Schnettelbeck richtete sich kerzengerade auf und erklärte: »Die Sterntaucher haben die Sterne entwendet. Sie haben die Spiegelbilder der Sterne aus dem Wasser gestohlen und sich ins Gefieder geklebt. Damit sind auch die echten Sterne vom Himmel verschwunden. Um die Sterne zurückzubringen, müssen die Sterntaucher die Stern-Spiegelbilder wieder herausrücken. Und dazu sollte man sie zwingen. Das ist meine Meinung.«

Tinea starrte ihn kurz an, und dann prustete sie los. »Was? *Was?!* Hast du was an der Klatsche?«

Herrn Schnettelbecks Gesicht wurde heiß vor Wut. »Was erlauben Sie sich? Sie, Sie grünes, nassforsches Ding, Sie! Sie haben ja überhaupt keine Ahnung von der Welt!«

Tinea hickste. »Aber jetzt mal im Ernst: Passt zu Hause jemand auf dich auf?«

Herrn Schnettelbecks Antennen zitterten zornig. »Ich habe recht, das werden Sie noch sehen.«

Tinea schüttelte den Kopf und biss sich auf die Fingerknöchel, um nicht wieder laut loszulachen.

»Ich«, fuhr Herr Schnettelbeck fort, »werde die Sterntaucher zur Herausgabe der Sterne zwingen.«

»Haha! Da muss ich dabei sein«, krächzte Tinea. »Das wird eine Gaudi!«

»Ich würde nicht mal davon träumen, Sie mitzunehmen!« Herr Schnettelbeck sprang auf.

Tinea lachte und lachte. Und Herr Schnettelbeck bereute es plötzlich, dass er so schnell abgelehnt hatte. Immerhin war er allein und auch schon ein bisschen wackelig auf den Beinen. Und die Sterntaucher waren vielleicht nicht besonders freundlich. Ganz zu schweigen von dem langen Weg bis zum Meer. Und wer auf dem Weg alles lauern mochte! Ein einsamer, alter Mistkäfer täte vielleicht ganz gut daran, eine Begleitung mitzunehmen ...

»Na schön«, sagte er also so hochnäsig, wie er konnte. »Vielleicht erlaube ich Ihnen mitzukommen. Damit Sie etwas lernen können.«

»Oh, wie gnädig«, kicherte Tinea und machte einen kleinen Knicks. »Wann gehen wir los? Jetzt gleich?«

»Morgen früh natürlich«, schnaubte Herr Schnettelbeck und wandte sich wieder der Suppe zu. Beim nächsten Löffel biss er auf ein komisches, steinhartes Klümpchen. »Igitt! Und heiratsfähig sind Sie auch nicht, wie ich sehe. Sie können ja nicht mal kochen!«

»Wie schrecklich«, sagte Tinea mit vollen Backen. »Ich brech ja gleich in Tränen aus.«

Herr Schnettelbeck starrte missbilligend auf seine Suppe und auf die kleinen, schwarzen Flocken, die obenauf schwammen. Aber es würde nichts anderes geben, und so löffelte er sie mit verzogenem Gesicht leer.

Als er am nächsten Morgen aufwachte, hatte Tinea schon ihren Rucksack gepackt und stampfte mit ihren schweren Stiefeln im Haus herum.

»So, ich bin bereit«, sagte sie und grinste immer noch so unverschämt über beide Backen. »Gehen wir los?«

Herr Schnettelbeck dachte bei sich, wie viel schöner er es in einer Herberge gehabt hätte. Da hätte es morgens Kaffee gegeben! Und von dem weichen Sofa hatte er sich im Schlaf den Rücken verknackst. Typisch Weichhäuter. Nichts, aber auch gar nichts konnten sie richtig machen! Er streckte sich, um seinen Rücken zu entspannen, und erklärte, dass sie sofort gehen könnten.

Auf der Straße war kaum jemand unterwegs, denn es war ein Feiertag. An einigen Ecken sah man noch Konfetti und Bonbonpapierchen von der gestrigen Parade herumliegen. Und tatsächlich waren noch ein paar Straßenhändler unterwegs. Sie hofften anscheinend auf vergnügungssüchtige Bürger, die zum Frühstück eine Bratwurst oder ein paar in Honigtau gerollte Leckereien essen wollten. Aber bei Tinea und Herrn Schnettelbeck hatten sie damit kein Glück, denn die beiden verließen schnurstracks die kleine Stadt und begannen ihre Reise zum Meer.

Besonders angenehm wurde dieser Tag nicht. Nicht nur war das Wetter kühl – es zeigte sich auch, dass Tinea eine genauso schlechte Gesprächspartnerin war, wie Herr Schnettelbeck vermutet hatte. Ständig gab sie Widerworte und fand alles furchtbar, was Herr Schnettelbeck gut fand. Herr Schnettelbeck erklärte ihr, das läge daran, dass sie als Wirbeltier einen unterlegenen Intellekt hätte.

»Was soll das denn heißen?«, schnaubte Tinea. »Wirbeltiere und Insekten haben ja wohl keine verschiedenen Intelligenzquotienten!«

»Wirbeltiere sind natürlich *nicht* so intelligent wie Insekten«, erklärte Herr Schnettelbeck. »Wenn sie so schlau wären wie Insekten, könnten sie ja wohl sechs Beine gleichzeitig benutzen! Und zwei Antennen dazu! Aber Wirbeltiere haben ja schon Probleme mit zwei oder vier Beinen.«

»Ach ja? Wieso kann ich dann trotzdem schneller rennen als jeder Käfer?«, fragte Tinea und streckte ihm die Zunge heraus.

»Und können sie fliegen? Hä? Nein, können sie nicht«, dozierte Herr Schnettelbeck.

»Fledermäuse können sehr wohl fliegen«, hielt Tinea dagegen. »Und Vögel auch!«

»Vögel, ha«, fuhr Herr Schnettelbeck fort. »Nein, nein. Nicht-Wirbeltiere – und besonders die Insekten und natürlich ganz besonders die Käfer! – sind die Krone der Schöpfung.«

Tinea schaute ihn seitwärts an. »Aber nicht die zugewanderten Käfer aus dem Süden, was?«

»Die Pillendreher? Nein. Anständige, saubere Käfer aus gemäßigten Breitengraden.«

»Rassist bist du also auch noch.«

»Was? Ich? Rassist? Ich bin sehr höflich zu jedem Südländer-Käfer, den ich treffe!«, empörte sich Herr Schnettelbeck.

»Wieso sagst du dann Pillendreher zu ihnen?«

»Sage ich ja gar nicht *zu ihnen*. Das sage ich nur, wenn sie es nicht hören können.«

»Ach.«

»Und hören Sie endlich auf, mich zu duzen!«, fuhr Herr Schnettelbeck wütend fort.

»Hör du halt auf, mich zu siezen«, sagte Tinea und zuckte mit den Achseln.

Sich mit Tinea zu unterhalten machte wirklich keinen Spaß. Zum Glück war es nicht mehr weit. Gegen Abend erreichten sie ein Dorf, wo man das Meer schon rauschen hören konnte. Unterhalb des Dorfes musste eine Bucht liegen, wo immer Sterntaucher zu finden waren – so sagte es ihnen zumindest der Herbergswirt in dem kleinen Gasthaus, wo sie übernachteten.

»Na«, sagte Tinea, »dann gehen wir morgen früh runter zum Wasser. Und dann hab ich was zu lachen!«

»Das«, sagte Herr Schnettelbeck grimmig, »werden wir ja sehen.« Die Sterntaucher würden jedenfalls nichts zu lachen haben.

2. Kapitel

Die hängende Stadt

Der Sterntaucherfelsen lag nicht weit vor der Küste. Man konnte bei Ebbe sogar hinlaufen, und das taten Herr Schnettelbeck und Tinea. Es war sechs Uhr morgens, dunkel und eiskalt und windig, aber jetzt war Ebbe und das Meer stand gerade ganz niedrig, und deshalb verließen sie gähnend das Gasthaus und machten sich auf den Weg.

»Ein schöner Strand ist das hier aber nicht«, bemerkte Tinea und zog ihren Schal dichter um den Hals. »Alles voller schwarzer Felsen! Sogar der Sand ist schwarz! Und niemand unterwegs, nur diese kreischenden Möwen. Richtig unfreundlich. Und guck mal – sind das Schneeflocken? Es fängt an zu schneien! Puh!«

Herr Schnettelbeck wünschte sich heimlich, er wäre in seiner Höhle geblieben. Erstens schlugen ihm die Mandibeln klackernd zusammen vor Kälte, und zweitens hatte er plötzlich wenig Lust, den Sterntauchern den Marsch zu blasen. Diese dunklen Vögel, die zusammengekauert da draußen auf dem Felsen saßen, waren bestimmt harte Kerle – immerhin schliefen sie bei diesem Wetter draußen! Die würden ihn bestimmt nur auslachen.

Aber umkehren konnte er nicht. Schon gar nicht mit Tinea im Schlepptau. Und deshalb krabbelte er vorneweg, so als wäre er mutiger als sie.

Die Felsen waren glitschig. Überall klebten schmatzende Seepocken, und es gab Algenstränge, auf denen man wunderbar ausrutschen konnte. Fluchend und keuchend arbeiteten sie sich vorwärts. Am Horizont erschien blass das erste Licht des Tages, als sie endlich auf dem Sterntaucherfelsen ankamen. Niemand beachtete sie. Zwar zogen einige Vögel den Kopf unter dem Flügel heraus und blinzelten mit ihren roten Augen in Richtung der Neuankömmlinge, aber dann steckten sie die Köpfe wieder weg.

»So, und wo sind nun die Sterne?«, raunte Tinea schadenfroh.

»Na, da«, erklärte Herr Schnettelbeck. »Bist du blind? Die weißen Punkte im Rückengefieder.«

»Sehen eher aus wie Zahncremespritzer als Sterne.«

Herr Schnettelbeck holte tief Luft. »Die Sterne verlieren selbstverständlich ihren natürlichen Glanz, wenn man sie vom Himmel holt.«

»Selbstverständlich«, sagte Tinea.

Es war an der Zeit. Herr Schnettelbeck warf sich zu voller Größe auf und marschierte auf den ersten Sterntaucher zu.

»Entschuldigen Sie«, sagte er streng. Und dann sagte er es noch einmal, viel lauter, denn er war sehr, sehr klein im Vergleich zu dem Vogel.

Der bemerkte ihn endlich und drehte ihm langsam den Kopf zu. Unbeeindruckt schaute er an seinem eigenen Schnabel vorbei nach unten. »Ja bitte?«

»Darf ich Sie fragen, wo Sie Ihre Sterne herhaben?«, fragte Herr Schnettelbeck unerbittlich.

»Meine was?«

»Ihre Sterne. Die Sterne in Ihren Federn.«

»Die weißen Punkte oder was?«

»Leugnen nützt Ihnen gar nichts«, schnaubte Herr Schnettelbeck, der sich wie eine Insel des Anstands in einer verkommenen Welt vorkam. »Es ist eine allgemein anerkannte Tatsache, dass das auf Ihren Rücken entwendete Sterne sind.«

Der Sterntaucher schaute etwas hilfesuchend zu Tinea.

»Der alte Spinner hier meint, dass Ihre Spezies die Sterne vom Himmel geklaut hat, um sie sich ins Gefieder zu kleben«, half Tinea aus.

Der Sterntaucher legte den Kopf schief. »Passt jemand auf ihn auf?«

»Ja«, seufzte Tinea. »Im Moment leider ich.«

Der Vogel hielt ihn für senil! Herr Schnettelbeck tat das, was er immer tat, wenn er nicht weiterwusste: Er empörte sich. »Sie ... Sie ... Sie verbrecherisches Geflügel! Ich fordere, dass Sie die Sterne wieder herausrücken, Sie und Ihre ganzen verdorbenen Kumpane hier!« Die Sterntaucher fingen schallend an zu lachen.

Nur der Sterntaucher, mit dem sie sich gerade unterhielten, wurde böse. »Seniler Käferrentner hin oder her, das lasse ich mir nicht gefallen!«, krächzte er und stand auf.

Herr Schnettelbeck wich unwillkürlich zurück. Falls der Vogel auf die Idee kommen sollte, mit seinen Watschelfüßen einfach auf ihn draufzutreten, würde das böse enden.

»Was fällt Ihnen eigentlich ein, hier anzutanzen und ehrbare Leute zu beschuldigen, häh?!«, spuckte der Sterntaucher auf Herrn Schnettelbeck hinunter. »Und was soll dieser Blödsinn von wegen geklaute Sterne, sind Sie als Kind auf den Kopf gefallen?!«

»Sie können mir noch so drohen«, rief Herr Schnettelbeck tapfer. »Ich werde Sie zwingen, die Sterne wieder herzugeben! Und wenn ich vor Gericht gehen muss, durch alle Instanzen! Ihre Verbrechen dürfen nicht ungesühnt bleiben!«

»Ich hab's ja gesagt«, bemerkte Tinea friedlich und betrachtete das Schauspiel. »Ich hab's versucht.«

»Sie können froh sein, wenn man Sie nicht gleich dabehält und einweisen lässt!«, schnaubte der Sterntaucher. »Und jetzt verschwinden Sie, bevor ich mich vergesse!«

Aber Herr Schnettelbeck dachte nicht daran. Er stand da wie ein Fels (ein winzig kleiner Fels) in der Brandung und starrte böse zu dem Sterntaucher hinauf. Die anderen Sterntaucher kamen angewatschelt und scharten sich im Kreis.

»Worum geht's überhaupt?«

»Ich glaub, er sieht Sterne.«

»Nee, er will, dass wir ihm die Sterne geben.«

»Was? Früher haben die Männer noch den Frauen die Sterne vom Himmel geholt, und heute kommen irgendwelche Käfer und fordern, dass *wir* das für sie machen?«

Herr Schnettelbeck holte tief Luft und versuchte, das Vogelgetratsche zu übertönen. »Natürlich haben Sie die Sterne gestohlen! Wer soll es denn sonst gewesen sein, bitte schön?!«

»Das ist gar keine schlechte Frage«, krähte sein Gegenüber hochnäsig (oder besser: hochschnabelig). »Will's ihm jemand zeigen? Freiwillige vor!«

Die anderen Sterntaucher lachten wieder, und Herr Schnettelbeck verstand immer noch nicht, was eigentlich so witzig war. Ein junger, dünner Vogel trat vor.

»Ich mach's«, seufzte er. »Ich zeig dem Spinner, wer die Sterne geklaut hat.«

Herr Schnettelbeck stutzte. War das eine heiße Spur? Oder nur ein feiges Ablenkungsmanöver?

Die anderen Vögel kicherten. »Gute Idee«, erklärte der Sterntaucher, mit dem Herr Schnettelbeck gerade noch gestritten hatte. »Das da ist Jacques. Jacques führt euch direkt zum Übeltäter.«

»Folgt mir«, sagte Jacques resigniert und watschelte zum Wasser. An einer Stelle, wo die Wellen gegen die Steine schwappten, ließ er sich nieder und schaute mit seinen roten Augen nach ihnen. Er sagte kein Wort, aber seine Ungeduld war zu spüren. Herr Schnettelbeck und Tinea krabbelten über die glitschigen Steine, so schnell sie konnten, um ihn nicht warten zu lassen. Als sie endlich bei ihm waren, quakte er: »Steigt auf!«

Die beiden kämpften sich durch seine steifen Schwungfedern und kletterten auf seinen Rücken. Tinea ruckelte sich tief zwischen die Federn.

»Oh, schön warm hier«, sagte sie zufrieden. »Wo geht's denn hin?«

Jacques stieß sich mit den Füßen ab und glitt aufs Wasser hinaus. »Ich zeig euch, wer die Sterne geklaut hat. Hab ich doch gesagt.«

»Und ist es weit?«, fragte Tinea.

»Eine Weile isses noch.«

Und damit war das Gespräch für Jacques erledigt. Eine unangenehme Stille breitete sich aus, während sich der Vogel mit seiner (winzigen) Last immer weiter vom Ufer entfernte. Herr Schnettelbeck hätte gern etwas gesagt, aber Jacques wollte nicht reden, und mit Tinea hinter dem Kopf des Vogels herumzutuscheln, kam ihm unhöflich vor. Nach ein paar klammen Minuten räusperte er sich.

»Können Sie uns nicht schon vorher sagen, um wen es sich handelt?«, fragte er vorsichtig.

»Nee. Dann ist ja der halbe Spaß vorbei«, sagte Jacques und klang nicht so, als hätte er jemals in seinem Leben Spaß gehabt.

Das Ufer verschwand in der blaugrauen Ferne. Herrn Schnettelbeck dämmerte es allmählich, dass sie nun ganz allein auf der See waren, mit einem Vogel, der sie nicht mochte. Wer wusste schon, ob nicht Jacques und seine Kameraden ein Interesse daran hatten, alle Leute verschwinden zu lassen, die unangenehme Fragen über die Sterne stellten?

Tinea dagegen saß ganz gemütlich zwischen Jacques' wärmenden Federn. »Frieren Ihnen nicht die Beine ab bei der Kälte?«, fragte sie und schaute hinaus auf das schwarze Wasser.

»Nee«, sagte Jacques nur.

Und dann war es wieder still. Langsam, sehr langsam wurde es heller. Jacques flösselte vorwärts, entlang der Küste, immer weiter.

»Wir wollen Ihnen aber keine Umstände machen«, sagte Tinea schließlich und nahm ein Butterbrot aus ihrem Rucksack. »Sie machen ja eine ganz schön weite Reise wegen dem blöden alten Käfer!«

Jacques seufzte tief, aber sonst sagte er nichts.

Herr Schnettelbeck wollte das nicht auf sich sitzen lassen. »Solche bodenlosen Frechheiten muss ich mir schon seit Tagen anhören«, klagte er. »So weit ist es gekommen mit der Welt!«

Tinea bewegte still die Lippen dazu wie ein Fisch und schielte.

»Es ist nicht mehr weit«, sagt Jacques, und er klang selbst ein bisschen erleichtert darüber.

Die Küste sah immer gezackter und wilder aus. Die glatten

schwarzen Steine der Sterntaucherkolonie wichen riesigen Blöcken, die vom Meer in komische Formen geschliffen worden waren. Schließlich stieg das Land an. Eine richtige Steilküste wurde daraus.

In den Wolken über dem Meer stieg ein ganz blasser, hellgelber Streifen auf. Die Sonne hatte diesen Tag offensichtlich schon aufgegeben und versuchte gar nicht erst, richtig zu leuchten. Da drehte Jacques in Richtung der Küste bei und steuerte auf einen Spalt zwischen den Felsen zu.

»Die Verantwortlichen sitzen in dieser Höhle?«, fragte Herr Schnettelbeck misstrauisch.

»Ja«, sagte Jacques nur.

Still glitten sie auf die grauen Felsen zu. Vor ihnen ragte die Küste auf, so hoch, dass Herr Schnettelbeck sich fast den Nacken verrenkte. Etwas ängstlich war ihm schon zumute. Wer in so einer großen Höhle lebte, war vermutlich selbst ziemlich groß. Die See wurde immer unruhiger, je näher sie der Küste kamen; aber sobald sie durch die Öffnung im Fels getragen wurden, war das Wasser plötzlich ruhig. Dunkelheit legte sich über sie wie ein dicker Vorhang.

»Ist es hier?«, fragte Tinea.

»Nein, aber wir sind gleich da«, sagte Jacques gleichgültig und schwamm weiter. Das blasse Tageslicht vom Eingang der Grotte wurde schwächer, während sie weiter in die Höhle vordrangen. Schließlich verschwand es ganz.

Da sah Herr Schnettelbeck in der Tiefe des schwarzen Wassers eine Ansammlung von Lichtern. Gelbe, flackernde Lichter, alle in einer großen Wolke. Aber Lichter unter Wasser, wie konnte das denn sein? Er starrte verwundert in die Tiefe. Da plötzlich wurde die Lichterwolke zerrissen, und ein großes, schwarzes Etwas sprang daraus hervor und klatschte direkt vor Jacques wieder ins Wasser. Herr Schnettelbeck schnappte erschrocken nach Luft. Dann erst dämmerte es ihm, dass da gerade ein Fisch durch die Wasseroberfläche gesprungen war. Und die Lichter waren nicht unter Wasser – das war ein Spiegelbild!

Er hob den Kopf und schaute hinauf, weit hinauf, bis zur Decke der enormen Grotte. Da oben, direkt unter der Erdkruste, hing eine Stadt. Ja, sie hing – kopfüber. Und hunderte, nein, tausende kleiner Lichter spiegelten sich in dem salzigen Wasser um Jacques' Füße.

»Irre«, flüsterte Tinea neben ihm. »Das ist ja verrückt!«

»Die Unterstadt«, sagte Jacques gelangweilt. »Diese Leute wissen genau, was mit den Sternen passiert ist.«

Herr Schnettelbeck schaute misstrauisch nach oben. »Und an wen muss ich mich dort wenden?«

»Jeden«, sagte Jacques, und dann kicherte er, aber es war kein lustiges Kichern.

»Na schön«, überlegte Tinea. »Gibt es einen Weg da hoch?«

»Natürlich«, erwiderte Jacques. »Wenn man fliegen kann. Sonst nicht.«

Tinea schaute Herrn Schnettelbeck an, und Herr Schnettelbeck schaute Tinea an. »Dann musst du mich wohl hochtragen«, sagte sie, und es war klar, dass ihr die Idee kein bisschen besser gefiel als Herrn Schnettelbeck. Und dem gefiel sie schon nicht besonders gut.

Er schüttelte sich. »Hmpf. Typisch für die Jugend. Die Alten sollen alles für sie machen! Nie fliegen gelernt, aber getragen werden wollen!«

Zum ersten Mal zeigte Jacques eine Gefühlsregung. Er drehte seinen langen Hals und schaute auf Tinea hinunter. »Sie hatten recht«, sagte er. »Ich hätte mir wirklich keine Umstände machen sollen für diesen blöden alten Käfer.«

Wütend klappte Herr Schnettelbeck seine Flügeldecken auf. »Halten Sie sich da raus!« Er entfaltete seine Flügel – die hatte er schon sehr lange nicht mehr benutzt – und bewegte sie ein bisschen hin und her, damit ihre Adern prall volllaufen konnten. Er streckte sich, und dann winkte er Tinea, die widerwillig aus Jacques' Federn herausstieg.

»Du kannst dich hinten an meiner Taille festhalten«, erklärte er. »Aber nicht zu fest zudrücken.«

»Was für eine Taille?«, fragte Tinea und schaute zweifelnd an ihm herunter. »Du siehst aus wie eine Bohne mit Flügeln.«

Herr Schnettelbeck sah ein, dass hier kein Blumentopf zu gewinnen war. »Dann halte ich dich fest«, seufzte er, setzte seine Flügel in Bewegung und hob ab.

Jacques rollte mit den Augen. Der Abschied konnte ihm nicht schnell genug gehen.

Herr Schnettelbeck hakte seine Vorderfüße in Tineas Jacke fest und zog sie mit sich in die Luft. Tinea winkte hinunter zu Jacques und bedankte sich fürs Mitnehmen.

»Keine Ursache«, näselte Jacques. »Viel Vergnügen beim Entdecken, wer die Sterne verlegt hat.« Und dann lachte er wieder auf diese komische, unangenehme Art.

Mit zusammengebissenen Mandibeln zerrte Herr Schnettelbeck seine Last durch die Luft. Früher, als er noch ein starker Kerl gewesen war, da hätte er dieses dünne Menschlein herumgetragen wie eine Daunendecke!

Zum Glück war es nur eine kurze Plackerei. Der Sterntaucher unter ihnen wurde immer kleiner, und die Lichter der Stadt kamen näher. Und dann sah Herr Schnettelbeck Türme und Brücken und große Hallen und kleine, wackelige Häuser, und alles hing kopfüber an der Decke der riesigen Grotte.

Erst jetzt dachte er sich: Wie soll Tinea denn kopfüber an der Decke laufen? Er selbst konnte das ganz leicht – seine Füße waren von Natur aus mit Häkchen ausgerüstet. Aber Tinea mit ihren weichen rosa Zehen war dort oben so hilflos wie ein Fisch an Land.

Das dämmerte ihr anscheinend auch. »Hm. Oh je. Ich glaube, ich muss mich da oben an den Häuserwänden entlanghangeln.«

Herr Schnettelbeck keuchte nur und antwortete nicht. Typisch Wirbeltier, dachte er. Denkt erstens immer nur an sich selbst und zweitens viel langsamer als ein Käfer!

Die Dächer der höchsten Türme waren bald in greifbarer Nähe. Und die Straßen waren voll! Überall in den Gassen und Häusern krabbelten Käfer und Ameisen, Schnecken zogen ihre Schleimspuren, Raupen und Tausendfüßer und Spinnen wieselten herum. Herr Schnettelbeck steuerte auf einen großen Platz zu. Unmittelbar bevor er auf dem Kopfsteinpflaster landete, machte er an einer Hauswand Halt, damit Tinea sich festhalten konnte.

»Puh«, machte die, wand sich aus Herrn Schnettelbecks Griff, stellte sich mit den Füßen auf einen vorstehenden Balken in der Wand und lugte hinunter. In der Tiefe glitzerte das Spiegelbild der Stadt. Gaslampen flackerten in den Straßen. Es war sicherlich angenehm, hier zu leben, dachte Herr Schnettelbeck, mit dieser kühlen, feuchten Luft, dem gesunden Duft von Erdreich und Flechten!

»Diese Stadt hat was«, sagte er zufrieden. »Auch wenn ich nicht genau weiß, was.«

»Keine Wirbeltiere«, sagte Tinea.

Und da merkte Herr Schnettelbeck es auch: Jeder, der hier vorbeikroch, war ein Insekt oder ein Gliederfüßer oder ein Weichtier. Säugetiere gab es nicht, Amphibien oder Reptilien sah er auch nicht und schon gar keine Vögel.

»Wie erfrischend«, stellte er fest und streckte sich. »Diese Gegend gefällt mir. Endlich mal eine anständige Nachbarschaft.«

»Erfrischend, sagt der Herr, der zeit seines Lebens Dungkugeln durch die Gegend gerollt hat«, begehrte Tinea auf, aber sehr stark aufbegehren konnte sie nicht, denn dann wäre sie wohl von ihrem Balken hinunter ins Meer gestürzt, das wie ein schwarzer Abgrund tief unter der Stadt lag.

»Ich habe nichts gegen Wirbeltiere, aber Wirbeltiere sind einfach keine richtigen Leute«, sagte Herr Schnettelbeck und zuckte die Achseln. »Sie laufen zwar herum und sprechen, und manche von ihnen wirken sogar richtig intelligent. Aber sie sind doch immer noch Wirbeltiere. Ich kenne keine anständigen Leute mit einer Wirbelsäule.«

»Aber *du* bist die Krone der Evolution«, schnaubte Tinea.

»Anständige Leute machen knack, wenn etwas Schweres auf sie drauffällt«, erklärte Herr Schnettelbeck. »Man kann es drehen und wenden, wie man will, aber so ist es.«

Tinea schnaubte. Sie war so wütend, dass sie fast in die hohle Luft losgelaufen wäre. Dann erinnerte sie sich aber daran, dass hier alles auf dem Kopf stand, und begann, sich vorsichtig an den Hauswänden entlangzutasten.

»Ich finde es hier ausgesprochen interessant«, bemerkte Herr Schnettelbeck, der ganz gemütlich neben ihr herkrabbelte. »Zwar weiß ich noch nicht, was das alles mit den Sternen zu tun hat, aber ich freue mich schon darauf, es herauszufinden.«

»Schnecken«, sagte Tinea plötzlich. »Schnecken kriechen hier auch rum. Die machen nicht knack, wenn etwas auf sie drauffällt. Die machen platsch. Oder quaaatsch oder so was. Aber die sind richtige Leute für dich, ja?«

»Schnecken?« Herr Schnettelbeck verzog das Gesicht. »Schnecken, nein! Schnecken sind ... na ja, krank.«

»So? Schnecken sind krank?« Tinea spähte vorwärts, um den nächsten Mauervorsprung zu finden. Unter ihr gähnte der Abgrund.

»Nicht so laut, die Leute gucken schon«, sagte Herr Schnettelbeck. »Es gibt wirklich keinen Grund, sich darüber aufzuregen. Die Natur hat, na ja, sagen wir mal, die Natur hat es mit Absicht so eingerichtet, dass man entweder Männchen oder Weibchen ist. Entweder das eine oder das andere. Und Schnecken sind Zwitter. Das ist nicht normal, das muss wohl jeder zugeben!«

»*Du* bist nicht normal«, schnaubte Tinea. »Wer hat denn die Schnecken zu Zwittern gemacht? Die Natur. Also.«

»Es gibt nur Männchen und Weibchen, nichts dazwischen«, beharrte Herr Schnettelbeck. »Und was man ist, das ist man. Man kann nicht mal das eine und mal das andere sein. Da könnte ja jeder kommen!«

Tinea sagte nichts mehr. Sie kam keinen Schritt mehr vorwärts, denn sie hätte eine Straße überqueren müssen, um zur nächsten Hauswand zu kommen, und das konnte sie nicht. Schadenfroh bemerkte Herr Schnettelbeck, dass sie ihn um Hilfe fragen musste. Aber das tat sie nicht. Dafür war sie viel zu wütend. Und zu stolz.

»Du bist wohl der Grund, warum deine Art *gemeiner Mistkäfer* heißt«, sagte sie. »Rückständig und dumm wie Brot, das bist du!«

»Anständige Leute können übrigens an der Decke laufen«, sagte Herr Schnettelbeck, der sich hier langsam zu Hause fühlte und es nun bereute, Tinea überhaupt mitgenommen zu haben. Hier in der Stadt war sie völlig unangebracht und hilflos. Mehr noch, sie war ein Klotz am Bein. Wahrscheinlich würde sie liebend gerne von hier verschwinden, wenn sie könnte, dachte er.

Und während Tinea an ihrer Hausecke stand und keine Ahnung hatte, was sie tun sollte, da kamen plötzlich zwei bullige Nashornkäfer mit Polizeimützen um die Ecke. Im Stechschritt patrouillierten sie vorbei, und Tinea schenkte ihnen ein verkrampftes, kopfstehendes Lächeln. Die beiden blieben wie angewurzelt stehen.

»Hah! Was haben wir denn hier?«, fragte der eine.

»Wie kommen Sie denn hierher, mein Fräulein?«, fragte der andere, und er klang gar nicht so respektvoll, wie man normalerweise spricht, wenn man *Fräulein* zu jemandem sagt.

»Bin Touristin«, sagte Tinea. »Übe Bergsteigen.«

Die Miene des einen Polizisten-Käfers gefror. »Wissen Sie nicht, dass Wirbeltiere in Unterstadt verboten sind?«, fragte er langsam.

Tineas Gesichtsausdruck würde Herrn Schnettelbeck noch für viele kalte Winternächte warm halten.

»Nee«, sagte sie. »Wieso das denn?«

»Unterstadt ist eine wirbeltierfreie Stadt«, erklärte der andere Käfer. »Keine Säugetiere, keine Reptilien, keine Amphibien, keine Vögel. Und selbstverständlich auch keine Menschen. Wirbeltiere werden sofort der Stadt verwiesen.«

»Das ist ja Diskriminierung!«, rief Tinea empört.

»Nun ja«, sagte Herr Schnettelbeck nicht ohne eine gewisse Befriedigung. »Was wollen denn auch Wirbeltiere hier, wenn sie sowieso nicht auf dem Kopf stehend leben können?«

Da packte ein Käfer Tineas einen Arm, und der andere packte ihren anderen Arm, und beide zogen sie von der Hauswand weg, sodass sie in der Luft hing. »Machen Sie keine Umstände, wir bringen Sie aus der Stadt«, sagte der erste. »Und kommen Sie widerstandslos mit!«

»He!«, schrie Tinea, während sie davongetragen wurde. »Ihr könnt mich nicht rausschmeißen! He! Hilfe!«

Herr Schnettelbeck wollte jetzt doch etwas Nettes sagen, um Tinea zu helfen, aber es fiel ihm nichts ein. Passanten drehten sich nach dem Spektakel um, Schnecken guckten mit ihren Augenstielen hinterher; aber niemanden schien es zu wundern.

»Ihr Drecksäcke!«, brüllte Tinea. »Lasst mich los! Sofort! Oder es wird euch leidtun!«

Herr Schnettelbeck musste schon ein bisschen kichern. Es war schön, dass sich jetzt andere Leute mit ihr herumärgern durften. Mit schiefgelegtem Kopf schaute er zu, wie die zeternde Tinea in der Menge verschwand. Dann seufzte er tief, straffte die Schultern und machte sich auf den Weg, um die Stadt zu erkunden.

Das Erste, was ihm auffiel, waren die gesalzenen Preise. »Zwei Heller für ein Brötchen? Und ein Goldstück für einen neuen Mantel?« Wäre man neben ihm hergelaufen, hätte man ihn wütend murmeln hören können, aber es lief niemand neben ihm her. »Fünf Heller für Schnürsenkel? Sechs Heller für ein Bier?! Unverschämtheit. Das ist ja Wucher!«

Aber abgesehen von den Preisen gefiel ihm Unterstadt ziemlich gut – das musste er zugeben. Unterstadt hatte alles, was eine Stadt brauchte. Es gab Tanzcafés und Kneipen, ein Rathaus und eine Sauna, nette kleine Läden und eine Feuerwehr. Außerdem gab es alles, was das Insektenherz begehrte: Panzerpolierer, Antennenfriseure und Salons, wo sich die Käferdamen die Fußkrallen in modischen Farben lackieren lassen konnten. Einfach alles war auf die Bedürfnisse von Nicht-Wirbeltieren abgestimmt. Es gab Institutionen, von denen sich Herr Schnettelbeck nicht einmal hätte träumen lassen. Sogar einen Unterstädtischen Parasiten-Rat gab es! Ein majestätisches Gebäude, an dessen Fassade Banner mit stolzen Aufschriften hingen wie »Läuse. Denn mit Läusen sind Sie nie allein!« oder »Bandwürmer – auf die inneren Werte kommt es an«.

Und die Straßen waren so sauber! Nirgendwo blieb man an Kaugummi hängen, nirgendwo steckten Zigarettenkippen zwischen den Pflastersteinen. Ob dafür vielleicht die Polizisten verantwortlich waren, denen man ständig begegnete? Sie waren immer zu zweit unterwegs, in Uniformen mit tadellos polierten Knöpfen, und sie standen und gingen so stramm, dass man gar nicht anders konnte, als sich zu benehmen, wenn man in ihre Nähe kam. Einige von ihnen waren zwar Nashornkäfer, aber die meisten waren Libellen, und da Libellen selbst für Insekten ziemlich große und runde Augen haben, dachte man unwillkürlich, sie könnten einen sogar hinter ihrem Rücken sehen.

Und während er noch in Gedanken darüber schwelgte, wie sicher man sich hier fühlen konnte, da hörte er auf einmal hinter sich: »Ach, guten Morgen, Herr Schnettelbeck!«

Herr Schnettelbeck drehte sich erschrocken um und erkannte einen früheren Nachbarn – ebenfalls einen Mistkäfer, der jetzt wohl hier in der Unterstadt wohnte und Würstchen aus einem kleinen, fahrbaren Ofen verkaufte. Zu gesalzenen Preisen, wie Herr Schnettelbeck gleich bemerkte.

»Ach, guten Morgen, Herr ... äh ...«, stotterte Herr Schnettelbeck. Wenn er sich nur an den Namen erinnern könnte! Wie peinlich.

»Und, wie ist das werte Befinden?«, fragte der Wurstkäfer leutselig. »Gibt es etwas Neues in Moosing?«

»Oh, ich kann nicht klagen.« Herr Schnettelbeck räusperte sich. »In Moosing hat sich nicht viel verändert, außer dass der Krämerladen jetzt bis acht Uhr abends offen hat. Frivol, wenn Sie mich fragen. Anständige Leute erledigen ihre Einkäufe rechtzeitig!«

»Bis acht Uhr?«, fragte der Wurstkäfer erstaunt. »Wie sich die Zeiten ändern! Und wie geht es denn den Eheleuten Trockenbaum? Leben die noch?«

Das war ein Thema für Herrn Schnettelbeck! »Herr Trockenbaum lebt noch«, antwortete er scharf. »Aber sie ist letztes Jahr gestorben. Botulismus. Von einer verdorbenen Wurstkonserve.«

»Oh nein«, sagte der Wurstkäfer und schielte auf seine Ware.

»Aber *er*«, zischte Herr Schnettelbeck und lehnte sich vor. »Sein Lotterleben sollten Sie mal sehen, seit seine Frau tot ist! Er lebt mit einem anderen Weibchen in wilder Ehe! Das ist ein Skandal. Ein Skan-dal!«, empörte sich Herr Schnettelbeck. Sein Gesicht wurde heiß, so sehr empörte er sich.

»Tja, das ist heutzutage wohl so«, sagte der Wurstkäfer etwas betroffen, und Herr Schnettelbeck konnte sich immer noch nicht an seinen Namen erinnern. »Man sieht das nicht mehr so eng.«

»Es wird immer schlimmer und schlimmer«, setzte Herr Schnettelbeck hinzu. »Na ja, einen schönen Tag noch, Herr … äh …«

»Ihnen auch noch einen schönen Tag«, nickte der Wurstverkäufer. Dann rief er Herrn Schnettelbeck hinterher: »Haben Sie denn schon unsere Meinungsmaschinen ausprobiert?«

Herr Schnettelbeck machte auf der Hacke wieder kehrt. »Meinungsmaschinen?«

»Ja, die großen Kästen mit den langen Schlangen davor«, sagte der Wurstkäfer. »Sollten Sie mal ausprobieren, das ist eine unterstädtische Spezialität!« Und damit wandte er sich wieder seiner Ware zu.

Herr Schnettelbeck hatte zwar diese metallenen Kästen überall in der Stadt gesehen, aber er hatte sie für Limonaden-Automaten gehalten. Meinungsmaschinen? Das klang neu. Das musste er sich anschauen. Und so trippelte er los, und dabei betrachtete er diese Maschinen einmal genauer.

Es gab Dutzende davon, und die Unterstädter benutzten sie ständig. Sie waren so groß wie Kleiderschränke, sie waren am Kopfsteinpflaster festgenietet, und auf ihnen stand in weißen Buchstaben:

Ihre Meinung ist wichtig!
Bitte schreiben Sie Ihr Lob, Ihre Sorgen und Ihre gesellschaftsrelevanten Ideen auf und werfen Sie sie ein!

Am Bauch der Maschine gab es einen Kasten mit kleinen Zetteln, und daneben hing ein Bleistift an einer Schnur. An vielen Ecken gab es regelrechte Schlangen, und die Leute scharrten ungeduldig mit den Füßen, bis die Person vor ihnen einen Zettel beschrieben und eingeworfen hatte. Dann musste man den Hebel an der Maschinenseite nach unten ziehen, und sofort machte die Maschine ein angenehmes Geräusch, und hinter einem kleinen Fenster erschien ein Schild mit der Aufschrift:

Vielen Dank für Ihre Meinung.

Irgendwann traute sich Herr Schnettelbeck, einen Wartenden anzutippen. Es handelte sich um einen Mehlkäfer. »Entschuldigen Sie«, fragte Herr Schnettelbeck, »kann jeder diese interessanten Geräte benutzen?«

»Die?«, erwiderte der Mehlkäfer. »Ja, natürlich, die sind für alle da. Hier kann man direkt sagen, was man denkt. Jederzeit und frei von der Leber weg. Man wirft einfach nur einen Meinungszettel ein, das ist alles.«

»Oh«, rief Herr Schnettelbeck erfreut. »Zu jedem Thema?«

»Ja, natürlich«, erklärte der Mehlkäfer stolz. »Ist eine unterstädtische Erfindung. Großartig, nicht wahr?«

»Das muss ich unbedingt ausprobieren«, beschloss Herr Schnettelbeck und stellte sich direkt hinter dem Mehlkäfer an. Er wartete gerne, und als er drankam, schrieb er:

Eine sehr hübsche Stadt,
wenn auch etwas hohe Preise!
Sehr sauber, sehr gepflegt,
sehr angenehme Leute.
Ein Tourist

Dann warf er seinen Zettel ein und zog den Hebel, und die Maschine machte wieder dieses befriedigende, sanft krunschende

Geräusch, als würde da drinnen ein Zahnrad mit großer Präzision gegen ein anderes Zahnrad gleiten.

Herr Schnettelbeck fühlte sich großartig hier. Eine Stadt, die so viel Wert auf die Meinungen ihrer Bürger legte! Fantastisch! Man sollte überall Meinungsmaschinen einführen, fand Herr Schnettelbeck. Das würde es denen da oben zeigen. So konnten sie das Volk nicht mehr einfach ignorieren! Sogar die hohen Preise ließen sich tolerieren, wenn man dafür so eine nette Gegend geboten bekam und so ernst genommen wurde.

Aber, dachte sich Herr Schnettelbeck, er war ja nicht zum Vergnügen hier. Er musste herausfinden, was mit den Sternen passiert war. Wer konnte ihm da weiterhelfen? Unterstadt lag ja unter der Erde, und niemand hier hatte einen guten Blick auf die Sterne. Vielleicht, sagte sich Herr Schnettelbeck, gibt es ja einen Sternenwissenschaftler oder einen Physiker, den man fragen kann.

Also tippte er die Leute an, die noch vor der Meinungsmaschine warteten.

»Sternenwissenschaftler gibt's hier keine«, überlegte ein Silberfischchen und wechselte Blicke mit einer Bettwanze. Beide wollten Herrn Schnettelbeck behilflich sein und überlegten eifrig. »Nein, wir haben ja nicht mal eine Wettervorhersage, weil's hier unten kein Wetter gibt! Und Physiker auch nicht, denn es gibt hier auch keine Universität.«

»Wenig junge Leute hier«, nickte die Bettwanze. »Eher gesetzteres Alter, sehr angenehm, da gibt es auch keine lauten Feiereien!«

»Höchstens ... Sie könnten höchstens mal im Museum nachfragen«, sagte das Silberfischchen und hob den Vorderfuß. »Da drüben, sehen Sie? Die Zitadelle.«

»Herzlichen Dank«, sagte Herr Schnettelbeck und stampfte entschlossen los. So, so, ein Museum! Hier gab es ja wirklich alles – alles außer Wirbeltiere!

Aber da irrte sich Herr Schnettelbeck.

3. Kapitel

Das Museum und der Bürgermeister

Es gab nämlich doch Wirbeltiere in dieser Stadt. Herr Schnettelbeck stand direkt vor ihrem Wohnsitz. Und was für ein Wohnsitz das war! Große, kunstvolle Mauern, dicke, achteckige Türme mit glänzenden Kupferdächern und eine riesige, runde Kuppel – kein Gebäude ragte tiefer in Unterstadt. Von jedem Punkt der Stadt aus konnte man es sehen.

Herr Schnettelbeck wollte es sofort besichtigen. Aber dazu musste man erst einmal den Eingang finden. Also kämpfte er sich durch die Massen unter den trutzigen Mauern und bewunderte die Fensterrahmen aus farbigem Sandstein und die Zierfiguren in den Nischen – allesamt Fledermäuse. Als er die Zitadelle zur Hälfte umrundet hatte, kam er zu einer Doppeltreppe, die zum Eingangstor hinaufführte.

Direkt vor der Treppe stand ein Schild.

Fledermuseum von Unterstadt

Ein Denkmal der großen Kultur der Fledermäuse,
ihres Pioniergeistes und ihres kulturellen Erbes.
Eintritt frei!

Das gefiel Herrn Schnettelbeck. »Eintritt frei«, murmelte er und krabbelte erfreut los. Endlich einmal wieder einen Tag mit hoher Kultur verbringen!

Das Eingangstor war sehr alt und schwer. Herr Schnettelbeck stemmte es mühsam auf und quetschte sich durch. Vor ihm lag eine große, dunkle, sehr stille und leere Halle. Säulen standen in zwei Reihen an den Seiten, und an jeder hing eine kleine Gasfunzel.

»Guten Tag«, rief Herr Schnettelbeck. »Ist da jemand? Ich möchte das Museum besichtigen!«

Rechts kratzte etwas im Schatten, und dann kam eine Fledermaus mit ausgesprochen großen Ohren angekrochen. »Komme schon«, brummte sie – oder besser, er – und musterte Herrn Schnettelbeck gleichgültig. »Geschichte von Unterstadt ist im ersten Stock, Geschichte der Wirbeltiere in Unterstadt im zweiten Stock, historische Fledermaus-Kulturgüter im dritten. Mein Name ist Blechstein. Wenn Sie Fragen haben, klingeln Sie einfach.« Er drückte Herrn Schnettelbeck eine kleine Glocke in den Vorderfuß. Dann zog er eine Pfeife unter seinem Flügel heraus, begann sie zu stopfen und kümmerte sich nicht weiter um Herrn Schnettelbeck.

Sehr unhöflich, fand Herr Schnettelbeck. »Sie haben hier nicht viele Besucher, was?«

»Nicht vormittags«, sagte Blechstein und kroch wieder zurück in den Schatten. Herr Schnettelbeck schnaubte leise und begann seinen Rundgang.

Das Fledermuseum sah auch von innen eindrucksvoll aus. Von allen Bogengängen aus schauten steinerne Fledermäuse auf ihn herunter: Hufeisennasen, Zwergfledermäuse, Abendsegler, Mopsfledermäuse und viele mehr. Die Ausstellungshallen waren weitläufig, aber trotzdem vollgestopft mit Vitrinen. An allen Wänden hingen Schautafeln.

Die Fledermäuse, so lernte Herr Schnettelbeck nun, hatten Unterstadt gegründet. Die Zitadelle war sogar einst das erste Bauwerk von Unterstadt gewesen. Erst zweihundert Jahre später zogen die ersten Tausendfüßer und Käfer und Wühlmäuse in die Stadt. Haus für Haus entstand die Unterstadt. Wichtige Käfer- und Läusedynastien bauten ihre Herrenhäuser im Schatten der Zitadelle. Damals waren die Fledermäuse auch noch viel wilderc Gesellen gewesen, und es gab einige diplomatische Zusammenstöße, weil einzelne Fledermäuse immer wieder Insekten-Mitbewohner verspeisten. Aber irgendwann gewöhnte man sich aneinander und lebte lange Zeit zufrieden zusammen. Davon kündeten noch Stadtkarten, Postkarten, Portraits (und seltsame persönliche Gegenstände) von berühmten Unterstädtern der Zeit und Folianten von gemeinsam verfassten literarischen Werken.

In zweiten Stock (»Geschichte der Wirbeltiere in Unterstadt«) zeigte sich dann, dass nicht alles eitel Sonnenschein gewesen war. Im Lauf der Zeit kamen immer mehr Insekten nach Unterstadt, und man begann, die Wirbeltiere schief anzuschauen. Was taten Wühlmäuse und Zweibeiner in Unterstadt? Sie haarten, sie hatten keinen ästhetisch ansprechenden Panzer, sie konnten sich nicht einmal auf Schleim durch die Gassen bewegen wie Schnecken, und sie richteten ihre Häuser verkehrt herum ein, weil sie nicht kopfstehend wohnen wollten – sie gehörten ganz klar nicht hierher.

Dann stand Herr Schnettelbeck plötzlich vor einem riesigen Papierbogen, der an der Wand aufgespannt war: ein Faksimile des Erlasses, der alle Wirbeltiere aus Unterstadt verbannte.

In flammenden Worten war eine elegante Ausführung über die Untauglichkeit der Wirbeltiere für das Leben in Unterstadt niedergeschrieben. In einer kleinen Fußnote am Ende wurde den Fledermäusen eine Ausnahme gewährt, aber sie durften keinen Wohnsitz außerhalb der Zitadelle haben. Gestempelt und besiegelt vom Stadtrat.

Wenn man es so las, fand Herr Schnettelbeck, dann klang das doch ein ganz kleines bisschen unfair. Aber immerhin war das hier ein Fledermuseum. Die Fledermäuse erzählten hier vielleicht nur ihre Seite der Geschichte, denn schließlich wollten sie ja gut dastehen!

Herr Schnettelbeck ging weiter und sah ein großes, in der Mitte durchgeschnittenes Modell des Gebäudes vor sich. Ganz offensichtlich waren die drei Ausstellungshallen – so eindrucksvoll sie auch waren – nur ein kleiner Teil der Zitadelle. Da waren Wohnräume, Küchen, Bibliotheken und sogar ein Observatorium in der großen Kupfer-Kuppel, alles bis ins kleinste Detail ausgearbeitet.

Und dann bemerkte Herr Schnettelbeck eine weitere Fledermaus. Diese war sehr still. Mit weit ausgebreiteten Flügeln war sie auf einer alten, hölzernen Eichentür festgenagelt. Herr Schnettelbeck hielt sie zuerst für ein anatomisches Modell. Aber neben der Tür war ein kleines Schild befestigt, und darauf stand:

Artibeus Speck,
Gründervater des Fledermuseums
und der historischen Sammlung.

Erschrocken musterte Herr Schnettelbeck Artibeus Speck. Er sah täuschend echt aus. Sogar das Fell war echtes Fell, und an einigen Stellen war es schon dünn geworden und ein bisschen aufgebrochen.

Das konnte doch nicht ... Herr Schnettelbeck wollte den Gedanken gar nicht zu Ende denken. Er läutete die Glocke, und er brauchte auch nicht lange zu läuten, da kam Blechstein schon aus dem Schatten zwischen zwei Säulen gekrochen.

Wie ist er nur so schnell hierhergekommen?, fragte sich Herr Schnettelbeck beunruhigt. Ist er mir vielleicht die ganze Zeit im Dunkeln gefolgt? Er räusperte sich. Seine Stimme klang plötzlich beängstigend klein und verloren in der großen Säulenhalle.

»Herr Blechstein«, meinte er, »ich schaue mir gerade diese interessante Darstellung Ihres Gründervaters an ...«

»Nicht Darstellung«, korrigierte Blechstein aufgeräumt. »Präparat. So eine große, wichtige Fledermaus wollten wir der Nachwelt erhalten.«

»Ausgestopft«, sagte Herr Schnettelbeck fassungslos.

»Als Zeichen unserer Verehrung.«

»Ausgestopft«, wiederholte Herr Schnettelbeck, der den Gedanken immer noch nicht in seinen Kopf bekam.

»Vom besten Kürschner von Unterstadt!« Blechstein grinste und polierte mit dem Flügel das Schildchen. »Ich muss zugeben, das hier ist meine Lieblingsstelle im Museum. Touristen sind immer sehr interessiert, wenn sie dieses Ausstellungsstück sehen.«

Dieser Blechstein machte sich also über die Leute lustig, die er durchs Museum führte! Empört beschloss Herr Schnettelbeck, sich von ihm nicht den Schneid abkaufen zu lassen.

»Herr Blechstein«, sagte er, so forsch er konnte, »ich möchte Sie gern etwas fragen. Sie haben im tiefsten Turm ein Observatorium. Aber ein Observatorium ist ja normalerweise für das

Beobachten des Firmaments gedacht. Hier unten können Sie doch gar keine Sterne sehen.«

»Es ist trotzdem unser gutes Recht, ein Observatorium zu haben«, entgegnete Blechstein ungerührt.

»Und außerdem«, fuhr Herr Schnettelbeck fort, »sind Fledermäuse nicht sowieso blind?«

Blechsteins winzige, schwarze Äuglein fixierten Herrn Schnettelbeck zum ersten Mal sehr genau. »Oh nein«, sagte er. »Wir sehen vieles.«

»Vieles«, echote eine Stimme am anderen Ende der Halle, und Herr Schnettelbeck erschreckte sich fast zu Tode. Da stand noch eine kleine Fledermaus im Schatten und staubte mit einem Federpuschel die Vitrinen ab.

»Vieles«, echote eine andere Stimme aus der Tiefe des Gebälks. Die ganze Zeit hatte Herr Schnettelbeck gedacht, er wäre allein, aber keineswegs! Die Fledermäuse hingen an Stellen, wo man sie nicht sehen konnte. Und da kam ihm ein anderer Gedanke: Waren die steinernen Fledermäuse an den Wänden überhaupt aus Stein?

»Oh«, sagte er, und sein Mund war etwas trocken. »Dann hatte ich da etwas falsch verstanden. Ähäm. Können Sie ... können Sie denn mit ihrem Observatorium irgendwelche Himmelsbewegungen verfolgen?«

Blechstein antwortete nicht, aber er schaute über die Schulter zu der Fledermaus, die weiter hinten Vitrinen abstaubte. Die fühlte sich angesprochen und kam herübergekrabbelt.

»Mein Name ist Kannegießer«, erklärte sie damenhaft. »Ich leite das Observatorium. Wir haben über vierhundert Jahre lang die Bewegungen der Sterne am Himmel aufgezeichnet. Sie werden noch mehr darüber im dritten Stock erfahren.«

»Dann«, fragte Herr Schnettelbeck aufgeregt, »dann haben Sie vielleicht gesehen, was mit den Sternen passiert ist? Wohin sie verschwunden sind? Wer sie gestohlen hat?«

Kannegießer tauschte einen langen Blick mit Blechstein.

»Wissen Sie etwas darüber?«, keuchte Herr Schnettelbeck. »Dann müssen Sie's mir sagen! Ich suche die Sterne!«

Irgendwo im Gebälk kicherte jemand.

»Kichern Sie nicht so blöd«, rief Herr Schnettelbeck. »Helfen Sie mir lieber!«

Eine weitere Fledermaus von bemerkenswerter Hässlichkeit kam zu ihm heraufgeflattert und klammerte sich neben Herrn Schnettelbeck fest. »Darf ich's ihm sagen? Darf ich?«

»Nein«, beschied Blechstein.

»Sie wissen es, aber Sie wollen mich sabotieren?«, rief Herr Schnettelbeck empört.

»Wir haben genauso wenig Interesse daran, einem Käfer bei seinen Problemen zu helfen«, erklärte Kannegießer, »wie ein Käfer sich um die Belange der Wirbeltiere in dieser Stadt schert.«

»Wir haben hier unser Museum, und das dürfen Sie umsonst betreten«, setzte Blechstein hinzu. »Wir tun schon viel mehr für die Nicht-Wirbeltiere, als diese für uns tun. Und damit müssen Sie sich bescheiden. Wenn Sie möchten, gehen Sie ruhig noch durch das dritte Stockwerk. Kuttelfleck wird Sie sogar führen.«

Kuttelfleck, die ausnehmend hässliche Fledermaus, nickte und grinste. Blechstein warf ihm einen warnenden Blick zu, damit er nicht zu viel verraten würde.

»Kommen Sie mit«, sagte Kuttelfleck genüsslich. »Ich gebe Ihnen einen Einblick in die glorreichen Erfindungen und Werke der Fledermäuse. In Unterstadt und anderswo. Und vielleicht sind Sie dann schon ein bisschen schlauer.«

Herr Schnettelbeck war empört, aber was blieb ihm anderes übrig? Wenn er jetzt kehrtmachte, würde er gar nichts herausfinden. Und vielleicht verplapperte sich dieser Kuttelfleck ja, wenn man mit ihm alleine war. »Das ist sehr aufmerksam von Ihnen«, sagte er und versuchte, höflich zu klingen. »Dann können wir gleich losgehen.«

Der dritte Stock war der bunteste. Direkt an der ersten Vitrine blieb Herr Schnettelbeck hängen. Darin befanden sich Schnabeltassen aus feinem Biskuitporzellan mit Blümchen und Goldrand.

»Wussten Sie, dass die Fledermäuse die Schnabeltasse erfunden haben, um auch im Hängen ein gepflegtes Teekränzchen durchführen zu können?«, erklärte Kuttelfleck dazu.

»Nein«, staunte Herr Schnettelbeck. »Wirklich?«

Kuttelfleck zeigte auf ein besonders schönes Stück. »Diese Tasse hier gehörte der Herzogin von Kneisselshausen. Sie war in wilder Liebe zu ihrem Stallburschen entbrannt, und als er sie verschmähte, da hat sie Gift getrunken. Aus *dieser* Schnabeltasse, wissen Sie!« Kuttelfleck nickte eifrig. Diese Geschichte mochte er wohl sehr. Herrn Schnettelbeck fand sie aber nicht besonders fesselnd.

Kuttelfleck räusperte sich und kehrte in die Realität zurück. »Nun ja. Wir Fledermäuse sind zwar durchaus in der Lage, mit den Füßen nach unten Tee zu trinken, aber kopfüber ist es uns angenehmer.«

»Und was ist das hier?«, fragte Herr Schnettelbeck interessiert. In einem Schaukasten lag ein winziges Grammophon mit einer winzigen Nadel und einer winzigen Schallplatte darauf. Nur der Schalltrichter war riesengroß.

»Das ist ein Gerät zur Aufnahme von Fledermaus-Koloratursopran«, erklärte Kuttelfleck stolz. »Fledermäuse können ja so hoch singen, dass es für normale Ohren gar nicht zu hören ist. Ultraschall eben. Und mit dieser Apparatur kann man diesen Gesang aufnehmen. Die Aufnahme wird dann in diese Wachsplatte hier hineingeritzt, und davon werden Abzüge aus Schellack gemacht. Schon hat man eine ganz normale Aufnahme. Natürlich können nur Fledermäuse sie hören. Das hier ist eine Arie aus der Oper *Bartholomäus*. Sehr berühmt in Fledermauskreisen. Bartholomäus verliebt sich in eine Fledermausdame namens Phylla. Aber ihr Vater ist gegen die Verbindung, und deshalb fordert er Bartholomäus zu einem Duell. Bartholomäus verliert und stirbt in den Armen von Phylla, und dabei singt sie diese Arie. Und *hier* stirbt er!« Kuttelfleck tippte mit der Kralle auf eine Rille in der Platte. Seine Augen funkelten. »Genau an *dieser* Stelle. «

Herr Schnettelbeck dachte sich, dass Kuttelfleck doch ganz umgänglich war, wenn auch mit einer dramatischen Ader gesegnet. Er räusperte sich. »Können Sie wirklich von hier unten aus die Sterne sehen?«

Kuttelfleck nickte wissend. »Kommen Sie mit, da drüben sehen Sie eine weitere Fledermauserfindung. Das wird Ihnen die Augen öffnen. Hier entlang.«

Und nun sah Herr Schnettelbeck eine große Vitrine, in der eine brennende Kerze stand. Die eine Wand der Vitrine war mit einem Papierbogen bespannt, und zwischen der Kerzenflamme und dem Papierbogen hing an zwei Silberdrähten eine Glaslinse. Durch diese wurde auf dem Papierbogen die Kerze abgebildet – nur stand das Abbild auf dem Kopf.

»Mit diesem System können wir das gesamte Firmament beobachten«, erklärte Kuttelfleck sehr zufrieden. »Stellen Sie sich vor: Die Kerze steht für die Sterne, der Papierbogen für die Innenseite der Kupferkuppel. Dort haben wir alle Sterne durch die Glaslinse abgebildet. Wir können sie wunderbar beobachten, ohne die Zitadelle zu verlassen. «

»Sie haben, Sie haben ein Loch in die Erdkruste gebohrt und eine Glaslinse eingesetzt?«, fragte Herr Schnettelbeck ungläubig.

»Richtig«, erklärte Kuttelfleck stolz. »Eine Fledermauserfindung.«

»Das ist ja wahrhaftig genial«, sagte Herr Schnettelbeck langsam, und ihm kam ein Verdacht. »Sagen Sie ... kann man mit so einer Apparatur auch die Sterne einfangen und wegschließen?«

Kuttelfleck schaute ihn verdutzt an. »Einfangen? Wegschließen?«

»Oder sagen wir«, fuhr Herr Schnettelbeck fort, »dieses ständige Abbilden durch Linsen würde die Sterne beschädigen. Eine gewisse Unnatürlichkeit ist schon dabei, das müssen Sie zugeben!«

Kuttelfleck war fassungslos. Er zog sein faltiges Gesicht noch schiefer, als es eh schon war, und bleckte seine langen Eckzähne. »Die Sterne sind tausende Lichtjahre entfernt«, brachte er schließlich heraus. »Niemand kann die Sterne beschädigen oder einfangen. Schon gar nicht, indem er das Sternenlicht irgendwo abbildet. Himmel nochmal, was haben Sie denn in der Schule gemacht? Unterm Tisch Witzbücher gelesen?!«

»Das könnten Sie auch höflich sagen«, schnaubte Herr Schnettelbeck.

»Höflich?«, schnaubte Kuttelfleck zurück. »Sie haben hier gerade die Fledermäuse beschuldigt, sie hätten die Sterne kaputtgemacht!«

»Dann«, rief Herr Schnettelbeck triumphierend, »sagen Sie mir doch, wer es wirklich war! Sie wissen es ja, nicht wahr?«

»Aha«, machte Kuttelfleck und kniff wütend die Augen zusammen. »Sie denken, so können Sie mich überlisten. Nichts da. Wenn Sie wissen wollen, wer die Sterne hat, dann fragen Sie den Bürgermeister. Im Rathaus fangen Sie am besten an zu suchen, und das ist mein letztes Wort!«

Wütend drehte er sich um, breitete die Flügel aus und flatterte davon. Es dauerte keine zwei Sekunden, bis er im Dunkel des Gebäudes verschwunden war.

Herr Schnettelbeck wollte laut schimpfen, aber dann kam ihm das würdelos vor. Vor so einem rüpeligen Tier die Fassung verlieren? Bestimmt nicht!

Er schnaubte also nur und setzte seinen Rundgang fort. Und zwar aufreizend langsam. Jeden Schaukasten guckte er genauestens an, und ab und zu warf er einen verstohlenen Blick über die Schulter ins Gebälk. Aber er sah keine Fledermäuse mehr. Sie beobachteten ihn im Stillen, da war er sicher.

Schließlich hatte er doch die ganze Halle besehen und krabbelte wieder zurück zum Eingang. Alles war düster und völlig still – auch wenn Herr Schnettelbeck wusste, dass er nicht allein war, war es gruselig! Beklommen erreichte er gerade das Ende der letzten Treppe, da zuckte er zusammen: Vor ihm im Halbdunkel saß eine zusammengefaltete Gestalt. Sie bewegte sich nicht und schien stumm auf ihn zu warten.

»Hallo?«, sagte Herr Schnettelbeck mit zitternder Stimme.

Da schaute die Fledermaus hoch. Sie hatte gar nicht auf ihn gewartet. Sie saß einfach nur auf dem Treppenabsatz. Sie war noch sehr, sehr klein – und wie alle Fledermauskinder ziemlich haarlos.

»Hallo«, piepste sie atemlos. »Hast du meine Murmel gesehen?«

»Öh«, machte Herr Schnettelbeck. »Nein. Wie sah sie denn aus?«

»Sie war rot«, sagte das Fledermauskind nachdenklich und nagte an seiner Flügelspitze. »Nein. Blau.«

»Na, das musst du schon genau wissen«, sagte Herr Schnettelbeck streng.

»Ich heiße Strella«, sagte das kleine Wesen. Es war nicht größer als Herr Schnettelbeck selbst. »Wenn du eine Murmel hast, darfst du mitspielen.«

Herr Schnettelbeck schüttelte den Kopf. »Ich habe keine Zeit zum Spielen. Ich muss die Sterne retten.«

»Oh ja«, nickte Strella und tat ganz verständig. »Hast du die Sterne schon mal gesehen? Ich nicht. Aber bevor meine Eltern mich gekriegt haben, da gab es die Sterne noch.« Dann fügte sie eifrig hinzu: »Ich will die Sterne auch mal sehen!«

Herr Schnettelbeck fühlte einen seltsamen Stich in der Herzgegend. Er räusperte sich. »Tja. Hm. Sie sind ziemlich schön, das muss man schon sagen.«

»Wenn du sie gerettet hast, zeigst du sie mir dann?«, fragte Strella und riss ihre winzigen schwarzen Knopfaugen weit auf.

»Vielleicht«, erklärte Herr Schnettelbeck. Es war ihm peinlich, sich mit diesem Kind zu unterhalten. Irgendwo im Gebälk lauschten garantiert die Erziehungsberechtigten. »Wenn du brav bist und deinen Eltern nicht widersprichst.«

Strella nickte aufgeregt, und Herr Schnettelbeck quetschte sich an ihr vorbei in die Eingangshalle.

Kam es ihm nur so vor, oder saßen die steinernen Fledermäuse jetzt anders an den Säulen als vorhin? Er fühlte Blicke auf seinem Rückenpanzer. Das war äußerst unangenehm. Und weil er wusste, dass die Fledermäuse zuhörten, schnaubte er halblaut: »Unverantwortlich. So ein kleines Kind allein auf der Treppe spielen zu lassen. Unverantwortlich.«

Er atmete erst wieder ein, als die schweren Holztüren hinter ihm zugeschlagen waren.

Jetzt hatte Herr Schnettelbeck Hunger. Trotzdem ging er erst einmal zur nächsten Meinungsmaschine und warf eine Beschwerde über die Fremdenführer des Fledermuseums ein. Hach, was war das angenehm! Endlich interessierte sich jemand für seine Meinung. Herr Schnettelbeck freute sich.

Auf dem Marktplatz herrschte Wochenmarkt. Herr Schnettelbeck hatte noch nie im Schein von Gaslampen einen Markt besucht, aber auch das gefiel ihm ausnehmend gut. Er aß an einem Stand eine Bratwurst und überlegte beim Essen schon, was wohl eine kleine Wohnung in Unterstadt kosten würde. Er brauchte ja nicht viel, nur zwei Zimmer und eine Küche.

Als er den letzten Wurstzipfel verzehrte, kam ihm plötzlich der Gedanke, was eigentlich aus Tinea geworden sein mochte. Nun ja, wahrscheinlich hatte man sie an der Erdkruste ausgesetzt und sie war nun auf dem Heimweg zu ihren wuchernden Himbeeren. Die sehe ich bestimmt nicht wieder, dachte er. Besonders traurig stimmte ihn das aber nicht. Sie war eben doch nur ein nerviges Wirbeltier.

Er ließ sich durch die Menge treiben und merkte irgendwann mit Schrecken, dass es schon fünf Uhr nachmittags war. Was für ein aufregender Tag! Herr Schnettelbeck fragte sich durch, bis er ein kleines, einfaches, sehr sauberes Gasthaus fand, wo er übernachten konnte. Nach einem zünftigen Abendessen ging er auf sein Zimmer und schlief früh und zufrieden ein. Dabei dachte er daran, wie wunderbar er es getroffen hatte. Fast hatte er die Sterne vergessen. Hier unten brauchte er sie ja nicht.

Am nächsten Morgen wachte er spät auf. Es gab in der Unterstadt zwar kein Tageslicht, aber natürlich hatte Herr Schnettelbeck ein Gefühl für Tages- und Nachtzeiten, auch wenn er die Sonne nicht sah.

Er stärkte sich in seinem Gasthaus mit einem Frühstück und zog dann los, in Richtung Rathaus. Denn, so dachte er sich, auch wenn die Fledermäuse ihn unhöflich abgewiegelt hatten – das Rathaus war seine heißeste Spur. Eigentlich sogar die einzige, wenn man es richtig bedachte.

Das Rathaus lag direkt am Marktplatz. Herr Schnettelbeck krabbelte die eindrucksvollen Marmorstufen hinauf. Er würde dem Bürgermeister seine Aufwartung machen. In dieser wunderbaren Stadt musste ja sogar der Bürgermeister wunderbar sein!

Im Schalter im Eingangsbereich saß eine Assel in nüchternem Grau. »Sie wünschen?«, fragte sie traniger Stimme.

»Ich möchte den Bürgermeister sprechen«, erklärte Herr Schnettelbeck entschlossen.

»Dort hinauf, die erste Tür links«, erwiderte die Assel, und Herr Schnettelbeck setzte sich in Bewegung.

Es war sehr leer hier im Rathaus. Herr Schnettelbeck begegnete niemandem außer einer weiteren Assel, die eifrig die marmornen Flure putzte. Zwar hatte er damit gerechnet, den ganzen Vormittag auf eine Audienz zu warten – aber niemand außer ihm wollte eine. Vor dem Zimmer des Bürgermeisters stand ein Stuhl für Wartende, aber niemand saß darauf. Herr Schnettelbeck horchte einen Moment an der Tür. Keine Stimmen von drinnen. Also klopfte er.

»Herein«, rief eine Stimme, und Herr Schnettelbeck ließ sich nicht lange bitten.

Hinter einem schweren Eichenholztisch saß der Bürgermeister: eine schillernde, grünblaue Libelle. Sein Panzer war auf Hochglanz poliert, seine Haltung tadellos.

Das ganze Zimmer war tadellos. Herr Schnettelbeck war sogar etwas erschrocken von so viel Sauberkeit. Da war kein Stäubchen auf dem Schreibtisch zu sehen. Alle Papiere lagen Ecke auf Ecke, und zwar absolut parallel zur Tischkante. Sogar der Kork-Untersetzer, auf dem der Kaffee des Bürgermeisters stand, war der sauberste, den Herr Schnettelbeck je gesehen hatte. Das ganze Zimmer war von Gaslampen erhellt. Und sie brachten alle diese blanken Flächen zum Glänzen.

»Setzen Sie sich«, sagte der Bürgermeister und nickte in Richtung eines gepolsterten Stuhls, der vor seinem Schreibtisch stand. Herr Schnettelbeck setzte sich und bemerkte, dass jeder einzelne Polsternagel an dem Stuhl absolut akkurat eingeschlagen war.

»Guten Tag«, begann er also, die Vorderbeine im Schoß, etwas eingeschüchtert von so viel Tüchtigkeit und Ordnung. Er schielte auf das Schildchen, das auf der Tischplatte stand: Bürgermeister Odel. So hieß er also. »Ähm, Herr Odel, ich wollte Sie gern wegen einer Angelegenheit sprechen, die … nun ja. Ich hoffe, Sie können mir helfen. Man hat mich vom Fledermuseum aus zu Ihnen geschickt.«

Der Bürgermeister neigte neugierig den Kopf.

»Sie müssen wissen«, fuhr Herr Schnettelbeck fort, und ihm wurde etwas heiß, »ich komme aus Moosing. Ich bin Tourist.«

»Ah«, antwortete der Bürgermeister mit einem Anflug von Leutseligkeit. »Haben Sie sich schon die kulturellen Güter unserer Stadt angesehen? Wie hat Ihnen das Fledermuseum gefallen?«

»Sehr gut, es war sehr interessant. Bis auf die Fremdenführer, die waren ziemlich unhöflich.« Herr Schnettelbeck begann sich etwas wohler zu fühlen. »Aber unter uns – Wirbeltiere, nicht wahr?«

Odel lächelte von einem Libellenauge zum anderen.

Herr Schnettelbeck fuhr fort: »Das hier ist überhaupt eine tolle Stadt! So eine ausgewählte Anwohnerschaft und jede Form von Infrastruktur, die man braucht. Es ist wunderschön hier.«

»Das freut uns, das freut uns«, lächelte der Bürgermeister und nickte höflich.

»Und die tollen Meinungsmaschinen erst«, begeisterte sich Herr Schnettelbeck. »So etwas habe ich noch nie vorher gesehen! Ich wünschte, wir hätten so etwas auch in Moosing!«

Der Bürgermeister lächelte höflich weiter. »Sehr erfreulich. In welcher Angelegenheit schickt Sie das Fledermuseum?«

Herr Schnettelbeck räusperte sich. »Nun ja. Es ist so: Die Sterne sind verschwunden. Wissen Sie, wo sie sein könnten?«

Der Bürgermeister legte den Kopf schief und schaute Herrn Schnettelbeck verwundert an. »Die Sterne sind verschwunden? Aber das kann doch gar nicht sein.«

Zum ersten Mal kam es Herrn Schnettelbeck sehr dumm vor, dass er tatsächlich so eine Frage gestellt hatte. Er schämte sich richtiggehend. »Ich verstehe es ja auch nicht«, stotterte er. »Fest steht, sie sind weg. Der Mond ist noch da, die Sterne sind weg. Ich muss herausfinden, was mit ihnen passiert ist.«

»Darf ich Sie fragen«, setzte der Bürgermeister vorsichtig an, »ob Sie allein leben? Oder haben Sie jemanden, der Sie ... der Ihnen hilft? Mit dem Alltag und dem Haushalt?«

Herr Schnettelbeck wurde es wieder heiß unter dem Panzer. Wäre er nicht schwarz gewesen, wäre er jetzt hochrot geworden. »Ich bin nicht tüddelig, falls Sie das meinen«, erwiderte er mit schrecklich zitternder Stimme. »Ich bilde mir das nicht ein. Die Sterne sind wirklich weg.«

Der Bürgermeister machte sich eine Notiz. »Weg, sagen Sie? Einfach weg?«

»Vom Himmel verschwunden«, bestätigte Herr Schnettelbeck. »In Moosing und hier an der Küste auch. Man sieht sie nirgends mehr.«

»Ich werde jemanden durch den Schacht schicken, der sich die Sache heute Nacht anschaut«, versprach der Bürgermeister.

»Schacht?«, fragte Herr Schnettelbeck.

»Oh ja«, bestätigte der Bürgermeister »Das ist Unterstadts Durchgang zur Erdoberfläche, fast genau in der Stadtmitte. Der ist natürlich streng bewacht, um Kleinsäuger und Amphibien am Eintritt in die Stadt zu hindern, Sie verstehen.«

Herr Schnettelbeck nickte.

»Ihnen ist der Durchgang aber selbstverständlich gestattet, wenn Sie einen Ausflug zur Oberfläche machen wollen«, setzte der Bürgermeister hinzu. »Darf ich fragen, warum es Sie beunruhigt, dass die Sterne weg sind? Brauchen Sie sie?«

»Eigentlich nur«, stammelte Herr Schnettelbeck, »weil ich meine Dungkugel rollen will. Nach der Milchstraße. Das ist Tradition.«

Der Bürgermeister nickte, und Herr Schnettelbeck dachte, dass so ein glänzendes Libellenmännchen bestimmt nie in einem Dunghaufen herumgraben würde. Plötzlich fühlte er sich wie der letzte Bauerntrottel.

Um nicht völlig dämlich auszusehen, stellte er nun selbst eine

Frage: »Wieso, was meinen Sie, wieso haben die Fledermäuse mich zu Ihnen geschickt? Die haben gesagt: Fragen Sie den Bürgermeister. Nur warum?«

Bürgermeister Odel seufzte. »Zu schade. Das weiß ich leider auch nicht. Aber es gibt ja Leute in dieser Stadt, die meinen, ich wäre für einfach alles verantwortlich.« Er stand aus seinem Sessel auf. »Ich muss jetzt leider unser Gespräch beenden, ich habe noch dringende Angelegenheiten mit dem Festausschuss zu regeln.«

Herr Schnettelbeck stand ebenfalls auf und versuchte, noch etwas Nettes zu sagen. »Es ist ja fantastisch, dass ich überhaupt nicht warten musste«, bemerkte er. »Ich hätte erwartet, dass Sie eine Menge Besucher haben.«

»Oh nein«, sagte der Bürgermeister und war in Gedanken schon beim Festausschuss. »Die Bürger kommen fast nie hierher, um irgendwelche Probleme mit mir zu besprechen. Die Meinungsmaschinen sind dafür völlig ausreichend.«

»Vielen Dank und auf Wiedersehen«, sagte Herr Schnettelbeck und verließ rückwärts das Büro. Draußen putzte dieselbe Assel mit demselben Eifer wie vorher den Flur, der bereits blitzsauber war. Auf dem Weg nach draußen wurde Herrn Schnettelbeck klar, dass er immer noch kein Stück klüger war als vorher. Noch schlimmer: Er fühlte sich auf einmal ziemlich dumm. Und schmutzig. Er seufzte hoffnungslos.

Ich habe doch alles versucht, sagte er sich. Und alle Spuren sind ins Leere gelaufen. Was kann ich jetzt noch versuchen, was ich noch nicht getan habe? Er seufzte und dachte ans Aufgeben. Vielleicht wäre es wirklich besser, sich zu arrangieren. Hierherzuziehen, die Stadt zu genießen und sich keine Sorgen mehr über die Sterne zu machen.

Traurig setzte er sich auf die Stufen vor dem Rathaus. Aber so ganz war die Flamme des Widerstandes noch nicht erloschen. Er musste es noch einmal probieren. Wenn ich bloß mehr über die Sterne wüsste!, dachte er.

Er dachte eine Weile nach, und dann zog er zur Stadtbibliothek weiter. Er schaute in vielen Lexika die Sterne nach. Er schaute unter Verschwinden nach. Er schlug sogar unter *Mond* nach, aber er fand auch hier keinen Hinweis. Und weil er nicht schon wieder früh ins Bett gehen wollte, beschloss er, den Abend in einer Bar zu verbringen. Wenn er nun einmal hier war, wollte er auch das Stadtleben genießen.

Und so brach Herr Schnettelbeck zu einem abendlichen Stadtbummel auf. In der ersten Kneipe schmeckte ihm das Bier nicht. In der zweiten Kneipe gefiel ihm die Wandfarbe nicht. In der dritten Kneipe war so weit alles in Ordnung, aber die Leute am Nebentisch gingen ihm auf die Nerven. Dort saßen nämlich zwei alte Zikaden-Damen, eingehüllt in Häkeltücher, und steckten die Köpfe zusammen. Und Herr Schnettelbeck konnte nicht anders, als ihre Konversation mit anzuhören.

»Und stell dir vor, der Zinkel aus dem Nachbarhaus ist tot«, sagte die eine.

»Der? Nein«, staunte die andere. Besonders berührt war sie aber nicht. »Der auch?«

»Herzinfarkt«, nickte die erste.

»Genau wie bei meinem Onkel, der letztes Jahr gestorben ist«, sprach die zweite. »Auch Herzinfarkt. *Und* Krebs in den Antennen.«

»Erinnert mich daran, wie neulich das alte Fräulein Buchel gestorben ist«, sagte die erste.

»Oh ja.« Die zweite Zikade schwelgte kurzzeitig in Erinnerung. »Hirnschlag, nicht wahr? Wir hatten so eine schöne Trauerfeier. Mit Schnittchen und kleinem Buffet.«

»Hirnschlag«, seufzte die erste Zikade, »das ist bestimmt eine schreckliche Art zu sterben.«

»Oh, der Postbote meiner Schwester ist an Blutvergiftung gestorben«, trumpfte die zweite auf. »Das ist bestimmt viel schlimmer.«

»Aber nicht so schlimm wie eine Konservenvergiftung«, trumpfte die erste auf. »Das ist ein ganz scheußlicher Tod. Langsam und unangenehm.«

»Ach ja?«, fragte die zweite. »Wer ist denn daran gestorben?«

»Meine Mutter«, erklärte die erste stolz.

Herr Schnettelbeck stützte den Kopf auf den Vorderfuß. Dieses Gespräch war schrecklich deprimierend. Nicht weil es ums Sterben ging, sondern weil die beiden so einen Spaß dabei hatten! Er hatte angenommen, wenn er erst einmal tot wäre, dann würden die Leute schon merken, wie wichtig er gewesen war. Aber anscheinend war das gar nicht so. Was war man schon, wenn man tot war? Eine Trumpfkarte im Verblichenen-Quartett der Lebenden.

Sterben ist auch nicht mehr das, was es mal war, dachte er.

Und überhaupt, wie hatte er sich das eigentlich vorgestellt? Dungkugel fertig machen, rollen, vergraben und dann? Wie machte man das überhaupt? Hinlegen und sterben, so ähnlich wie schlafen? Langsam kam ihm der Verdacht, dass es vielleicht nicht ganz so einfach war. Bekanntlich ist ja *nichts* so einfach, wie man es sich vorstellt.

Sollte man sich vielleicht aufhängen? Aber das nützte ihm ja nichts, denn er war ein Käfer, und er atmete ja gar nicht durch den Hals wie ein Wirbeltier. Er würde nur schön dumm an der Decke hängen und sich ärgern. Ertränken ging auch nicht, dummerweise konnte er schwimmen. Wäre er nur ein Spinnenmännchen! Dann könnte er sich bequem fressen lassen, von irgendeiner anständigen Dame von untadeligem Ruf. Und die Begräbniskosten würde er obendrein sparen. Aber er war ja nun mal ein Käfer.

Das wird doch zu deprimierend, dachte er sich. Also zahlte er, stand auf und ging. Kaum war er draußen auf der Straße, fiel ihm ein weiteres Kneipenschild ins Auge: der »Hellgrüne Krug«. Das klang traditionell, so wie er es mochte.

»Na schön«, murmelte Herr Schnettelbeck und steuerte auf die Tür zu.

Das war eher nach seinem Geschmack! Hier sah es aus wie in der Kneipe, in der er nach der Probe immer die Abende mit seinem Käfer-Gesangsverein verbracht hatte. Es gefiel allerdings auch vielen anderen Leuten hier, und deshalb war es ziemlich voll. Die Musik war laut, und Herr Schnettelbeck musste sich durch die Menge quetschen, um zur Theke zu kommen. Kaum hatte er ein Bier ergattert, da rempelte ihn ein angeschickerter Rosenkäfer an. Eigentlich wollte Herr Schnettelbeck zu einer sehr lauten Beschwerde ansetzen – aber plötzlich vergaß er, was er sagen wollte.

Denn da, mitten im Raum, tanzte jemand den Skarabäustanz, und so etwas sah man nicht alle Tage. Ein wirbelnder Strudel von Tüchern, die wie glänzende Flügel hinter der Tänzerin herwehten! Blau und schwarz und goldfarben, so wild, dass man kaum sehen konnte, wer da wirbelte und tanzte. Von einem Ende des Raums zum anderen, sich im Kreis drehend, dann ein graziöser Richtungswechsel! Herr Schnettelbeck stand da und vergaß alles, sogar seinen eigenen Namen.

Ein betrunkener Kartoffelkäfer fing an, im Takt zu klatschen, und Herr Schnettelbeck fuhr ihn ärgerlich an: »Seien Sie doch ruhig!« Wie konnte man nur solch hohe Kunst mit bierseligem Klatschen entweihen?

Die Schleier drehten sich langsamer und sanken tiefer, und Herr Schnettelbeck sah schwarz glänzende Mandibeln und Flügeldecken, kecke Antennen und graziöse Käferbeine. Es war eine Mistkäferin. Aber nicht irgendeine gewöhnliche Mistkäferin, so wie Herr Schnettelbeck ein gewöhnlicher Mistkäfer war. Eine Skarabäuskäferin, mit exotisch gezackten Vorderbeinen, ein ganzes Stück größer als Herr Schnettelbeck.

Tja, die Südländer, dachte Herr Schnettelbeck mit widerwilligem Respekt, die hatten es eben im Blut.

Die Tänzerin drehte sich langsamer, und die Schleier sanken zu ihren Füßen. Sie wackelte kokett mit den Schultern, nahm einen der Schleier vors Gesicht und zwinkerte ihr Publikum an – und dabei schaute sie genau auf Herrn Schnettelbeck!

Wie ein heißes Eisen durchfuhr es ihn. Alles um ihn herum war plötzlich weit weg. Das klatschende Publikum, die Kneipe und das Bier, das er umklammert hielt wie ein Ertrinkender einen Rettungsring. Er war stocksteif gefroren, bis ihm der Wirt auf die Schulter haute und ihn fragte, wie es ihm gefallen hätte.

Und die Tänzerin kam neben ihn an die Bar und bestellte sich einen Saft. Jemand flüsterte ihr etwas zu, und sie lachte so laut und kehlig, dass Herr Schnettelbeck zusammenzuckte. Es war wie das Erwachen aus einem Traum. Er wollte eigentlich nur schnell weg, weg von diesem schrecklich schönen Weibchen, aber da bat sie ihn schon: »Halten Sie doch mal bitte meine Schleier!«, und sie legte ihre Tücher auf seinem Arm ab. Ihre Stimme klang dunkel, und ihre Tücher rochen nach Amber.

Herr Schnettelbeck schielte sie verstohlen aus dem Augenwinkel an, während sie ihren Saft in einem Zug leertrank. Solch verwegen geschwungene, gezackte Vorderbeine! Das musste das schönste Paar Vorderbeine sein, das er je gesehen hatte.

»Danke.« Die Tänzerin nahm ihre Schleier wieder von seinem Arm und stellte ihr Saftglas auf den Tresen. Herrn Schnettelbeck warf sie ein Lächeln zu, und er lächelte zurück – und sah dabei bestimmt furchtbar dämlich aus.

Die Käferin seufzte und sank atemlos auf den Barstuhl. »Puh, das war anstrengend. Ich bin ja auch nicht mehr die Jüngste«, sagte sie.

Reiß dich zusammen!, befahl sich Herr Schnettelbeck. Du wirst doch wohl nicht vor so einem Pillendreherweibchen sprachlos dastehen! Er räusperte sich. »Ähäm. Ähäm. War das nicht der berühmte Skarabäustanz?«

»Einer davon«, erklärte die Tänzerin. Irgendetwas war merkwürdig an ihrer Stimme. Zwar hatte sie keinen Akzent – aber ganz korrekt war ihre Betonung auch nicht. Herr Schnettelbeck fand es jedenfalls aufregend. »Es gibt verschiedene Skarabäustänze«, fuhr sie fort. »Das war einer der anspruchsvollsten. Das wird in meinem Alter langsam schwierig.«

»Sie haben aber wundervoll getanzt«, beeilte sich Herr Schnettelbeck zu versichern. »Das war große Kunst! Wie alt sind Sie denn, wenn ich fragen darf?«

Da lehnte sie sich zu ihm hinüber und flüsterte ihm ihr Alter ins Ohr. Herr Schnettelbeck war bass erstaunt. »Wirklich? Sie sehen aber noch lange nicht so aus!«

»Das Tanzen hält mich in Form«, erwiderte das Käferweibchen und lächelte, und Herr Schnettelbeck wollte noch so viel mehr sagen, aber das ging ja nicht an. Einfach so irgendeinem fremden Weibsbild Dinge mitteilen, die er schon seit fünfzig Jahren nicht mehr gesagt hatte – unmöglich!

Raus mit den Manieren, befahl er sich. Damals wusstest du doch, wie das geht!

»Möchten Sie, ähm, noch etwas trinken?«, fragte er heiser.

Da lächelte sie noch breiter. »Gerne«, sagte sie, hakte sich bei ihm ein und ließ sich zu einem Tisch führen.

Herr Schnettelbeck setzte sie ab und krabbelte dann zur Bar zurück, so schnell er konnte. Kalte Ente hatte sie sich gewünscht, na schön. Ein Weibergetränk eben. Für sich selbst bestellte Herr Schnettelbeck ein Weißbier, und dann trug er beides im Slalom durch die Menge. Die Käferin saß auf ihrem Stuhl und blickte ihm lächelnd entgegen.

Konversation! Und Haltung. Herr Schnettelbeck setzte sich, räusperte sich und rückte seinen Stuhl zurecht. »Sie tanzen bestimmt schon sehr lange, nicht wahr?«, fragte er.

Sie nickte. »Ich bin Tanzlehrerin.« Sie nippte an ihrer Kalten Ente. »Aber seit kurzem im Ruhestand. Und jetzt mache ich große Ferien, bereise die Welt und überlege mir danach, was ich mit meinem Leben als Nächstes anfange.«

»Und gefällt es Ihnen hier in Unterstadt?«

Die Käferin zuckte die Achseln. »Es ist eine schöne Stadt und sehr sauber«, sagte sie vorsichtig. »Aber auf Dauer würde mir das Tageslicht fehlen. Ich komme aus der Wüste, wissen Sie. Und Sie, wohnen Sie hier?«

Herr Schnettelbeck schüttelte den Kopf. »Ich bin auch Tourist«, erklärte er. »Und ich komme eigentlich aus Moosing. Das ist nur ein paar Tagesreisen entfernt. Jetzt schaue ich mich hier ein bisschen um.« Von den Sternen wollte er ihr nichts erzählen. Es war ja schlimm genug, dass ihn die Fledermäuse ausgelacht hatten und der Bürgermeister ihn für wunderlich erklärt hatte! Das schmerzte immer noch.

Die schrecklich schöne Tanzlehrerin hieß Monifa. Sie erzählte ihm von ihrem Leben; wie sie als junge Käferdame aus der Wüste in mildere Klimagebiete gekommen war; dass sie verwitwet war; wo sie schon überall Tanzunterricht gegeben hatte. Und Herr Schnettelbeck erzählte von seinem Beruf und von seinen Kindern und Enkeln, nur dass er immer noch verheiratet war, das ließ er außen vor. Mit Fräulein Monifa konnte er sich wunderbar unterhalten. Und sie war so intelligent für eine südländische Pillendreherin! Ganz außergewöhnlich.

»Ich glaube, ich gehe jetzt schlafen«, sagte Fräulein Monifa schließlich. »Danke für den schönen Plausch.«

»Oh«, sagte Herr Schnettelbeck betroffen.

»Vielleicht sieht man sich«, sagte Fräulein Monifa und stand auf. »Ich bin sicher öfter abends hier im Krug.« Und sie *guckte* so, als wolle sie auch, dass Herr Schnettelbeck wiederkäme.

»Bestimmt«, sagte er und lächelte wie ein Idiot. »Bestimmt sieht man sich hier!«

Sie lächelte und krabbelte davon. Herr Schnettelbeck seufzte vor Wonne, blieb sitzen und starrte ihr fünfzehn Minuten hinterher, ohne zu merken, wie die Zeit verging.

4. Kapitel

Über Tage

In dieser Nacht kriegte Herr Schnettelbeck nur wenig Schlaf. Entsprechend müde war er, als er morgens aufstand. Er ließ sich noch einmal durch die Stadt treiben, wie er das auch gestern schon getan hatte. Aber es gab keine Zerstreuung, die ihn mehr faszinieren konnte – nichts erschien ihm so interessant, so schön und sehenswert wie Monifas Skarabäustanz. Das war höchst ungerecht, denn Herr Schnettelbeck hielt überhaupt nichts von diesen ausländischen Mistkäfern aus dem Süden. Er fand, dass sie im Süden bleiben sollten. Aber Monifa, so sagte er sich, war eben rassig. Heißblütig. Das was es wohl, was ihm gefiel. Jawohl. Sie war gar nicht so toll. Sie war nur exotisch, und deswegen faszinierte sie ihn. Morgen würde ihm das alles albern vorkommen. Oder spätestens nächste Woche.

»'tschuldigung, ha'm Sie ein bisschen Kleingeld über?«

Herr Schnettelbeck drehte sich um. Hinter ihm stand der hässlichste, ungesündeste, tragischste Wurm, den seine Augen je erblickt hatten. Er wollte diesen Bettler gerade mit einer flammenden Rede über die Vorteile des arbeitsamen Lebens zurechtweisen, da merkte er, dass es gar kein Wurm war.

Es war Tinea. Tinea, in voller Lebensgröße, eingewickelt in einen großen Jutesack, und an ihren Händen und Füßen hatte sie vier rostige, ungleich große Kletterhaken. Nur ihr Gesicht schaute aus dem Jutesack heraus wie aus einem eng zugeschnürten Schlafsack. Auf den Augen trug sie eine schwarze Schweißerbrille.

Herr Schnettelbeck war zuerst so fassungslos, dass er gar nicht wusste, was er sagen sollte. Dann stammelte er: »Bist du verrückt? Was tust du denn hier?«

»Siehst du doch. Die können mich aus ihrer popeligen Stadt rausschmeißen, aber ich komme wieder! Und was treibst du?«

»Wie hast du mich überhaupt gefunden?«, flüsterte Herr Schnettelbeck, statt zu antworten.

»Bin dem Genörgel gefolgt. Komm, ich hak mich bei dir ein und du führst!« Tinea streckte hilfesuchend einen Arm aus. Es sah schon komisch aus, wie sie da hing – ganz offensichtlich war sie nicht in ihrem Element.

»Wohin?«, fragte Herr Schnettelbeck verdattert. Tinea hing schwer an seinem Mittelbein.

»Zu dem Schacht, der zur Oberfläche führt«, erwiderte Tinea. »Und dann zeig ich dir was. Und unterwegs erzählst du mir, was in diesem Dreckskaff so alles passiert ist, während ich weg war.«

Herr Schnettelbeck schaute sich ängstlich um und hoffte, dass niemand Tinea erkennen würde. Er war ganz froh, sie zu sehen, und wollte gern ihre Meinung zu seinen bisherigen Erkenntnissen hören. Das würde er sich aber bestimmt nicht anmerken lassen. Also steuerte er sie langsam und mühselig in Richtung des Schachtes. Leute stießen mit ihr zusammen, so elend ungelenk bewegte sie sich in ihrem Kostüm.

»Wie lange bist du schon hier?«, fragte er und nickte mit angestrengtem Lächeln anderen Leuten zu, die um Tinea herumlaufen mussten.

»Fast fünf Stunden. Kein Spaß, das sag ich dir! Mir läuft die ganze Zeit das Blut in den Kopf. Los, erzähl! Was hast du hier getrieben?«

»Nicht viel.« Herr Schnettelbeck kratzte sich am Kopf. »Ich hatte eine Audienz beim Bürgermeister, aber er hat mir nicht weitergeholfen. Er hat mich quasi für verrückt erklärt, als ich ihn nach den Sternen gefragt habe.«

»Überraschung. Merkst du was? Keiner mag es, wenn du sie danach fragst.«

»Und ich war im Fledermuseum«, sagte Herr Schnettelbeck würdevoll. »Das sind die einzigen Wirbeltiere, die in Unterstadt erlaubt sind. Und die dürfen auch nur in der Zitadelle leben. Eine sehr vernünftige Entscheidung, wie ich finde. Sehr angenehm. Man ist hier unter sich.«

Tinea schnaubte. »Und, wer hat nun die Sterne?«

Herr Schnettelbeck wiegte den Kopf. »Das weiß ich noch nicht. Woher hast du überhaupt diese lächerliche Aufmachung?«

»Von freundlichen Leuten.«

»Aha.«

»Und deswegen will ich auch, dass du mitkommst durch den Schacht, verstehst du?«, erklärte Tinea und hakte sich mühsam vorwärts. »Ich will sie dir vorstellen.«

»Es gefällt mir hier unten ausnehmend gut«, erwiderte Herr Schnettelbeck, um sie zu ärgern. »Wirklich eine ganz reizende Stadt. Aber meinetwegen.«

Durch die vollen Gassen näherten sie sich langsam dem

Schacht. Das war ein riesiger, senkrecht nach oben führender Tunnel aus massiven, alten Steinen, gut bewacht von Käfern und Libellen. Das wenige Licht, das durch ihn hinunter nach Unterstadt fiel, kam Herrn Schnettelbeck bereits blendend hell vor. Nur langsam gewöhnten sich seine Augen daran.

Kaum jemand wollte über den Rand hinauf zur Erdoberfläche klettern. Herr Schnettelbeck und Tinea wurden von den müden Wachen kurz angenickt und durchgelassen. Für Tinea begann nun der wirklich mühsame Teil, der langsame Aufstieg. Zum Glück war der Rand des Schachtes aus sehr alten Steinen gemauert, und man fand einen guten Halt, besonders mit Kletterhaken.

»Hier haben sie mich neulich rausgeworfen«, bemerkte Tinea.

»Womit hast du die letzten Tage verbracht?«, fragte Herr Schnettelbeck, der mühelos neben ihr herkrabbelte. Er dachte an die Leute, von denen sie ihm eben erzählt hatte, und nun wurde er doch neugierig. »Gibt es da oben wirklich freundliche Leute?«

»Oh ja, es gibt Leute«, erklärte Tinea zwischen zusammengebissenen Zähnen. »Über Unterstadt gibt es eine Oberstadt. Und wer da wohnt, das kannst du dir denken.«

Herr Schnettelbeck riet: »Wirbeltiere, die nicht in Unterstadt wohnen dürfen?«

»Ja. Und sie sind ziemlich wütend.« Tinea schnaufte.

»Was soll ich dann bei ihnen?«, fragte Herr Schnettelbeck konsterniert. »Es ist ja wohl nicht meine Schuld, dass in Unterstadt Wirbeltierverbot herrscht!«

»Wirst du sehen. Du wirst's mir noch danken.« Mit einen Keuchen schob sich Tinea endlich über den Rand des Schachtes und fiel unter einem Heidekrautstängel um. »Hui. Das war anstrengend!« Sie warf die Kletterhaken weg und öffnete die Schnur, mit der ihr Verkleidungssack um ihr Gesicht herumzugezurrt war. »Hilf mir mal, ich komm hier nicht alleine raus!«

Jetzt rollte sie tatsächlich herum wie ein Wurm. Das sah schon viel echter aus, fand Herr Schnettelbeck. »Ein Wunder, dass du mit dieser lächerlichen Verkleidung nicht ertappt worden bist«, sagte er, und dann half er, den Sack über ihre Schultern herunterzuziehen.

»Ach, ist das schön, wenn das Blut wieder in die Füße läuft!« Tinea schüttelte sich, faltete ihre Verkleidung zusammen und legte sie sich über den Arm. »Komm mit.«

Herr Schnettelbeck schaute sich um. Es fing gerade an zu schneien. Heidekraut, wohin man sah, und dazwischen Birken. Herr Schnettelbeck machte sich nichts aus Birken. Er hatte ihnen noch nie viel Beachtung geschenkt, um ehrlich zu sein. Aber diese Birken gefielen ihm tatsächlich gar nicht. Er konnte aber nicht sagen, warum. Es waren ganz normale Bäume.

Oder? Und da merkte er, dass diese Birken dunkle Querbänder in der Rinde hatten, die ein bisschen wie menschliche Augen aussahen. Mit einem Bogen, der wie ein Oberlid wirkte, und einem Fleck in der Mitte. Man fühlte sich richtig beobachtet. Aber hatten das nicht alle Birken so? Herr Schnettelbeck wünschte sich jetzt, er hätte früher genauer hingeschaut.

»Ähäm«, machte er. »Diese Bäume haben aber eine Menge ... Augen. In der Rinde.«

Tinea hörte das Unbehagen in seiner Stimme und schaute sich um. »Unsinn«, verkündete sie. »Alle Birken haben solche Augen.«

Herr Schnettelbeck schnaufte und beschloss, das Thema auf

sich beruhen zu lassen. Durch das Heidekraut verlief ein Trampelpfad, und dem folgten sie. Schon nach drei Minuten kamen sie auf eine Lichtung. Unter ihren Füßen knirschte trockener Sand.

Und dann sah er ein paar Baracken mitten auf der Fläche, aus schmutzigem Holz und Zeltleinen und Wellblech. Dazwischen standen drei Brunnen – die waren sogar aus Stein – mit Pumpen und Eimern. Und irgendjemand hatte eine Toilettenhütte gebaut, mit einem Herzchen in der Tür. Immer noch fielen kleine Schneeflocken.

»Willkommen in der Oberstadt«, sagte Tinea.

»Ah«, sagte Herr Schnettelbeck. »Das sind die Leute, die dir geholfen haben, diese Verkleidung zu bauen? Sehr stümperhafte Arbeit. Und sehr schmutzig. Das scheint ihr Stil zu sein.«

»Pass bloß auf, du Kalkeimer!«, fauchte Tinea ihn an. »Und fang nicht schon wieder an zu zicken. Ich hab dich hierher gebracht, weil die dir sagen können, was mit deinen Sternen passiert ist. Und du beleidigst sie!«

»Du könntest es mir auch einfach sagen«, erwiderte Herr Schnettelbeck. »Ist das zu viel verlangt?« Tinea stapfte wütend vor ihm her. Er musste sich bemühen, um mit ihr Schritt zu halten.

Nie im Leben, dachte Herr Schnettelbeck, hatte Tinea die Lösung gefunden. Nie im Leben! Aber sie hatte nicht so geklungen, als würde sie scherzen. Vielleicht wusste sie ja doch etwas? Vielleicht konnte selbst ein so nutzloses Subjekt wie Tinea mal eine nützliche Idee haben? Herr Schnettelbeck räusperte sich schließlich. »Ähäm. Stimmt das wirklich? Die Leute hier wissen, wo die Sterne hin verschwunden sind?«

»Sag ich doch«, schnaubte Tinea.

Nach der langen Reise und mehreren erfolglosen Tagen in der Unterstadt, konnte es wirklich so einfach sein? Herr Schnettelbeck trippelte hinter ihr her, so schnell er konnte.

Die Sonne auf seinem Panzer war herrlich angenehm. Die frische Luft hatte auch etwas für sich, dachte er. Als Käfer war er schließlich über wie unter der Erde zu Hause.

Von Nahem sahen die Baracken noch viel deprimierender aus, dachte Herr Schnettelbeck. Oberstadt! Wer hier wohnte, der musste wahnsinnig sein.

Aus einer Baracke lugte ein Spitzmäuserich. »Hallo, Tinea«, rief er. »Ist das der Mistkäfer?«

»Das ist der Mistkäfer«, sagte Tinea.

Der Spitzmäuserich kam aus seiner Behausung und schüttelte mit seiner Pfote Herrn Schnettelbecks Käferbein. »Hallo, Herr Schnettelbeck. Mein Name ist Wach. Emil Wach. W und Ach.« Er kicherte.

Wirbeltierhumor, dachte Herr Schnettelbeck gequält und versuchte sich ein Lächeln abzuringen.

»Sind die anderen schon unterwegs?«, fragte Tinea.

»Alle ausgeflogen.« Emil Wach putzte sich das Ohr. »Außer Martha. Martha, komm mal her!«

Martha war eine ältliche braune Froschdame. Und sie hatte eine Marotte, die Herr Schnettelbeck hasste bis aufs Blut: Sie sprach ihre Sätze nicht fertig.

»Ah, hallo«, quakte sie. »Ist ja schön, Sie mal, nicht wahr. Wir freuen uns über. Tinea, du musst dringend noch den Küchendienst. Jedenfalls, wir sind ja so erfreut, Sie bei uns zu. Es ist nicht leicht mit, na, Sie wissen schon.«

(Herrn Schnettelbecks Mundwerkzeuge fingen unwillkürlich an zu knirschen, wenn er ihr nur zuhörte.)

»Ich koche hier im Lager«, fuhr Martha munter fort. »Ich hoffe, Sie schätzen. Ich bin sehr gut mit Eintöpfen und. Seeeehr gut mit Eintöpfen!«

»Oh ja«, sagte Tinea. »Er liebt Eintöpfe. Deftige Hausmannskost und so. So, jetzt zeige ich dir erst mal die wunderschöne Oberstadt.« Sie schnappte Herrn Schnettelbeck am Bein und zerrte ihn herum. »Guck, hier, das ist unsere Feuerstelle, und das sind unsere drei Brunnen. Ist aber überall dasselbe Wasser drin.«

»*Unsere* Brunnen?«, entgegnete Herr Schnettelbeck spitz. »Du hast dich hier schon richtig eingewöhnt, wie ich sehe.«

Tinea runzelte die Stirn. Dann sagte sie: »Na und? Natürlich sympathisiere ich mit den anderen. Wir werden hier alle als Ausgestoßene behandelt! In diesem Zelt wohnt Haugbrot, und in dieser Hütte wohnt der Professor, in der hier drüben Emil Wach, das hast du ja schon gesehen. In dem Zelt da bin ich untergekommen, eigentlich gehört es unserer Hexe. Aber keine Angst, die ist nett, auch wenn sie eine Hexe ist.«

Herr Schnettelbeck schaute sich nur um und schüttelte den Kopf.

»Das hier ist unser Klo«, erklärte Tinea, »mit dem Herzchen in der Tür. Erkennt man sofort. Sogar, wenn man ein bisschen senil ist.«

Herr Schnettelbeck antwortete nicht einmal. Er betrachtete die traurigen Häuser der Oberstadt. »Woher«, fragte er vorsichtig, »habt ihr überhaupt diese ganzen Stangen und das Wellblech? Auf der Ebene hier ist ja weit und breit kein Geschäft und kein Sägewerk, nicht mal ein Krämer.«

Tinea stampfte mit dem Fuß auf. Der Sand stob zur Seite und es klang hohl. »Als die Unterstadt gebaut wurde«, erklärte sie, »haben die Wirbellosen einfach ihre ganzen Bauabfälle auf der Erdoberfläche deponiert. Aus den Augen, aus dem Sinn. Sand und Heidekraut haben sie zugedeckt, aber wir stehen noch drauf. Sehr praktisch für uns.«

»Uns?«, echote Herr Schnettelbeck. »Du klingst wirklich so, als wäre das dein neues Zuhause.«

Tinea zuckte die Achseln. »Ich hab doch gesagt, ich sympathisiere mit ihnen. Und das würdest du auch, wenn du weiter denken würdest als bis zu deinem eigenen Tellerrand. Aber wenn man selbst nicht aus der Stadt gejagt und ausgeschlossen wird, dann kann einem das egal sein, nicht?«

»So, so? Seit wann hast du denn ein soziales Gewissen?«, fragte Herr Schnettelbeck spitz.

»Immerhin geht's mir um die Ungerechtigkeit und dir nur um einen Klumpen Kacke«, hielt Tinea dagegen.

Herr Schnettelbeck räusperte sich. »Und wann erklärst du mir, wo die Sterne sind?«

»Da musst du dich gedulden«, lächelte Tinea weise. »Da müssen alle anderen auch dabei sein. Ich hab ihnen von dir erzählt. Sie möchten alle dein Gesicht sehen, wenn du es erfährst.«

»Das muss ja eine ganz tolle Geschichte sein«, murmelte Herr Schnettelbeck verdrießlich.

»Erste Klasse«, versprach Tinea. »Komm zur Feuerstelle, Martha kocht uns was zum Essen!«

Der Nächste, der eintrudelte, war der Professor. Er kam am frühen Nachmittag, und über dem Kopf trug er einen Käfig. Zuerst dachte Herr Schnettelbeck, er hätte sich verguckt – aber da stakste wirklich ein dünner, älterer Mann mit einem Käfig auf den Schultern herum, in dem sein Kopf steckte.

»Wer ist das denn?«, flüsterte er und stieß Tinea den Ellbogen in die Rippen.

Tinea sprang auf. »Huhu, Professor Grätzlich«, rief sie.

»Oh. Guten Tag, Tinea.« Der Neuankömmling zog seine Brille durch die Käfigstangen nach draußen, polierte sie an seinem Ärmel und bugsierte sie dann wieder in den Käfig hinein auf seine Nase. »Guten Tag, Herr Schnettelbeck. Sehr erfreut. Schön, dass Sie sich für die Vorgänge in Unterstadt interessieren. Die meisten Wirbellosen möchten nichts darüber wissen. Als Sozialforscher bin ich hier, um das Verhältnis beider Seiten des Phänomens zu untersuchen usw.« (Er sagte tatsächlich Uh-Ess-Weh, was Herrn Schnettelbeck sehr seltsam vorkam.) »Eine hochinteressante Feldstudie. Hochinteressant. Einerseits die Wirbellosen, die, nun ja, den Kopf in den Sand stecken. Andererseits die Wirbeltiere, die verzweifelt darauf warten, dass ihr Anliegen gehört wird. Hochinteressant, diese Gesellschaftsstrukturen.«

»Professor Grätzlich hat eine Menge schlauer Bücher geschrieben«, warf Tinea ein. »Und er weiß fast alles.«

»Nein, nein, überhaupt nicht«, wehrte Professor Grätzlich bescheiden ab. »Tinea, ich muss leider schon weiter.«

»Nur eine Frage! Warum haben Sie einen Käfig auf dem Kopf?«, fragte Herr Schnettelbeck schnell.

»Oh. Nun ja, Sie müssen wissen, das Gehirn ist ein außerordentlich empfindlicher Apparat«, erklärte Professor Grätzlich. »Ein Schlag auf den Kopf im falschen Winkel, und man kann tot sein. Oder z. B. seinen Geruchssinn verlieren. Oder seine Identität völlig vergessen! Etc, pp. Sobald ich angefangen hatte, mich mit dem Gehirn zu beschäftigen, wurde mir klar, dass es purer Leichtsinn ist, seinen Kopf nicht jederzeit zu schützen.«

»Besonders, wenn man sein Hirn so sehr mit Sachen gefüllt hat wie er«, nickte Tinea. »Das wäre jammerschade.«

Der Professor lächelte. »Dieser Käfig erlaubt mir einen ausgezeichneten Ausblick, frische Luft im Haar und völligen Schutz von allen Seiten. Jetzt muss ich aber wirklich zu meinem Zelt. Eine Abhandlung über die Sozialstrukturen der Wirbeltierdiskriminierung wartet nur darauf, geschrieben zu werden!« Er wandelte davon.

Herr Schnettelbeck legte den Kopf schief. »Ihr Wirbeltiere nehmt diese ganze Sache ein bisschen zu ernst«, stellte er fest. »Sozialstrukturen der Wirbeltierdiskriminierung, du meine Güte!«

»Wart's ab«, sagte Tinea grimmig.

Als Nächstes kam Haugbrot. Haugbrot war der Anführer. Er ähnelte dem Professor, aber ohne Käfig auf dem Kopf.

»Ah, Schnettelbeck, ausgezeichnet, ausgezeichnet«, erklärte Haugbrot und schüttelte Herrn Schnettelbecks Vorderbein, und dann hielt er ihm einen ellenlangen Vortrag über die Diskriminierung der Wirbeltiere. Herr Schnettelbeck hätte gerne gesagt, dass er die Diskriminierung der Wirbeltiere eigentlich völlig in Ordnung fand, aber Haugbrot ließ ihn nicht zu Wort kommen. Endlich schloss er seine Begrüßungsrede mit den Worten: »Ich freu mich sehr, dich auf unserer Seite zu haben. Ausgezeichnet.« Und dann wackelte er davon, und Herr Schnettelbeck war beleidigt, weil er nichts hatte sagen dürfen.

Plötzlich war auch Tinea verschwunden. Missbilligend sah Herr Schnettelbeck sich um. Jetzt war er auf einmal alleine mit diesen Fremden, die auch noch alle verrückt waren. Was sollte das denn?

Dabei merkte er, dass ein neues Gesicht aufgetaucht war. Da

saß eine pummelige Frau am Feuer, ziemlich jung – vielleicht ein paar Jahre älter als Tinea – und hatte einen Pelzumhang an, obwohl es am Feuer brütend warm war. Herr Schnettelbeck ging hin, denn er wollte seine schlechte Laune irgendwo abladen.

»Ist Ihnen nicht warm?«, fragte er die Pelzfrau missbilligend. »Sie werden sich einen Hitzschlag holen.«

Die Pelzfrau schaute auf. Angewidert bemerkte Herr Schnettelbeck, dass sie einen Ring in der Nase hatte. »Nee, das bin ich gewöhnt. Das gehört zu meiner Berufskleidung. Ich muss die Gaben der Natur anziehen, um mich mit der Natur ganz eins zu fühlen, verstehen Sie? Möchten Sie eine Limonade?«

»Nein, danke«, sagte Herr Schnettelbeck und betrachtete sie. »Limonade macht dick.«

»Ich sortiere hier gerade meine Fundstücke«, erklärte die Pelzfrau. Liebevoll ordnete sie vor sich alte Rasierwasserfläschchen und Pillendöschen. »Hier, sehen Sie? Tau von einer Minze. Und das hier – das ist reine Gewitterluft. Extrem stark.«

Herr Schnettelbeck wollte eigentlich nichts mit ihr zu tun haben; sie schien noch verrückter als die anderen. Trotzdem überwog die Neugier. »Wofür brauchen Sie denn das alles?«

»Ich bin eine Meteoromagierin«, erklärte sie, ohne von ihren Fundstücken aufzuschauen. Aha, das war also die Hexe, von der Tinea erzählt hatte!

»Also, zu meiner Zeit hat man dazu noch Gewitterhexe gesagt«, bemerkte Herr Schnettelbeck spitz. Für neumodische, schicke Wörter hatte er überhaupt kein Verständnis.

»Ja«, sagte das Pelzwesen, ohne seinen spitzen Ton zu bemerken. »Aber heute sagt man das nicht mehr. Heute heißt das Meteoromagierin.«

Tinea schwang ein Bein über das Bänkchen, das hinter der Hexe stand. Sie klopfte ihr freundlich auf den Rücken. »Na? Was Brauchbares gefunden heute?«

»Erstklassige Gewitterluft«, erklärte die Hexe stolz, ohne hochzugucken. »Und Tau von einer Minze! Weißt du, wie schwer es ist, bei dieser Kälte Tau zu finden?«

Da merkte Herr Schnettelbeck, dass er gar nicht wusste, wie die Hexe hieß. »Zu meiner Zeit«, schnaubte er leise, aber hörbar, »da hat man sich noch vorgestellt. Verrohte Sitten sind das!«

»Wissen Sie eigentlich, dass ich mir gestern erst einen neuen Namen gegeben habe?«, sagte die Gewitterhexe plötzlich und schaute Herrn Schnettelbeck begeistert an.

Selbstbenamung? Das konnte Herr Schnettelbeck nicht billigen. War das jetzt Mode unter den jungen Leuten? Tinea hatte sich ja auch umbenannt, aber von der war das nicht anders zu erwarten. »Hat Tinea Sie auf diese Idee gebracht?«, fragte er.

»Genau«, erklärte die Hexe strahlend und nickte Tinea zu. »Mein echter Name war scheußlich.«

Das fand Herr Schnettelbeck ganz und gar unangebracht. »Sie sollten dankbar sein, dass Ihre Eltern Ihnen überhaupt einen Namen gegeben haben. Manche Leute haben nicht mal das! Wo kämen wir denn hin, wenn die Leute sich einfach nennen würden, wie sie wollen?« Aber niemand hörte ihm zu, besonders nicht die Gewitterhexe.

»Man muss sich das vorstellen«, erklärte der Professor, »unsere verehrte Meteoromagierin hier hat von ihren Eltern einen so schlimmen Namen bekommen, dass sie es einfach nicht über sich gebracht hat, sich uns vorzustellen! Ein ganzes Jahr lang hat sie namenlos bei uns gelebt. Aber jetzt ist das Problem gelöst.«

Herr Schnettelbeck war noch nicht ganz überzeugt. »Als Frau können Sie doch einfach einen Mann mit einem schönen Namen heiraten.«

»Schöne Männer haben nie schöne Namen«, seufzte die Hexe. »Und außerdem bin ich sehr ernsthaft mit meinen Studien der Meteoromagie beschäftigt. Fürs Heiraten habe ich im Moment gar keinen Kopf.«

»*Außerdem*«, sagte Emil Wach, »will sie ja auch nicht Adalbert oder Heinrich heißen.«

Herr Schnettelbeck wollte gerade etwas über diese dumme Wirbeltier-Bemerkung sagen, da unterbrach ihn die Hexe.

»Also heiße ich jetzt Donna-Doria«, sagte sie glücklich. »Weil mein Vater das immer gesagt hat, und weil das ein toller Name für eine Meteoromagierin ist.«

»... das heißt Gewitterhexe«, murmelte Herr Schnettelbeck.

»Donna-Doria.« Haugbrot, der geschäftig um das Lager herumgewackelt war, hörte plötzlich zu und schaute herüber. »Ist das nicht toll?« Und dann wackelte er weiter und achtete auf niemanden mehr.

Herr Schnettelbeck rückte näher zu Tinea heran, die sich gerade eine Flasche Malzbier einverleibte. »Jetzt sag endlich«, flüsterte er. »Was ist mit den Sternen passiert?«

Ungerührt setzte Tinea ihre Flasche ab. Sie freute sich offensichtlich sehr, Herrn Schnettelbeck auf die Folter zu spannen. »Du musst es sehen.«

»Oh ja«, kicherte Donna-Doria. »Das muss man sehen, sonst glaubt man's nicht!«

Die Sonne kroch quälend langsam über den Horizont, während die Bewohner der Oberstadt sich um das Feuer sammelten. Endlich war nur noch ein kleiner, heller Streifen übrig, und dann war auch er verschwunden. Die Welt war in blaues Licht getaucht.

»Und nun?«, drängte Herr Schnettelbeck.

»Geduld«, sagte Tinea genüsslich. Und da passierte es.

Über dem Heidekraut hinter den letzten Zelten stieg plötzlich eine schwarze Rußwolke auf. Und nicht weit davon noch eine. Herr Schnettelbeck sprang auf. In der Ferne war noch eine! Und dort – und da drüben – und sie stiegen alle zur gleichen Zeit hoch in den Abendhimmel.

»Was ist das denn?«, fragte er erschrocken. »Gibt es hier Vulkane?«

Die anderen blieben seelenruhig sitzen. Die Rußwolken stiegen weiter auf. Durch hunderte unsichtbare Schlote strömten Rauch und Asche hoch und vereinigten sich zu großen Wolken.

»Keine Vulkane«, erklärte Haugbrot leutselig. »Aber zweimal darfst du noch raten.«

Wieso waren die Rußwolken alle gleichzeitig erschienen? Und wenn es keine Vulkane waren, woher kamen sie? Der Ruß begann vom Himmel zu regnen und legte sich unangenehm auf Herrn Schnettelbecks Panzer.

»Puh!« Er schüttelte sich. »Das ist ja eine Schweinerei!«

»Das passiert hier jeden Abend«, erklärte Tinea. »Sobald die Sonne untergegangen ist.«

»Und wann hört es wieder auf?«, fragte Herr Schnettelbeck und kratzte sich den Dreck von den Antennen.

»Wenn die Sonne aufgeht.«

Zum Glück kam ein Lüftchen auf. Die Rußwolken setzten sich in Bewegung. »Was *ist* das denn, um alles in der Welt?!«, empörte sich Herr Schnettelbeck. »Verbrennt da unten jemand was?«

»Tja. Denk mal scharf nach«, sagte Tinea. »Was wird in Unterstadt zu hunderttausenden verbrannt?«

Herr Schnettelbeck zögerte. »Kohlebriketts?«, riet er.

Donna-Doria fing schallend an zu lachen. »Er hat nicht mal die leiseste Ahnung! Oh, der arme Kerl!«

»Hast du schon mal«, fragte Tinea besserwisserisch, »hast du schon mal die Meinungsmaschinen ausprobiert?«

»Natürlich«, schniefte Herr Schnettelbeck.

»Und was glaubst du, was mit deinen Meinungszettelchen passiert, nachdem du sie eingeworfen hast?«

»Na, sie werden gelesen. Und … an die richtige Stelle weitergeleitet«, sagte Herr Schnettelbeck, aber seine Stimme klang nicht annähernd so sicher, wie er gern geklungen hätte. »Es ist schließlich wichtig, seine Meinung zu sagen!«, setzte er hinzu. Und dann schaute er in den Himmel, und plötzlich fühlte er sich sehr, sehr betrogen.

Emil Wach kakelte vor sich hin. »Hier fliegen sie, die Meinungen! Alle kostbaren Meinungen von Unterstadt! In jeder Meinungsmaschine ist ein kleiner Ofen, und da wird dein Zettel direkt verbrannt! Und nachts öffnen sie die Schlote, und all der Rauch und all die Asche wird rausgeblasen! Jede Nacht!«

»Unglaublich«, empörte sich Herr Schnettelbeck. »Das ist ja … das ist ja Betrug!«

»Und jetzt«, sagte Tinea und wackelte mit ihrem Zeigefinger in seinem Gesicht herum. »Jetzt denk mal scharf nach, was mit den Sternen passiert ist!«

Herr Schnettelbeck schaute hoch. Der Mond war noch zu sehen, immer wieder erschien er durch die schwarze Wolkendecke. Aber die Sterne und ihr zartes Licht – die waren nicht zu erkennen.

»Das ist also des Pudels Kern«, stellte er grimmig fest. »Da steckt dieser saubere Bürgermeister dahinter! Ich wusste es doch! Er hatte was zu verbergen!«

»Ganz sicher«, stimmte Professor Grätzlich zu. »Ich bin hierhergekommen, um das außergewöhnliche politische System der Unterstadt zu studieren. Leider lässt man mich ja nicht hinein. Aber es ist fantastisch interessant, nicht?«

Wenn man bequem ein Zettelchen in eine Maschine werfen kann, die ein angenehmes Geräusch macht, dann macht das doch viel mehr Spaß, als zum Bürgermeister hinzugehen. Und wenn alle diese Zettelchen überhaupt keinen Unterschied machen, dann kann der Bürgermeister tun und lassen, was er will ...

Herr Schnettelbeck erinnerte sich an die hohen Preise, die in Unterstadt herrschten, die aber trotzdem alle brav bezahlten. An die ständigen Polizeikontrollen, über die niemand etwas Komisches sagte. An die vielen Bürger der Stadt, die sich als etwas ganz Besonderes fühlten, weil sie dort unten leben durften und die Wirbeltiere nicht. Und plötzlich merkte er, dass die Unterstadt gar nicht so schön war.

Donna-Doria schloss die Augen. »Deswegen bin ich hier. Um dieses ganze Elend zu bekämpfen. Ich spüre diese zerstörerische Verschwendung in meinen Knochen. Die Energie und der Dreck verschmutzen das Wetter und die ganze Aura dieses Ortes.«

»Aha«, sagte Herr Schnettelbeck und hoffte, dass sie bald wieder mit ihrer Aura aufhören würde.

»Und natürlich sind wir Gewitterhexen sehr auf die Sterne angewiesen«, setzte Donna-Doria wie selbstverständlich hinzu. »Auf lange Sicht. Wenn wir von unserer Verbindung mit dem Firmament abgeschnitten werden, macht uns das langfristig traurig.«

»Unglaublich«, schimpfte Herr Schnettelbeck sehr laut, um sie zu übertönen. »So eine bodenlose Frechheit! Die Sterne zu stehlen, haben Sie jemals von so einer bodenlosen Unverschämtheit gehört?!«

»Sehr schön, dass du unserer Meinung bist«, erklärte Haugbrot. »Dann heißen wir dich in unserem Kreis der Revolutionäre herzlich willkommen!«

»Hipp, hipp, hurra, jetzt ist er einer von uns«, rief Donna-Doria.

»Sind Sie verrückt?!«, empörte sich Herr Schnettelbeck. »Ich soll gemeinsame Sache mit Wirbeltieren machen? Auf keinen Fall!«

Tinea warf wütend die Hände in die Luft. »Schaut ihn euch an! Kacke rollen, das macht er, aber mit Wirbeltieren zusammenarbeiten, das ist gegen seine Prinzipien, dieser verkalkte Spießer!«

»Ich sehe ja ein, dass wir einige Dinge gemeinsam haben«, erklärte Herr Schnettelbeck würdevoll. »Aber nein. Das geht nun wirklich nicht. Das ist gegen alle meine Überzeugungen.« Es war ziemlich schwer, solche Sachen zu sagen, wenn einen die Wirbeltiere dabei anschauten. An seinem Stammtisch zu Hause kam ihm das immer viel leichter vor, dachte er und war etwas wütend auf sich selbst, weil er so nachgiebig wurde.

Tinea bemerkte sein Unbehagen. Natürlich bemerkte sie es. Und sie stellte sich vor ihn hin und sagte: »Du hast gar keine andere Wahl. Du willst, dass die Sterne wieder an den Himmel kommen. Dafür muss der Rauch aus Unterstadt aufhören. Und ich will, dass die Wirbeltiere wieder nach Unterstadt dürfen.

Und wir wollen uns beide den Bürgermeister vorknöpfen und ihn dahin treten, wo's weh tut.« Dann maß sie ihn von Kopf bis Fuß. »Alleine kannst du überhaupt nichts ausrichten. Der Bürgermeister schmeißt dich aus der Stadt, genau wie uns, und da stehst du dann.«

Herr Schnettelbeck knirschte mit den Mandibeln. Sie hatte wohl recht. Was sollte ein einzelner Käfer mit Arthrose schon ausrichten? »Es ist unglaublich, was die Reichen und Mächtigen sich erlauben«, schimpfte er. Das Schimpfen fühlte sich gut an, auch wenn er wusste, dass es völlig sinnlos war. »Mit uns hilflosen, alten Leuten können sie's ja machen! Es wird immer schlimmer! Nur noch Egoisten! Überall!«

»Und wenn du mal kurz aufhörst, selber ein Egoist zu sein«, schnaubte Tinea, »dann merkst du vielleicht, dass du bei uns wirklich etwas ausrichten könntest.«

»Ja«, warf Emil Wach ein. »Verstehen Sie? Sie sind ein Käfer, und Sie sind auch schon als Tourist in der Unterstadt bekannt geworden. Sie sind quasi unser Mann direkt im Feindeslager.«

Da klappte Herr Schnettelbeck die Mandibeln zusammen. So hatte er es noch nicht betrachtet. Er war gar kein einsamer Käfer mehr, sondern ein äußerst wichtiges Rad in einem Getriebe. Ein holpriges und schlecht konstruiertes Getriebe vielleicht, aber – ein Getriebe, das bestimmt mehr bewirken konnte als ein Käfer allein.

»Sie sind einzigartig«, setzte ihm nun auch Donna-Doria zu. »Wir werden nie wieder ein anderes Insekt finden, das uns hilft.«

»Und sich frei in der Unterstadt bewegen kann«, erklärte Emil Wach.

»Aber was soll ich denn für Sie machen?«, fragte Herr

Schnettelbeck misstrauisch. »Sie denken sich die Pläne aus und ich soll in die Unterstadt und sie ausführen, oder wie? Ich soll die ganze Arbeit machen?«

»Nein, nein«, erklärte Haugbrot, verschränkte die Hände und lehnte sich zurück. »Wir werden nur sporadisch auf dich zurückgreifen. Eigentlich musst du gar nicht viel tun. Ich habe nämlich einen Plan.«

»So?«, fragte Herr Schnettelbeck, noch nicht ganz überzeugt.

»Oh ja. Darüber erfährst du alles morgen, denn da kriegen wir zwei Besucher.« Haugbrot funkelte Herrn Schnettelbeck an, als hätte er eine tolle Überraschung.

5.Kapitel

Haus und Winkel

Kurz darauf fand sich Herr Schnettelbeck im Zelt der Pelzhexe wieder, bei der auch Tinea nächtigte. Es war ein großes Zelt, aber natürlich ganz aus den pelzigen »Gaben der Natur« zusammengeschustert. Tinea und Donna-Doria hatten je ein wackliges Feldbett.

»Wir haben noch so ein Feldbett«, erklärte Tinea. »Du kannst hier bei uns pennen.«

Herr Schnettelbeck verschluckte sich fast. »Bei euch beiden im Zelt? Was ist denn das für ein Lotterleben?! Gemischte Zelte für Männer und Frauen?«

»Hast du Angst vor der Hexe, oder was?«

Herr Schnettelbeck erwiderte, dass er lieber bei dem Professor oder bei Haugbrot nächtigen würde.

»Die haben ihre eigenen Buden, und sie teilen auch nicht«, erklärte Tinea.

Schimpfend zog Herr Schnettelbeck zu den beiden. Mit dem quietschenden, schmalen Feldbett war er nicht zufrieden, und die Wolldecken rochen etwas ranzig, und das sagte er auch. Aber Tinea sagte nur:

»Das Klo ist ein Holzhäuschen mit einem Herzchen in der Tür und all unser Wasser kommt aus einem Brunnen. Was erwartest du eigentlich, häh?« Dann rollte sie sich in ihre eigene Decke und drehte sich um.

Donna-Doria schnarchte schon leise vor sich hin. Herr Schnettelbeck konnte aber noch lange nicht schlafen. Er war viel zu aufgeregt.

Das war also die Lösung! Tagelang hatte er gesucht, und hier fand er die ganze Wahrheit heraus. Alles war ganz anders, als er gedacht hatte. Aber nun wusste er, wo er ansetzen musste. Und wenn er mit diesen furchtbaren Wirbeltieren gemeinsame Sache machen musste und für sie in der Unterstadt herumschnüffelte ... nun ja, dann hatte er wenigstens eine Entschuldigung, um Fräulein Monifa wiederzusehen. Oh ja, Monifa! Noch ein Grund, warum er nicht schlafen konnte. Das hat mir gerade noch gefehlt, dachte er und zog die Decke über den Kopf.

Am nächsten Vormittag kroch Herr Schnettelbeck knarzend und quietschend aus dem Bett: Er knarzte, und seine Gelenke quietschten. Aber niemand hörte es, denn die Oberstädter waren schon verschwunden und gingen wohl ihren Tagesgeschäften nach. Was auch immer das im Einzelnen war – Häherfedern sammeln oder Eintopf kochen oder stümperhafte Raupenkostüme basteln. Kein Wunder, dass sie auf dieser Müllhalde hausten!

Herr Schnettelbeck beschloss, das Feuer am Brennen zu halten, und sammelte ein bisschen Feuerholz. Kurz vor Mittagessenszeit trudelten sie alle wieder ein; und zum Schluss kam Haugbrot.

Haugbrot hatte außerdem zwei Spinnen im Schlepptau. Beide sahen sehr seriös aus und trugen graubraune Anzüge im Fischgratmuster. Oder vielleicht war das auch das Muster auf ihrem Pelz – das konnte Herr Schnettelbeck nicht so genau erkennen. Haugbrot hatte glänzende Laune. »Gehen wir am besten gleich an die Arbeit«, rief er den beiden Spinnen zu.

Neugierig standen die Oberstädter auf. Auch Tinea und Herr Schnettelbeck kamen näher.

»Hallo«, sagte Emil Wach, und die Spinnen nickten ihm freundlich zu.

»Wer sind die beiden da?«, flüsterte Herr Schnettelbeck und zupfte Tinea am Ärmel.

Der eine Spinnerich hatte ihn gehört. »Natürlich! Wir haben uns ja noch gar nicht vorgestellt. Hier ist unsere Visitenkarte.« Er holte aus seiner Aktentasche einen kleinen Stapel Kärtchen und steckte Herrn Schnettelbeck eine zu. Tinea las über seine Schulter mit.

Haus & Winkel
Advokaten
Staatsrecht und Grundgesetz

»Mein Name ist Haus, und mein Kollege hier ist Winkel«, ergänzte der Spinnerich und blinzelte freundlich mit seinen acht kugelrunden Augen. »Wir vertreten die gesamte Bevölkerung von Oberstadt in einem Diskriminierungsfall.«

»Na, da haben Sie wohl nicht viel zu tun«, sagte Herr Schnettelbeck. »Sind ja nur ein halbes Dutzend Leute.«

»Haha«, machte Haus höflich. »In einem solchen Fall ist das Unrechtsempfinden nicht von der Anzahl der Betroffenen abhängig. Diskriminierung ist Diskriminierung. Wir meinen, dass der Fall vor dem Obersten Gericht von Westwärts durchaus gute Chancen hat.« Und dann stakste er schnell hinter Winkel und Haugbrot her.

Herr Schnettelbeck kratzte sich am Kopf. »Sehe ich das richtig?«, fragte er. »Haugbrot will sich auf dem Rechtsweg den Zugang zur Unterstadt erstreiten?«

»Ja«, sagte Donna-Doria. »Das hat er schon vor Monaten minutiös geplant.«

Martha nickte. »Die zwei Spinnen sagen, der Fall hat. Und die müssen es ja schließlich wissen, nicht wahr? Sind das ihre Anzüge oder ist das ein?«

»Der Fall hat was?«, fragte Herr Schnettelbeck und hasste Martha noch ein bisschen mehr.

»Na, na! Gute Chancen«, ergänzte Martha. »Vor Gericht.«

»Woher nimmt er eigentlich das Geld für den Prozess?«, fragte Tinea mit schiefgelegtem Kopf.

»Oh, die beiden haben sich breitschlagen lassen, den Fall umsonst zu übernehmen«, sagte Emil Wach. »Als Werbung quasi. Weil der Prozess bestimmt eine Menge Aufmerksamkeit bekommt. Das wird durch alle Zeitungen von Westwärts gehen.«

»Eine richtig große Sache«, nickte Donna-Doria.

Das klang vernünftig, fand Herr Schnettelbeck. Und er begann zu hoffen, dass seine Suche nach den Sternen gar nicht mehr so lange dauern musste. Hier tat endlich mal jemand etwas!, dachte er sich. Und vielleicht würde das zum Abschalten der Meinungsmaschinen führen.

Aber die anderen Oberstädter gaben ihm ein bisschen zu denken. Sie waren merkwürdig unenthusiastisch. So gar nicht begeistert, eher abwesend.

»Kinder, wir haben alle Unterlagen für den Prozess zusammen«, brabbelte Haugbrot, während er wieder aus seinem Zelt kam. Haus und Winkel folgten ihm. »Und ihr müsst alle als unsere Zeugen auftreten.«

Haus und Winkel warfen strenge Blicke auf die Unterstädter. »Sind Sie bereit, Ihre Zeugenaussagen zu machen?«, fragte Haus. »Sie sollten schon einmal alle Details im Kopf durchgehen.«

»Jawohl«, erwiderte Emil Wach. »Polizeiliche Grausamkeit und Willkür! Alles bereit!« Und er klopfte mit der Kralle gegen seinen Spitzmäuseschädel.

Tinea verschränkte ihre Arme und nickte. »Bereit«, sagte sie.

»Und Sie, Herr Schnettelbeck?«, fragte Winkel. »Möchten Sie Anklage erheben wegen Verschmutzung der Nachtluft?«

Herr Schnettelbeck schnappte überrascht nach Luft. »Ja, kann ich das denn?«, fragte er erschrocken.

»Natürlich können Sie eine solche Anklage erheben«, sagte Winkel. »Die Luftverschmutzung zieht sich ja bis zu Ihnen nach Hause hin, nicht? Das ist ein ganz klarer Fall: Der Bürgermeister muss den Grund für diese Verschmutzung abstellen.«

Herr Schnettelbeck stand erst einmal sprachlos da. Einerseits könnte er etwas tun, selbst, jetzt, sofort – andererseits sah er vor seinem geistigen Auge endlosen Papierkram, Gerichtstermine, unbequeme Auftritte vor vielen neugierigen Augen. Wieso musste man gleich solche Unannehmlichkeiten auf sich nehmen, bloß weil man sich vorher beschwert hatte? Man hatte doch das Recht, sich zu beschweren, ohne deshalb auch gleich etwas tun zu müssen!

»Wieso denn ich?«, haspelte er schließlich.

Tinea schnaubte. »Das können Sie sich sparen. Der motzt nur leise vor sich hin, aber er steht nicht dazu. Wenn man ihn freundlich bittet: ›Komm hier rüber und sag das nochmal‹, dann knickt er sofort ein.«

»Das stimmt überhaupt nicht!«, empörte sich Herr Schnettelbeck. »Und außerdem kann mich keiner zwingen!«,

»Wenn du A sagst, musst du auch B sagen«, erwiderte Tinea. »Aber heh, das weiß man vielleicht nicht, wenn man nicht buchstabieren kann.«

»Sie waren doch so begeistert«, setzte ihm nun auch Donna-Doria zu. »Sie sind den ganzen Weg hierhergekommen!«

»Natürlich nehme ich am Prozess teil«, schnaubte Herr Schnettelbeck. Und irgendwie wusste er ja auch, dass es gar keinen anderen Weg gab. Jetzt war nicht die Zeit, um halblaut zu motzen und dann so zu tun, als hätte man nichts gesagt. »Ich sage nur, dass mich keiner dazu zwingen kann. Das ist meine freie Entscheidung! Nur dass Sie das wissen!«

Haus hörte überhaupt nicht zu. Er war am Kritzeln. »Ausgezeichnet, ausgezeichnet«, murmelte er um die Füllerkappe herum, die er zwischen den Mundwerkzeugen hielt. »Halten Sie sich ebenfalls bereit. Ich notiere mir noch Ihren Namen und Ihre Adresse und bereite die Papiere vor.«

»Was genau muss ich denn machen?«, fragte Herr Schnettelbeck gefasst.

»Das erkläre ich Ihnen bei unserem nächsten Besuch, nächste Woche«, sagte Haus und blinzelte freundlich. »Wir haben noch genug Zeit.«

Herr Schnettelbeck atmete tief durch. Jetzt hing er also ganz und gar mit drin. In seinem Magen machte sich ein flaues Gefühl breit. Aber hier war er nun. Und er musste es versuchen.

Wie Herr Schnettelbeck merken sollte, vertrieben sich die Oberstädter ihre Zeit hauptsächlich damit, die Ebene nach Nahrungsmitteln zu durchkämmen. Nur einmal alle zwei Wochen, erklärte Martha, gingen ein paar von ihnen in den nächsten Ort und kamen mit einem Bollerwagen voller Konservenbüchsen zurück – ein weiter Weg, für den man fast den ganzen Tag brauchte. Also fanden die Oberstädter in der Zwischenzeit auch eine Menge Essen in der freien Natur. Herr Schnettelbeck war erstaunt, was alles essbar war, wenn man nicht ständig einkaufen gehen konnte.

Zu Mittag gab es Eintopf aus grünen Heidekraut-Trieben. Und Birken-Limonade. Martha hatte für alle gekocht. Und während die Oberstädter um das wärmende Feuer herumsaßen und löffelten, erzählte Professor Grätzlich davon, wie seine Arbeit voranging.

»Man könnte sich Folgendes fragen«, sagte er und hob dozierend den Löffel. »Wie schafft Odel es, die ganzen Bewohner der Unterstadt auf seiner Seite zu haben? Trotz der ständigen Polizeikontrollen und der hohen Steuern und des mangelnden juristischen Apparats der Stadt? Das ist außergewöhnlich. Ganz außergewöhnlich. In den meisten diktatorischen Städten fühlen sich die Bewohner unterdrückt und sympathisieren nicht mit der Obrigkeit.«

»Vielleicht interessiert es die Leute einfach nicht, solange alles so schön blank und ordentlich aussieht«, vermutete Donna-Doria mit vollen Backen.

»Odel hat eine ganze Menge Werkzeuge, auf die er zurückgreifen kann«, seufzte Tinea. »Er hat einen ganzen Polizeiapparat, um seine Regeln durchzusetzen.«

»Aber die Meinungsmaschinen, nicht wahr.« Marthas Stimme ließ Herrn Schnettelbeck zusammenzucken. »Die Meinungsmaschinen. Die wundern mich. Wofür sind die, nicht wahr? Was tun die?«

»Das frage ich mich auch«, sagte Emil Wach. »Die Dinger kosten Geld, wenn man sie herstellt, und wenn man sie regelmäßig wartet. Und das Geld für all das Papier und die Bleistifte, das ist eine ganz schöne finanzielle Bürde. Warum nimmt Odel das auf sich?«

»Weil er ein bösartiges Geschwür am Knie der Gesellschaft ist, das anderen die Sterne wegnimmt«, rief Herr Schnettelbeck zornig.

»Jaja«, winkte Haugbrot ab, »die Sterne, das wissen wir ja, aber darum geht es Odel nicht. Die Sterne sind ihm grade mal egal.«

»Da hat Emil recht. Man stellt ja nicht so viele teure Maschinen auf, wenn sie nichts Wichtiges tun.« Tinea kratzte sich am Knie.

Herr Schnettelbeck, der die Unterstadt ja ausgiebig erkundet hatte, hob den Vorderfuß. »Sie halten dem Bürgermeister seine Bürger vom Leib. Die beschweren sich per Meinungsmaschine, und er verbrennt die Zettel direkt, weil er sowieso tut, was er will. Ich kann bezeugen, dass es ausgezeichnet funktioniert.«

»Ja, wie viele Maschinen sind es denn eigentlich?«, fragte Emil Wach und kratzte sich ebenfalls am Knie.

»Über hundert«, seufzte Haugbrot. »Weit über hundert, da könnt ihr sicher sein.«

»Wenn es nur nicht so viele wären!« Herr Schnettelbeck rutschte auf seinem Sitz hin und her. »Zerschlagen sollte man diese verfluchten Kästen, alle miteinander!«

»Das ist eine gute Idee«, sagte Haugbrot plötzlich. »Macht das mal.«

»Was? Zerschlagen?«, fragte Emil Wach zweifelnd.

»Nee. Zählen«, erklärte Haugbrot. »Das sollten wir machen. Zählt mal die Meinungsmaschinen.«

»Wofür denn?«, fragte Tinea skeptisch, aber neugierig.

»Das ist ein absolut wichtiger Schritt«, nickte Haugbrot. »Können wir brauchen. Für den Prozess.«

»Ja, aber Haugbrot«, sagte Martha. »Wie sollen wir das denn machen? Wir können, oh, da ist ein Sandklumpen im Eintopf! Wir können nicht in.« Und sie zuckte die Achseln.

»Dann mach du das doch, Schnettelbeck«, sagte Haugbrot leichthin. »Du kannst dich ja frei in der Stadt bewegen! Dann kannst du ja wiederkommen und uns allen Bericht erstatten.«

»Was?«, fragte Herr Schnettelbeck entsetzt. »Allein? All diese Maschinen?«

»Na, wenn wir weiterkommen wollen, müssen wir natürlich die Maschinen zählen«, erklärte Haugbrot, als wäre das schon immer völlig klar gewesen. »Und wer soll das machen, wenn nicht du?«

»Ich komm mit«, sagte Tinea.

»Blödsinn«, entgegnete Herr Schnettelbeck. »Dein Wurmkostüm ist so schlecht, dass du keinen Tag da unten herumkriechen kannst, ohne erwischt zu werden! Noch schlimmer, nach ein paar Stunden läuft dir das Blut in den Kopf. Alleine ist es zu schwer, aber *du* bist für mich vollkommen nutzlos.«

»Ich bau mir ein besseres Kostüm«, schnaufte Tinea.

»Deine Fähigkeiten im Metallbau sind, mit Verlaub gesagt, unter aller Kanone«, gab Herr Schnettelbeck spitz zurück. »Ich hatte ja genug Gelegenheit, mir deine Werkstücke in deiner Hütte anzuschauen.«

Tinea lief rot an vor Wut. »Was erlaubst du dir eigentlich, hä?«

»Wäre besser gewesen«, reizte Herr Schnettelbeck sie weiter, weil es so schön war, »du hättest eine ordentliche Lehre gemacht, statt allein im Schuppen an irgendwelchen Kesseln herumzustümpern.«

»Oh«, rief Donna-Doria entzückt. »Du willst ihr helfen, ein besseres Kostüm zu bauen? Das ist aber nett von dir!«

»Na, das ist doch wunderbar, du bist ja auch Metallarbeiter«, setzte Haugbrot zufrieden hinzu. »Dann mach das mal.«

»He, das hab ich nicht gesagt«, protestierte Herr Schnettelbeck.

»Das brauchst du auch nicht«, erwiderte Tinea und grinste schrecklich breit. »Wir wissen ja, dass du dich nicht aufdrängen willst mit deinen fantastischen Fähigkeiten, aber wir können es an deinen Augen ablesen. Du schwitzt ja quasi Hilfsbereitschaft aus allen Poren.«

»Metallschrott haben wir ja hier eine ganze Menge«, erklärte Emil. »Da könnt ihr euch bedienen, soviel ihr wollt!«

Und dann führte er die beiden zu einer Stelle, wo die allerschönsten Metallteile zu finden waren. Und schließlich erfuhr Herr Schnettelbeck, dass es in der Oberstadt ein Material- und Werkzeugzelt gab, in dem so ziemlich alle Werkzeuge zu finden waren, die man sich wünschen konnte. Emil zeigte ihnen, wo alles war, und dann ging er zurück zu seinem Heidekraut-Eintopf. (Herr Schnettelbeck war sogar ziemlich froh, den Heidekraut-Eintopf hinter sich zu lassen.)

»So, dann bring mir mal bei, wie man ein Käferkostüm baut«, sagte Tinea und verschränkte die Arme.

»Welche Methoden kennst du denn überhaupt schon?«, fragte Herr Schnettelbeck skeptisch. »Hast du schon mal gebreichselt?«

»Nee.«

»Getupfert?«

»Nee.«

»Rivaliert?«

»Schon oft.«

»Dann zeig mir mal, wie du das machst«, forderte Herr Schnettelbeck. Tinea ging in das Zelt und kam mit ein paar Werkzeugen wieder heraus. Dann stieß sie mit dem Stiefel in die dünne Erdschicht und zog eine verknickte alte Schiene heraus. Sie setzte sich hin, legte die Schiene übers Knie und fing an.

Herr Schnettelbeck konnte ihr gar nicht zuschauen. Nach dreißig Sekunden begann er zu protestieren. »Nein, nein, nein, so geht das gar nicht! Das muss aus dem Ellbogen kommen, nicht aus dem Handgelenk!«

»Aber das Ergebnis ist dasselbe«, erwiderte Tinea halsstarrig.

»Nein, eben nicht! Außerdem ist deine Methode viel langsamer. So geht das richtig.« Herr Schnettelbeck schubste sie weg und setzte sich neben sie. Mit geübtem Handgriff legte er die Schiene in Position und begann zu rivalieren.

»Da, so muss das aussehen«, sagte er stolz und hob sie hoch.

»Nänänänänä«, machte Tinea, die nichts gegen sein wunderschönes Ergebnis sagen konnte.

»Schau auf mein Fußgelenk«, ermahnte sie Herr Schnettelbeck. »So geht die Bewegung. So und nicht anders!«

»Ich bin nicht so sehr aufs Bauen spezialisiert«, schnaufte Tinea. »Ich hab immer nur Sachen repariert.«

»Wer reparieren kann, der kann auch schon fast bauen«, erwiderte Herr Schnettelbeck gnadenlos. Da sah er etwas, was seine Aufmerksamkeit fesselte. »Hier.« Aus einer Materialkiste holte er einen kleinen Kessel. »Das ist schon fast ein Helm für dein Käferkostüm, wenn man den Rand absägt.«

Tinea nahm den Kessel entgegen und begann sich nach einer Säge umzuschauen.

»Und nachher musst du die Ränder vorsichtig abschleifen«, setzte Herr Schnettelbeck hinzu. »Und ich bin sehr gespannt, welche Feile du dafür aussuchst!«

Tinea stöhnte.

Oh, das war lustig! Tinea hin und her zu scheuchen und ihr alles unter die Nase zu reiben, was sie falsch machte! Wie damals mit den Lehrlingen. Und sie ließ es sich gefallen! Zwar fluchte sie vor sich hin, aber sie widersprach nicht. Nicht ein einziges Mal.

»Dieses Stück hier musst du noch mal ausklopfen und dann vorsichtig mit dem Feinhieb-Gurksel hier angleichen«, verordnete Herr Schnettelbeck, nachdem Tinea zwei brauchbare Sprungfedern als Käferhelm-Antennen ausgesucht hatte. »Das ist ein Ribbel, die müssen ganz und gar aufsitzen. Wenn du die Teile einfach aneinanderschweißt, brechen sie bei der ersten Belastung wieder!«

Tinea setzte sich den halben Kessel auf den Kopf. »Und? Wie sieht's aus?«, fragte sie und hielt die Ribbel an die richtigen Stellen.

»Das braucht noch viel Arbeit«, entgegnete Herr Schnettelbeck hochnäsig.

»Das braucht vor allem Augenlöcher«, erwiderte Tinea.

»Erst die Antennen. Dann die Augenlöcher.«

Tinea stöhnte schon wieder.

»Hier ist ein Teesieb. Such noch so eins, das werden die Augen für dein Kostüm! Wir müssen vor allem bessere Kletterhaken für dich finden. Und wir müssen uns beeilen«, setzte Herr Schnettelbeck hinzu und freute sich, dass er Tinea so gut herumkommandieren konnte. »Denn wenn wir die Maschinen fertig gezählt haben, bevor die zwei Herren Anwälte wiederkommen, dann sind wir doppelt gut vorbereitet. Also keine Müdigkeit vorschützen! Wenn wir schnell sind, sind wir morgen Abend fertig. Und dann gehen wir im Schutz der Dämmerung durch den Schacht hinunter.«

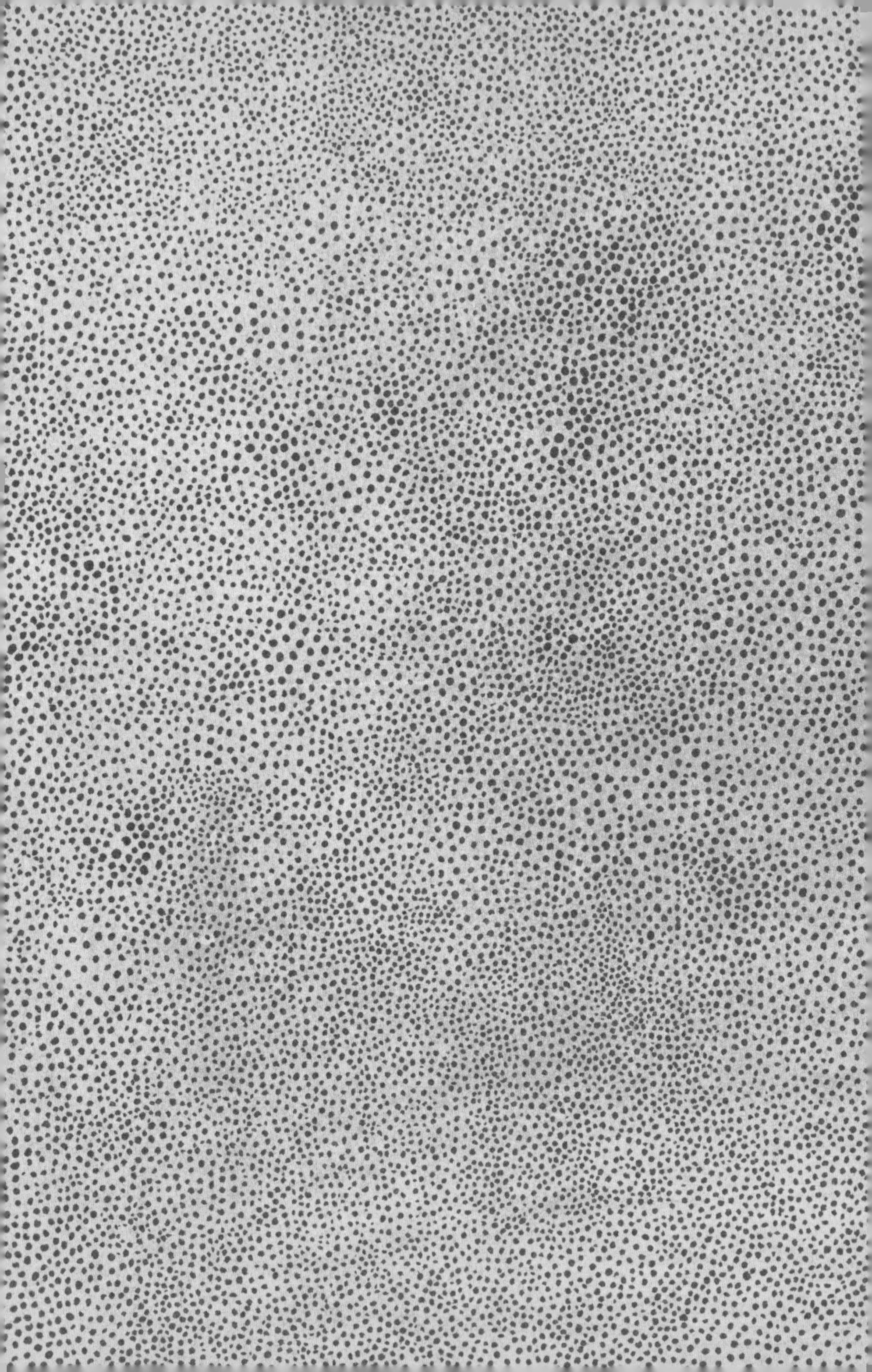

6. Kapitel

Die Maschinenzählung

Kannst du mir erklären, *warum* genau wir eigentlich die Maschinen zählen sollen?«, fragte Tinea Herrn Schnettelbeck leise, während die beiden langsam den Schacht hinabkletterten.

»Ich dachte, das hätte Haugbrot *dir* gesagt«, wunderte sich Herr Schnettelbeck. »Wofür genau er das braucht, weiß ich auch nicht.«

»Hm. Ich bin sehr gespannt auf diesen Überraschungsplan«, murmelte Tinea.

Sie erreichten das Ende des Schachts. Nun kam die Feuerprobe, dachte sich Herr Schnettelbeck. Die Wachen in dieser Stadt waren ja nicht sehr helle – immerhin waren sie auf Tineas selbstgemachtes Wurmkostüm hereingefallen –, aber nun stand Herrn Schnettelbecks eigene Arbeit auf dem Prüfstand.

Einer der Nashornkäfer schaute kurz auf und guckte fasziniert hinter Tineas wackelndem, leise schepperndem Käferhinterteil her. Das darf nicht wahr sein, dachte Herr Schnettelbeck. Nein, das ist zu gut, um wahr zu sein! »Ich habe nichts verlernt seit meinen Zeiten als Vorarbeiter«, sagte er zufrieden und sehr leise zu Tinea, die sich neben ihm entlanghangelte.

»Was meinst du denn damit?«, fragte sie angestrengt und setzte einen Kletterhaken vor den anderen.

»Der eine Wachmann, weißt du was?«, gluckste Herr Schnettelbeck. »Der hat dich nicht nur für eine echte Käferdame gehalten, er hat dir sogar auf die Hinterflügel gestarrt!«

»Was?!«

»Ich bin ein Genie«, erklärte Herr Schnettelbeck.

»Ich sollte zu ihm hingehen und ihm eine um die Antennen flatschen«, sagte Tinea würdevoll. »Sein Glück, dass ich eine Dame bin!«

»Du? Eine Dame? Hah!«

»Ich bin genauso sehr eine Dame, wie du ein Genie bist«, grinste Tinea.

Die Straßen waren dunkel. Die meisten Unterstädter machten sich wohl einen gemütlichen Abend zu Hause. Nur ab und zu kam ihnen ein später Wanderer oder eine Streife entgegen.

Das waren wirklich eine Menge Polizisten, dachte Herr Schnettelbeck. Und nun war ihm wegen der vielen Streifen auch richtig unbehaglich. Immerhin führte er etwas im Schilde, und ihm kam es vor, als müsste man ihm das sofort an der Fühlerspitze ansehen. Aber niemand stoppte Herrn Schnettelbeck. Und niemandem fiel Tinea auf. Herrn Schnettelbeck schwoll vor Stolz immer wieder der Thorax. Da merkte man gleich, wer hier sein Handwerk gelernt hatte!

»Und wo gehen wir jetzt hin?«, fragte Tinea irgendwann.

»Das Gasthaus, wo ich neulich schon einmal übernachtet habe«, erklärte Herr Schnettelbeck. »Da mieten wir uns für die Nacht ein, und morgen früh fangen wir an.«

Tinea sagte gar nichts mehr, bis Herr Schnettelbeck ein Gasthaus für sie ausgesucht hatte. Das Hakeln war für sie sehr anstrengend. Sie folgte Herrn Schnettelbeck brav durch die Tür bis zur Theke.

»Haben Sie noch ein Zimmer für die Nacht?«, fragte Herr Schnettelbeck. »Für zwei Personen?«

»Name bitte?«, fragte die müde Zikade, die hinter der Theke stand.

»Schnettelbeck ist mein Name«, sagte er. »Und das hier ist meine Enkelin.«

»Name?«, fragte die Zikade.

»Auch Schnettelbeck natürlich«, erwiderte Tinea freundlich und guckte durch ihre Teesiebe.

»Zimmer drei.« Die Zikade händigte ihnen einen Schlüssel aus und schaute ihnen tranig hinterher.

Sobald die Zimmertür sich hinter Herrn Schnettelbeck und seiner falschen Enkelin geschlossen hatte, ließ Tinea all ihr Käfer-Gehabe fallen. Sie kraxelte sofort hinunter zur Decke und warf alle Kostümteile von sich.

»Schmeiß mir mal die Matratze da runter«, sagte sie. Herr Schnettelbeck überlegte, ob er ihre schlechten Manieren mit einer Predigt quittieren sollte; aber stattdessen zog er die Nägel heraus, mit denen die Matratze befestigt war (wie alle Möbel hier, denn die Unterstadt stand ja Kopf), und warf die Matratze einfach auf Tinea drauf.

»Uff! Jetzt weiß ich wieder, warum man zu deiner Art *gemeiner Mistkäfer* sagt«, krächzte Tinea und grub sich unter der Matratze hervor. Dann stakste sie an der Decke entlang und streckte und schüttelte sich. »So. Ich muss wohl hier oben schlafen. Ähm. Hier unten.«

»Du kannst machen, was du willst«, beschied Herr Schnettelbeck. »Ich gehe aber nachher noch in den Hellgrünen Krug.«

Tinea legte den Kopf schief. »Warum? Was gibt es da?«

»Ich habe neulich nette Leute dort kennengelernt«, erwiderte Herr Schnettelbeck leichthin. »Und ich will sehen, ob ich sie wiedertreffe.«

»Na«, sagte Tinea, »dann komm ich mit! Ist doch Ehrensache! Toll, wie du dich in diesem Rentnerparadies schon eingelebt hast.«

»Nein«, erwiderte Herr Schnettelbeck, und diesmal meinte er es sehr ernst. »Du kommst nicht mit! Ich habe hier schon einen Kontakt gefunden, und den will ich nicht riskieren.« Er hüstelte. »Einen äußerst wichtigen Kontakt. Guck nicht so respektlos! Das verbitte ich mir!«

»Na, dann geh mal deine wichtigen Kontakte knüpfen«, sagte Tinea in einem äußerst ungezogenen Ton, kicherte und machte es sich auf der Matratze gemütlich.

Herr Schnettelbeck hatte zwar darauf gehofft, dass er Fräulein Monifa im Laufe des Abends wiedertreffen würde. Aber er hatte nicht damit gerechnet, dass sie gleich im Vorraum stand, als er in den Krug kam. Es durchfuhr ihn wie ein Blitz. Sein Herz schlug plötzlich zum Zerspringen.

Was passiert nur mit mir?, dachte er. Das kann doch nicht wahr sein! Ich bin doch nicht mehr sechzehn!

Aber da stand Monifa, und über der Schulter trug sie ihre Tanztücher, und – oh Schreck – sie unterhielt sich mit einem anderen Käfer. Und sie lachte dabei! Das schmeckte Herrn Schnettelbeck bitter wie Galle.

Er zog los, möglichst nah an ihr vorbei. »Guten Abend, Fräulein Monifa«, sagte er und versuchte, völlig ungerührt zu klingen.

»Guten Abend«, rief Monifa, lächelte ihm zu und redete dann weiter mit diesem anderen Käfer.

Unfassbar! Unfassbar, dachte sich Herr Schnettelbeck. Vor zwei Tagen schäkert sie den ganzen Abend mit mir herum, und jetzt tut sie dasselbe mit einem anderen Käfer! Wahrscheinlich kauft er ihr auch eine Kalte Ente und erzählt ihr seine Lebensgeschichte, und ...

Aber dann spähte er ganz genau hin. Nein, Monifa hatte keine Kalte Ente. Sie hatte überhaupt kein Getränk. Sie hielt einen Zeitungsausschnitt hoch und zeigte ihn dem anderen Käfer. Aha. Vielleicht also ein ganz unverfängliches Gespräch? Herr Schnettelbeck linste hinter einer Säule hervor und hoffte, dass sie ihn in dieser unwürdigen Pose nicht sehen würde.

Hm. Die beiden unterhielten sich ganz schön lange, fand Herr Schnettelbeck. Eifersüchtig ließ er seinen Blick durch den Raum schweifen, und da sah er drei Musikanten direkt neben der Theke sitzen. Sie stimmten gerade ihre Instrumente. Schließlich setzte der Geiger (eine dicke Grille) den Bogen an und begann ein paar Töne zu spielen. Die Gäste wurden plötzlich aufmerksam.

Und in dem Moment, wo sie ihre Instrumente ansetzten, um das erste Lied des Abends zu spielen, fand Herr Schnettelbeck, es sei nun an der Zeit, einzugreifen. Er nahm einen tiefen Schluck Luft und plusterte sich auf, so gut er konnte. Dann hob er das Kinn und stapfte zu Fräulein Monifa und dem anderen Käfer.

»Fräulein Monifa«, fragte er forsch. »Wollen Sie tanzen?«

»Oh, gern«, sagte Monifa. »Aber ich muss Ewald hier noch den Weg zum örtlichen Tangokurs erklären.« Ewald zuckte erschrocken zusammen, als er Herrn Schnettelbecks feurig-eifersüchtigen Blick sah, und lächelte besänftigend. Monifa fuhr fort: »Hier ist nämlich eine Anzeige in der Zeitung, aber der Weg ist wirklich nicht gut beschrieben. Sehen Sie mal!«

Herr Schnettelbeck schaute das Papier nicht einmal an. »Ich kann es gar nicht erwarten«, sagte er galant und stellte sich neben die beiden an die Bar. Monifa warf ihm einen verschmitzten Blick zu. Aha! Sie war ihm nicht böse für die Unterbrechung.

Und dann wurde es Herrn Schnettelbeck plötzlich eiskalt unter seinem Panzer. Ihm fiel wieder ein, dass Monifa doch eine Tanzlehrerin war. Und wie sollte er, mit seinem kläglichen Erfahrungsschatz an Gesellschaftstänzen, so einer Käferdame imponieren?

Aber da war es zu spät. Die Musikanten stimmten ihr zweites Stück an und Monifa hakte sich bei Herrn Schnettelbeck unter und ließ sich zur Tanzfläche führen. Herr Schnettelbeck legte sein eines Vorderbein um Monifas Hüfte und griff mit dem anderen ihr Vorderbein, und los ging es. Monifa lächelte.

Unter einem plötzlichen Schweißausbruch setzte Herr Schnettelbeck einen Fuß neben den anderen. Seine Füße wussten noch, wann sie nach rechts und links mussten – nur was tun mit den Vorderbeinen? Aber da waren sie schon unterwegs, den Raum entlang, bis zum nächsten Tisch. Herr Schnettelbeck hob das Vorderbein und hoffte, dass irgendwie alles gut gehen würde. Da drehte sich Monifa elegant darunter durch und lag plötzlich in seinem Arm, und ihrer beider Füße waren perfekt im Takt, und schon stoben sie wieder los, in die andere Richtung.

Das war gar nicht so schwer, dachte Herr Schnettelbeck und wurde mutiger. Er hatte noch ein paar Erinnerungen an die Zeit, als er ein schneidiger junger Käfer gewesen war. Die

Ziehharmonika – das war damals sein Lieblingsmanöver gewesen, und das konnte er immer noch! Und so schob er Monifa mit einem Schritt auf Beinlängen-Abstand und zog sie mit dem nächsten wieder heran. Einmal im Kreis über die ganze Tanzfläche!

Und Monifa bedeutete ihm mit einem subtilen Blick, dass sie etwas vorhatte. Er ließ sie mit einem Bein los, und sie wirbelte um sich selbst wie ein Brummkreisel – und gleichzeitig im Kreis um Herrn Schnettelbeck herum. Dann landete sie wieder in perfekter Position, und keiner von ihnen war aus dem Takt geraten. Herr Schnettelbeck platzte fast vor Stolz. Wer das gesehen hatte, dem musste glatt die Spucke wegbleiben! Dabei tat er ja eigentlich nicht viel mehr, als die Grundschritte zu setzen. Monifa machte alles andere, aber trotzdem passten ihre Schritte perfekt zusammen. Wenn das kein Zeichen ist, dachte er sich. Und gleich darauf errötete er unter seinem Panzer und fand sich ziemlich dumm.

Nach vier Liedern mussten sie verschnaufen, das heißt, Herr Schnettelbeck bat um eine Pause. Sie gingen zur Bar und tranken Limonade.

»Für Sie ist das bestimmt ganz schön langweilig«, sagte Herr Schnettelbeck. »Mit jemandem zu tanzen, der nur die Grundschritte kann.«

Monifa lächelte. »Gar nicht, als Tanzlehrerin tanze ich dauernd mit Partnern, die es weniger gut können als ich. Solange die taktsicher sind und führen können, fühle ich mich sehr wohl dabei.«

Herr Schnettelbeck lächelte auch und fühlte sich schon wieder furchtbar dumm. Ihm fiel nicht mehr ein, was er hatte sagen wollen. Sein Kopf war leer und gleichzeitig so voll mit Sachen, die er sagen wollte, aber nicht sagen konnte. Denn das ging ja nicht. Überhaupt nicht! Also süffelte er seine Limonade und verschränkte die Füße wie ein verlegener Backfisch. Und als er mit seinem Strohhalm den Glasboden hörbar leerschlürfte, merkte er es vor lauter Gedanken überhaupt nicht.

»Sollen wir weitertanzen?«, fragte Monifa, und sie hatte so ein Leuchten in den Augen, dass Herr Schnettelbeck unmöglich um eine Pausenverlängerung bitten konnte. Er musste mit diesem wundervollen Käferweibchen wieder auf die Tanzfläche, egal wer ihn dabei sah. Oder wer es für unanständig hielt, dass ein verheirateter Käfer im gesetzten Alter mit so einer südländischen Pillendreherin ... aber wer wusste schon, was die Leute dachten. Es war ihm auch egal.

Herr Schnettelbeck schlief in dieser Nacht wieder nicht viel. Lange nach Mitternacht schlich er sehr leise in sein Zimmer, um Tinea nicht zu wecken. Seine Ohren klingelten immer noch von der Musik, und sein Kopf war so voll, dass er kaum denken konnte. Er dachte an Monifa, und er dachte daran, wie lange er allein gewesen war. Aber an seine Frau, die mit dem Postboten durchgebrannt war – an die dachte er irgendwie kaum. Und er dachte daran, dass Monifa so eine südländische Pillendreherin war und bestimmt nur mit ihm spielte, denn das hatten diese heißblütigen Südländer so an sich. Und überhaupt, wie sollte das gutgehen? Wo sie doch aus so verschiedenen Ländern kamen? Und Monifa so anders war als er? Und überhaupt, sollte man sich so zum Narren machen, nur wegen einem Paar verwegen gezackter Vorderbeine? Hätte es nicht irgendeine anständige Käferdame aus der Nachbarschaft sein können? Eine Hildegard, eine Brünhild, eine Sieglinde oder vielleicht eine Monika statt einer Monifa? Aber er sagte sich, dass »Monifa« doch eigentlich ganz ähnlich war wie »Monika«. Nur ein einziger kleiner Buchstabe Unterschied. Und schließlich waren sie doch alle Käfer, nicht wahr? Und nur darauf kam es an.

Am nächsten Morgen taten Herrn Schnettelbeck die Füße weh, und zuerst wusste er nicht, warum. Dann fiel es ihm wieder ein. Ächzend rollte er sich aus dem Bett. Mit verklebten Augen schaute er zu Tinea hin. Die saß schon putzmunter zwischen ihren Käferpanzerteilen.

»Ah ja«, sagte sie. »Auch wieder unter den Lebenden, unser vergnügungssüchtiger Geriatriker.«

»Bläh, Frechheit«, machte Herr Schnettelbeck und dachte bei sich, dass Tinea sich glücklich schätzen konnte, wenn sie jemals irgendwer zum Tanzen auffordern würde, mit ihrer grässlichen Persönlichkeit und ihrer ungekämmten Frisur.

»Haben wir alles zusammen, was wir zum Maschinenzählen brauchen?«, fragte Tinea und fing an, ihren Panzer anzulegen. Dabei machte sie einen ziemlichen Lärm. »Die Stadtkarte, die Strichliste und den Stift?«

»Klapper nicht so laut herum«, mahnte Herr Schnettelbeck und verzog das Gesicht.

»Du könntest mir ja auch helfen. Ich hab nur zwei Arme, und die kann ich nicht über den Rücken biegen.«

»Und deshalb«, erklärte Herr Schnettelbeck würdevoll, »sind Insekten die Krone der Schöpfung und Wirbeltiere eine traurige Verirrung der Natur.«

»Also, *ich* kenne kein Wirbeltier, das freiwillig mit Pferdeäpfeln spielt«, erwiderte Tinea fröhlich. »Höchstens ganz kleine Babys. Wenn ihnen niemand eine Rassel kauft.«

Darauf zu antworten, hielt Herr Schnettelbeck für unter seiner Würde. Um weiteren Lärm zu verhindern, flog er hinunter zu Tinea und legte ihre Panzerteile leise und elegant an die richtigen Stellen, sodass sie sie nur noch festschnallen musste. Zum Schluss zog Tinea die Kletterhaken über ihre Knöchel und Handgelenke und stieg über die Wand hinauf zum Boden.

»Fein, ich bin bereit«, sagte sie.

Herr Schnettelbeck hatte in der Zeit, in der sie die Wand hochgestiegen war, schon seine Sachen gepackt und scharrte ungeduldig mit den Hinterfüßen. »Ich nehme an, dass du deine Hände brauchst«, sagte er. »Deshalb nehme ich das Notizbuch. Und du nimmst die Stadtkarte.« Er faltete die Karte auf und klemmte sie in Tineas falsches Vorderbein, sodass sie sie jederzeit gut sehen konnte. »Nun gut. Auf in den Kampf!«

Sie bezahlten bei der tranigen Zikade für die Übernachtung und machten sich auf den Weg. Zuerst arbeiteten sie sich vorwärts in Richtung Norden, denn ihr Gasthaus lag in der Mitte der Stadt. Und sie mussten auch gar nicht weit laufen, bis sie die ersten Meinungsmaschinen fanden. An vielen standen trotz der frühen Stunde Leute und warfen ihre Zettel ein. Tinea lotste Herrn Schnettelbeck von Straße zu Straße und übersah nicht das kleinste Gässchen, und er machte pflichtbewusst einen Strich für jede Maschine in die Strichliste. Kaum jemand beachtete die beiden; nur Tineas Käferkostüm war anscheinend so ein kunstvolles Gebilde geworden, dass immer wieder ältere Käferherren hinter ihr herschauten und ganz leise seufzten und sich wünschten, sie wären fünfzig Jahre jünger. Herr Schnettelbeck musste dann jedes Mal leise prusten, und Tinea murmelte immer: »Verdammt, ich hätte ein Käfer werden sollen. Dann könnte ich als Mannequin gutes Geld verdienen!«

»Tja, bist du aber nicht«, flüsterte Herr Schnettelbeck. »Du bist nun mal ein Wirbeltier, und kein besonders hübsches.«

Inzwischen war es fast Mittag. Die Schilder der Gaststätten fingen an, verführerisch auszusehen.

»Die eine Straße noch«, spornte Herr Schnettelbeck Tinea an. »Dann gehen wir etwas essen.«

Tinea schaute noch einmal auf ihren Stadtplan. »Na schön, aber die Straße ist wirklich lang. Die geht einmal quer durch die ganze Stadt.«

»Da drüben«, sagte Herr Schnettelbeck und nickte in die Richtung. «Da ist noch eine Maschine.«

»Sie sind alle baugleich, nicht?«, überlegte Tinea. »Und ich habe schon eine gesehen, die die Seriennummer 1 hatte. Das heißt wohl, Odel hat diese Maschinen nicht nur irgendwo bestellt, die wurden bestimmt extra für ihn erfunden und gebaut! Welche andere Stadt hat denn schon einen Bedarf dafür?«

Da tippte Herrn Schnettelbeck jemand auf die Schulter. Herrn Schnettelbeck, der gerade in schönster Verschwörerstimmung gewesen war, fuhr der Schreck durch Mark und Bein.

»Nein – oh – guten Odel«, stotterte er und drehte sich um. »Äh, guten Tag!« Vor ihm stand Monifa. »Ebenfalls guten Tag«, sagte sie freundlich und musterte ihn von oben bis unten. »Ich hatte einen tollen Abend gestern, muss ich sagen!«

»Danke, ähm«, erwiderte Herr Schnettelbeck, schwitzte Blut und Wasser und bemühte sich, ein Gentleman zu sein. »Das hier ... das ist Fräulein Monifa, und das hier ist Tinea. Ähm. Meine Enkelin.«

»Hallo«, sagte Tinea und winkte, aber statt per Hebel mit dem freien Vorderbein zu winken, hob sie das Mittelbein – in

Wirklichkeit ihr Arm. Ein dummer Fehler! So würde ein Insekt zur Begrüßung nie winken.

»Sucht ihr etwas?«, fragte Monifa und schaute über Tineas Schulter auf die Karte.

»Oh nein«, sagte Herr Schnettelbeck schnell und schüttelte den Kopf. »Gar nicht. Wir kommen glänzend zurecht.«

Und da bekam Monifa diesen Blick, den Käferweibchen immer bekommen, wenn die Männchen ihnen etwas erzählen, was sie nicht glauben. »Und was macht ihr mit dieser Strichliste?«, fragte sie und legte den Kopf schief.

»Ähm.« Herr Schnettelbeck stutzte. Mit allem hatte er gerechnet, aber eine Ausrede hatte er natürlich nicht parat! »Wir, wir sind Touristen. Das wissen Sie doch.«

»Ihr zählt die Meinungsmaschinen, nicht? Warum zählt ihr die Meinungsmaschinen?«, fragte Monifa leise und war nicht nur befremdet, sie war misstrauisch.

»Tun wir das?« Tinea schaute Herrn Schnettelbeck unschuldig an. »Wie kommen Sie denn darauf?«

Monifa schaute Tinea geradeaus an, und dann sagte sie leise: »Ihr zählt die Meinungsmaschinen, und du bist kein echter Käfer. Ich bin doch nicht blind. Also was tut ihr hier?«

Herr Schnettelbeck erschrak, und auch Tinea zuckte so sehr zusammen, dass ihr Panzer klapperte. Aber dann streckte er sich zu voller Größe und erklärte leise: »Fräulein Monifa, Sie haben recht. Aber es gibt eine gute Erklärung für alles. Wir finden, dass die Verbannung der Wirbeltiere aus der Stadt nicht rechtens ist.«

Tinea nickte.

»Und deshalb schauen wir uns die Stadt genauestens an, um zu sehen, wo die Schwachstellen liegen. Denn eins ist klar:

Die Wirbeltiere bekommen hier keine Aufenthaltsgenehmigung, solange Bürgermeister Odel an der Macht ist. Wir wollen einen Wandel in Unterstadt, und er muss gewaltfrei ablaufen.«

Monifa schaute erstaunt an Herrn Schnettelbeck hinauf und dann hinunter. Sie war beeindruckt. »Oh«, machte sie. »Ihr seid Widerstandskämpfer?«

»Jawohl.« Herr Schnettelbeck nickte und fand, dass das Wort sehr gut klang.

Und da nickte auch Monifa. »Ihr habt absolut recht. Das hatte ich mir auch schon gedacht: Die Wirbeltiere sollten nicht aus Unterstadt ausgeschlossen sein. Ich meine – Wirbelsäule, keine Wirbelsäule, was macht das für einen Unterschied? Wir sind doch alle Lebewesen, nicht wahr?«

»Absolut«, bestätigte Herr Schnettelbeck edelmütig, und Tinea hinter ihm hustete.

»Und wofür müsst ihr so genau die Anzahl der Meinungsmaschinen wissen?«, fragte Monifa nun interessiert.

Herr Schnettelbeck öffnete den Mund, und dann musste er überlegen. »Tja«, sagte er schließlich. »Unser Chef hat eine tolle Idee, aber die hat er uns noch nicht erklärt.«

»Werdet ihr mir irgendwann genauer erzählen, was ihr vorhabt?«, drängelte Fräulein Monifa ganz begeistert.

»Gern ein anderes Mal«, mischte sich Tinea schnell ein. »Aber nicht heute. Wir brauchen bestimmt zwei Tage, um alle Maschinen zu zählen, und dann müssen wir wieder hoch an die Oberfläche, Bericht erstatten.«

»Oh ja, diese Maschinen«, nickte Monifa verständig. »Das müssen eine Menge sein. An der Hausecke von meiner Herberge stehen gleich zwei davon! Und sie werden alle genutzt wie verrückt. Bis in die Nacht hinein krunschen die Maschinen, und die Leute stehen in langen Schlangen unter meinem Fenster.«

»Außerdem«, ergänzte Herr Schnettelbeck, »steht der Plan ja noch nicht fest. Das hängt sicher auch davon ab, wie viele Meinungsmaschinen es gibt.« (Das sagte er, um nicht ganz so ahnungslos zu klingen.)

Monifa nickte. »Ich finde das sehr gut, was ihr hier macht. Sehr wichtig. Wenn ich etwas tun kann, dann meldet euch bei mir. Ihr wisst ja, wo ihr mich findet«, setzte sie hinzu und schaute dabei Herrn Schnettelbeck mit wissendem Blick an.

Der nickte und versuchte dabei, wie ein Widerstandskämpfer zu gucken. In Wirklichkeit fehlten ihm wieder einmal die Worte.

»Danke schön«, sagte Tinea fröhlich. »Dann machen wir jetzt weiter.« Und sie zog Herrn Schnettelbeck am Vorderbein weg. Aber kaum waren sie um die nächste Ecke, ging es los.

»Ist das dein geheimnisvoller Kontakt von gestern Abend?«, löcherte Tinea den armen Herrn Schnettelbeck und zog weiter an seinem Vorderbein. »So ist das also!«

»Blödsinn«, erklärte Herr Schnettelbeck empört. »Sie ist eine wichtige Kontaktperson! Hast du ja grade gesehen! Und wenn Haugbrot hört, dass wir einen weiteren Käfer in der Unterstadt auf unserer Seite haben, dann ...«

»Du stehst auf die Tante«, sagte Tinea fröhlich.

»So ein Unsinn!«, rief Herr Schnettelbeck. »Sie ist eigentlich Luft für mich. Nur Luft. Reine Luft!«

»Und wir wissen ja alle, was ohne Luft passiert«, sagte Tinea und griff sich dramatisch an die Kehle.

Herr Schnettelbeck zeterte, wie er es immer tat, wenn er sich ertappt fühlte. »So eine Frechheit! So eine bodenlose Frechheit! Unglaublich, was die heutige Jugend sich erdreistet!«

»Ah ja, über die Jugend schimpfen, aber selbst auf Frühjahrsfüßen wandern!«

»Das heißt nicht *auf Frühjahrsfüßen wandern*, sondern *auf Freiersfüßen wandeln*! Außerdem, du hast ja gar keine Ahnung von gar nichts! Und das ist jetzt das Ende der Diskussion!«, schimpfte Herr Schnettelbeck.

Tinea summte frech den Hochzeitsmarsch vor sich hin, während sie weiter die Straßen abklapperten. Herr Schnettelbeck versuchte, das Gesumme zu ignorieren. Wäre ja noch schöner, dachte er sich, wenn ich mich von so einem Grünschnabel aufziehen lassen würde!

Die Maschinenzählung dauerte bis spätabends, dann waren sie schon fertig. So mussten sie gar keine weitere Nacht in der Unterstadt verbringen. Aber sie waren natürlich müde und zerschunden von der Akkordarbeit. Um neun Uhr abends kamen sie zum Schacht, den sie wieder hinaufkrabbeln mussten.

»Ich hoffe, sie haben Kuchen gebacken und warten mit einem riesigen Fest auf uns«, seufzte Tinea. »Für die Knochenarbeit, die wir gemacht haben!«

»Keine Angst«, erwiderte Herr Schnettelbeck zuversichtlich. »Wenn uns Haugbrot den ganzen Plan erklärt, dann macht bestimmt alles Sinn!«

Die letzten Meter musste er Tinea ziehen. Der Panzer hing an ihr wie Blei, und sie stöhnte und jammerte und kam kaum noch vorwärts. Endlich auf ebener Erde, warf sie dann Helm und Rückenpanzer von sich und hüpfte im Kreis bei dem Versuch, die Blechdosen von ihren Armen und Beinen abzuschütteln.

»Wie haltet ihr Käfer das nur aus, den ganzen Tag eingeengt in so einem Panzer?«, wimmerte sie.

»Wir sind nicht solche Weichlinge wie ihr«, erwiderte Herr Schnettelbeck würdevoll. »Wir sind durch unsere strenge Körperform von Kindesbeinen an zu einem aufrechten und disziplinierten Charakter erzogen. So ist das.«

»Ja«, sagte Tinea. »Natürlich. Aber in der Birne drin seid ihr weich wie Pudding. Besonders du!« Und sie tippte sich an den Kopf.

Herr Schnettelbeck schnaubte und sah ihr untätig zu, während sie alle Teile ihrer Käferrüstung in den Rückenpanzer packte und diesen hinter sich herzog. Betont langsam trippelte er neben ihr, während sie sich abmühte. Ohne ein weiteres Wort erreichten sie schließlich das Zeltlager von Oberstadt.

»Wieso«, fragte Tinea empört, »ist hier alles so dunkel und still? Guck mal, selbst das Feuer ist fast verloschen. Da wird doch wohl nichts passiert sein?«

Herr Schnettelbeck schaute sich etwas ängstlich um. Tatsächlich war alles verdächtig ruhig. Aber dann hörten sie leises Gelächter aus Emil Wachs Zelt. Müde schleppten sie sich hinüber und schauten durch den Vorhang.

Kuchen gab es tatsächlich. Und Kakao. Allerdings war nicht mehr viel da. Die Oberstädter hatten eine Party veranstaltet. Ohne Tinea und Herrn Schnettelbeck.

Ohne weitere Umschweife warf sich Tinea zwischen sie und nahm das vorletzte Stück Kuchen (das, wie Herr Schnettelbeck bemerkte, viel größer war als das letzte, das ihm nun übrig blieb).

»Her mit dem Kakao«, raunzte Tinea und schüttete sich eine Tasse voll.

»Ähäm«, hüstelte Herr Schnettelbeck. Tinea schob ihm die Tasse hin und trank einfach aus der Kanne.

»Und wie viele Meinungsmaschinen hat Unterstadt?«, fragte Donna-Doria.

»Hundertneunundachtzig«, seufzte Herr Schnettelbeck und rückte näher an das Feuer in der Mitte des Zelts.

»Und, wie ist es *euch* so ergangen, während wir uns da unten abgemüht haben?«, fragte Tinea etwas sarkastisch und mit vollen Backen.

»Vergesst die Meinungsmaschinen«, winkte Haugbrot ab. »Das war ja 'ne ganz nette Idee, aber damit kommen wir ja nicht weiter.«

Herr Schnettelbeck verschluckte sich an seinem Stück Kuchen. Martha quakte und klopfte ihm auf den Rücken. Aus dem Augenwinkel sah Herr Schnettelbeck, dass Tinea der Mund offen stand.

»Wie?«, fragte sie. »Was soll das heißen, vergesst die Meinungsmaschinen?!«

»Ich hab mir das vorgestern anders überlegt«, erklärte Haugbrot.

»Vorgestern schon?«, fragte Tinea fassungslos. »Soll das heißen, du hast uns nicht Bescheid gesagt, dass der Plan abgeblasen ist? Bevor wir losgezogen sind?«

»Ach, das war ja nur so eine Idee«, sagte Haugbrot wegwerfend. »Ihr solltet euch lieber auf was konzentrieren, womit wir wirklich eine Chance haben. Morgen früh kommen die Spinnen-Anwälte vorbei, und dann machen wir erst mal diesen Prozess. Das mit den Meinungsmaschinen macht einfach keinen Sinn.«

Tinea schaute Herrn Schnettelbeck an, und Herr Schnettelbeck schaute Tinea an. Beide waren so verblüfft, dass sie gar nicht wussten, was sie sagen sollten.

Emil Wach zwinkerte ihnen zu und zuckte mit den Achseln. »Haugbrot halt«, flüsterte er. Und es schien niemanden zu wundern.

Tinea und Herr Schnettelbeck aßen sehr still ihren Kuchen auf und tranken ihren Kakao. Aber eins war beiden klar: Sie würden morgen ganz bestimmt nicht früh aufstehen, um an Haugbrots Prozessvorbereitungen teilzunehmen. Ausschlafen hatten sie sich redlich verdient.

7. Kapitel

Die schrecklichen Zitterspinnen

Am nächsten Morgen wachte Herr Schnettelbeck mit dem widerlichen Gefühl auf, dass ihn irgendjemand grandios an der Nase herumgeführt hatte. Und dieser jemand war Haugbrot. Kaum war Herrn Schnettelbeck das klar geworden, wurde er wütend. So wütend, wie man am Morgen überhaupt werden kann. Ein Käferbein hinter dem Kopf, lag er da, starrte an die Zeltdecke und überlegte, was er nun tun sollte. Tinea und Donna-Doria waren schon lange aufgestanden. So würde ihn jetzt wenigstens niemand beim Nachdenken stören. Dachte er.

Da riss Tinea den Vorhang des Zelts auf. »Schnettelbeck«, rief sie, »komm schnell nach draußen!« Dann schlug der Vorhang zu, aber sie streckte noch einmal den Kopf hinein. »Nimm einen spitzen Stock mit, wenn du einen hast!«

»Was?« Herr Schnettelbeck sprang auf. Tineas Ton klang nicht gut. Einen spitzen Stock hatte er nicht, aber eine große Rohrzange. Mit einem unangenehmen Gefühl in der Magengegend krabbelte er nach draußen.

Die Bewohner der Oberstadt standen zwischen ihren Zelten,

bewaffnet mit Küchenmessern und Knüppeln. Sie schienen sich zu fürchten, aber sie sahen kampfbereit aus.

»Was ist los?«, fragte Herr Schnettelbeck und drückte sich hinter Tinea, die eine geknickte Eisenstange über der Schulter liegen hatte. Dann sah er es auch: Von allen Seiten näherten sich große Spinnen dem Lager, bestimmt ein ganzes Dutzend. Sie hatten sehr lange, dünne Beine und lächerlich kleine, kugelige Körper. Eigentlich sahen sie nicht gefährlich aus – Herr Schnettelbeck hätte eine solche Spinne bestimmt von den Füßen niesen können!

Die Advokaten Haus und Winkel allerdings hatten große Angst vor ihnen. Sie drückten sich zusammen und wimmerten, und sie schienen völlig außerstande, sich ebenfalls zu bewaffnen und zu verteidigen. Und jetzt sah Herr Schnettelbeck erst, warum die Oberstädter sich so kampfbereit aufgestellt hatten: Sie bildeten einen Kreis um die beiden Advokaten, um sie vor den Neuankömmlingen zu schützen.

Das fand Herr Schnettelbeck ziemlich albern. Wenn sich irgendjemand gegen solche lächerlichen dünnen Spinnentiere verteidigen konnte, dann wohl die Herren Haus und Winkel, die für Spinnen ziemlich kräftig gebaut waren. »Reißen Sie sich zusammen«, befahl er. »Das sind einfach nur Spinnen, genau wie Sie!«

»Das sind Zitterspinnen«, flüsterte Haus. »Schreckliche Zitterspinnen!«

Winkel zog seinen Kopf aus Haus' Achselhöhle und jammerte: »Zitterspinnen sind unsere Fressfeinde. Lassen Sie sich nicht täuschen. Die sehen harmlos und fragil aus, aber sie können uns vernichten! Auslöschen!«

Haugbrot trat vor und stemmte die Hände in die Seiten. »Was wollt ihr hier?«, fragte er.

Eine Zitterspinne trat vor. »Guten Morgen«, sagte sie. »Schöne Grüße vom Bürgermeister an die Herren Haus und Winkel.«

Tinea fauchte.

»Aha. Ihr denkt also, ihr könnt uns einschüchtern, indem ihr hier auftaucht«, erwiderte Haugbrot grimmig.

Die wortführende Zitterspinne schaute durch Haugbrot hindurch und fixierte die zusammengekauerten Advokaten. »Es wäre doch jammerschade«, sagte sie langsam, »wenn den beiden etwas zustoßen würde. Solche vielversprechenden Anwaltskarrieren.«

Die Oberstädter zogen den schützenden Kreis um die beiden Advokaten enger. »Ihr kommt nicht an uns vorbei, ihr Drecksäcke«, zischte Emil Wach und bleckte seine spitzen Zähne.

»Wer solche glänzenden Zukunftschancen hat, sollte seine Zeit nicht mit lächerlichen Diskriminierungsprozessen verschwenden, die sowieso wenig Aussicht auf Erfolg haben«, erklärte die Zitterspinne scharf und fasste Haus und Winkel noch fester ins Auge.

»Verzieht euch«, befahl Haugbrot. »Ihr habt auf unserem Grund und Boden nichts verloren!«

»Das hier ist die alte Müllkippe von Unterstadt«, erwiderte eine andere Zitterspinne spitz. »Und Westwärts ist immer noch ein freies Land. Wie können überallhin, wo's uns gefällt.«

»Und es kann ja auch nicht immer so eine kampflustige Truppe bereitstehen wie jetzt, um die beiden zu beschützen«, setzte der Wortführer hinzu und grinste um seine Mundwerkzeuge herum.

Herr Schnettelbeck war sprachlos vor Wut. Das war ja glatt eine Todesdrohung! Die beiden unglückseligen Advokaten schrumpften immer mehr in sich zusammen. Hätte man ihnen ein Loch im Boden gegeben, wären sie hineingekrochen. Und die schrecklichen Zitterspinnen grinsten auf die Oberstädter und gefielen sich sehr. Die Oberstädter starrten zornig zurück.

»Ha!«, schrie Donna-Doria plötzlich und streckte die Hände aus. Ein faustgroßes Hagelkorn traf den Wortführer am Kopf. Der schrie, fuhr herum und hielt sich den Schädel.

Da prustete Tinea los. Donna-Doria grinste stolz. Emil Wach fing an zu lachen. Haugbrot biss sich auf die Lippe. Der Professor begann, in den höchsten Tönen zu quietschen. Und so lachten die Oberstädter plötzlich die schrecklichen Zitterspinnen aus.

Wütend brüllte der Anführer: »Schnauze! Schnauze, hab ich gesagt!«

Die anderen Zitterspinnen schauten sich ratlos an. Zwei von ihnen zuckten verdächtig, so als wollten sie auch lachen.

»Wir kommen wieder«, drohte der Anführer und wandte sich zum Gehen. Auf ihren langen, staksigen Beinen verschwanden sie durch das Heidekraut – ein gespenstischer Anblick.

Tinea winkte ihnen zum Abschied. Haus und Winkel saßen immer noch zusammengekauert auf dem Boden. Sie litten Todesängste. »Die schrecklichen Zitterspinnen«, wimmerte Haus. »Die schrecklichen Zitterspinnen!«

»Sie wollen uns aussaugen«, flüsterte Winkel und winkte mit einem zitternden Bein. »Aussaugen und als leere Hülle zurücklassen!«

»Kommen Sie«, sagte Donna-Doria und reichte ihm freundlich eine Hand. »Jetzt sind sie ja weg, die schrecklichen Zitterspinnen!«

»Umso wichtiger«, erklärte Haugbrot entschlossen, »dass wir den Prozess so schnell wie möglich vor Gericht bringen und ausfechten!«

Haus und Winkel ordneten ihre haarigen Spinnenbeine.

»Ausfechten?«, jammerte Winkel. »Nein, das geht nicht. Ausgeschlossen!«

»Aber Sie waren doch ganz versessen auf diesen Prozess«, rief Tinea. »Diskriminierung und so!«

»Das war *vor* den schrecklichen Zitterspinnen«, rief Haus kläglich. »Wir wollen natürlich die Ungerechtigkeit beenden, aber wir können dafür nicht unser Leben aufs Spiel setzen!«

»Richtig«, setzte Winkel verzweifelt hinzu und wackelte ein paar Schritte vorwärts. »Es tut uns leid, aber wenn wir hierbleiben, sind wir keinen Augenblick mehr sicher.«

»Glauben Sie denn wirklich, dass diese Zitterspinnen ihre Drohung wahrmachen?«, rief Herr Schnettelbeck verächtlich.

»Verstehen Sie denn nicht?« Haus drehte sich um. Alle acht Augen, die er hatte, zuckten. »Das sind unsere natürlichen Fressfeinde. Wir können uns nicht aussaugen lassen für einen Prozess!«

Haugbrot schaute Emil Wach an, und Emil Wach schaute zurück. Es war offensichtlich, dass der Bürgermeister mit seinen schrecklichen Zitterspinnen die beiden Advokaten genau an ihrer empfindlichsten Stelle getroffen hatte.

»Wir müssen unsere Sachen packen«, seufzte Haus und unterdrückte ein Schniefen. Es ging ihm sehr nahe, diesen Prozess abzubrechen, das konnte man sehen. »Es tut uns leid, aber Sie müssen sich jemand anderen suchen. Unsere Unterlagen lassen wir hier, damit der nächste Advokat sie benutzen kann.« Er verschwand hinter Winkel in Haugbrots Zelt.

Haugbrot trat wütend einen Stein. »Der nächste Advokat? Hah! Wer soll das denn sein?«, raunzte er.

Der Professor schüttelte finster den Kopf. »Wenn wir uns jemand anderen suchen, wird er genauso eingeschüchtert. Auf die eine oder andere Weise kann man jeden so einschüchtern, dass er um sein Leben fürchtet.«

Drinnen im Zelt rumorte es. Die Advokaten packten wohl hektisch ihre Aktentaschen.

Tinea sah Herrn Schnettelbeck an, und Herr Schnettelbeck guckte zerknirscht zurück. »Dieser Drecksack«, zischte Tinea. »Dieser widerliche, egoistische, selbstverliebte Feierabendfaschist!«

»Ich hoffe, er fällt in ein Kanalloch«, rief Donna-Doria und reckte die Faust.

In Unterstadt gab es keine Kanallöcher, erinnerte sich Herr Schnettelbeck und schaute traurig zum Himmel. Kein Prozess, keine Abschaffung der Meinungsmaschinen und ergo auch keine Sterne! Wehmut überkam ihn und Wut. So durfte es nicht enden!

Niedergeschlagen zogen sich die Oberstädter in ihre Behausungen zurück. Bei Tinea äußerte sich ihre Wut darin, dass sie brutal ihre Sachen aufräumte. Sogar ihr Kopfkissen wurde brutal aufgeschüttelt und mit einem Handkantenschlag in der Mitte geknickt. Donna-Doria saß traurig auf ihrem Feldbett.

»Es ist ja nicht das erste Mal«, seufzte sie. »Also, nicht das erste Mal, dass Haugbrot sich etwas ausdenkt und dann funktioniert es nicht! Aber das war jetzt das erste Mal, dass wir so bedroht wurden.« Und sie seufzte wieder tieftraurig.

Herr Schnettelbeck lief derweil wie ein Getriebener im Kreis.

»So geht das alles nicht«, rief er ärgerlich. »Wir sind zu wenige, und wir sind zu schwach. Zu schwach selbst für einen Gerichtsprozess!«

»Und?«, fragte Tinea verächtlich. »Was gedenkst du dagegen zu tun, du nörgeliger alter Mistsammler? Haugbrots Idee mit dem Schauprozess ist gestorben. Und ich nehme nicht an, dass du vorhast, dich selbst mit dem Bürgermeister anzulegen.«

Da wurde Herr Schnettelbeck wütend. Ein heißer Zorn stieg in ihm auf, ein wilder und starker und *guter* Zorn, der ihm durch den ganzen Körper fuhr und seine eingerosteten alten Muskeln mit Leben füllte. Und da wusste er, dass Tinea Unrecht hatte. Oh, und wie sie Unrecht hatte!

»Genau das habe ich vor«, schnaubte er. »Ich werde diesem Bürgermeister aufs Dach steigen, und wie! Es wird ihm noch leidtun, dass er zwischen mich und meine letzte Dungkugel getreten ist mit seinen Meinungsmaschinen und seinen Erpressertricks!«

Tinea blieb stehen und klopfte mit einem Bleistift nachdenklich an eine Zeltstange. »Und was hast du vor? Ein Prozess wäre die saubere Variante, aber …«

»Aber der Bürgermeister spielt unfair«, rief Herr Schnettelbeck und erschrak fast über seine eigene Vehemenz. »Deswegen hat es gar keinen Sinn, das alles öffentlich durchzuführen. Die anderen spielen falsch, dann sollten wir auch die Samthandschuhe ausziehen und mit harten Bandagen kämpfen!«

»Dazu brauchen wir erst mal Verbündete«, überlegte Tinea. »Wir sind viel zu wenige, um irgendwas zu erreichen.«

»Aber wo sollen diese Verbündeten herkommen?«, seufzte Donna-Doria.

Herr Schnettelbeck überlegte. »In der Unterstadt hilft uns jedenfalls niemand«, sagte er und rieb die Mundwerkzeuge aneinander.

»Was ist mit diesen Fledermäusen?« Tinea schubste sich von der Zeltstange ab.

»Die mögen zwar den Bürgermeister nicht, aber mich haben sie auch nicht in guter Erinnerung.« Herr Schnettelbeck schnaufte frustriert.

Donna-Doria schaute hoffnungsvoll auf. »Haugbrot hat bestimmt schon wieder eine neue Idee«, sagte sie. »Hat er immer.«

Herr Schnettelbeck hoffte, dass es eine gute Idee war. Die Niederlage hatte ihn nur entschlossener gemacht.

Die gedrückte Stimmung im Lager wollte nicht verschwinden. Es war fast Abendessenszeit, und es begann schon zu dämmern, da saßen die Oberstädter um ihr Feuer und starrten wütend in die Flammen. Nur Donna-Doria fehlte.

»Ich frage mich vor allem eins«, knirschte Haugbrot. »Seit wann wussten die verdammten Unterstädter, dass wir Odel vor Gericht zerren wollten?«

»Ich frage mich eher«, knirschte Emil Wach, »*woher* wussten sie das?«

Tinea schaute auf, auch Martha begann die Stirn zu runzeln.

»Ach«, sagte Herr Schnettelbeck. »Sie hatten dem Bürgermeister keine Nachricht geschickt, dass Sie einen Prozess anstrengen wollen?«

»Nee!«, rief Haugbrot fast empört.

Tinea schaute Herrn Schnettelbeck an, und Herr Schnettelbeck schaute Tinea an. »Irgendwer hat den Bürgermeister darüber unterrichtet«, sagte Tinea langsam. »Dann ist wohl einer von uns ein Verräter.«

Herr Schnettelbeck bekam ein beklemmendes Gefühl in der Herzgegend, und er fragte sich, wer von den wenigen Oberstädtern ein Verräter sein könnte. Emil Wach? Martha, die vielleicht nur so harmlos tat? Oder vielleicht Donna-Doria? Vielleicht war sie gar nicht beim Gewitterluft-Sammeln, sondern in der Stadt. Oder ob es vielleicht alle zusammen waren?

Eins war klar: Dem Bürgermeister das Handwerk zu legen, war schwieriger, als die Oberstädter gedacht hatten. Und wieder rückten die Sterne in weite Ferne, und stattdessen dräuten über ihnen die allmächtigen Meinungsmaschinen. »Vielleicht lässt er uns auch beobachten«, sagte Haugbrot etwas ruhiger. »Es muss ja keiner von uns sein, der ihm das erzählt hat.«

»Hier? Auf der Ebene?«, zweifelte Herr Schnettelbeck. »Es ist gar nicht so einfach, sich hier anzuschleichen. Geschweige denn, eine Weile hierzubleiben, um uns länger zuzuhören.«

»Vielleicht sind es die Motten in den Birken«, überlegte Tinea plötzlich laut.

»Die? Ach, vergiss das, die reden nicht mit anderen Leuten«, winkte Haugbrot ab. »Die können gar nicht richtig sprechen und bleiben nur unter sich.«

»Die Birken«, murmelte Herr Schnettelbeck, und plötzlich sah er die Lösung so klar vor sich wie einen glühenden Faden. Die Birken hatten Augen, das hatte er schon bei seiner Ankunft gespürt! Die jungen Leute mit ihrer mangelnden Lebenserfahrung hatten es vielleicht nicht erkannt, aber sein Bauchgefühl konnte ihn nicht trügen! Er sprang auf, und als die anderen erstaunt fragten, wo er denn so schnell hinwolle, da murmelte er nur: »Ich muss ganz schnell zu Fräulein Donna-Doria!«

Das Zelt der Pelzhexe war leer. Sie war wohl noch unterwegs und sammelte Zweiglein und Federn und so ein Zeug. Er krabbelte los. In welche Richtung mochte sie gegangen sein? Hier sah doch alles gleich aus!

»Huhuuuu«, rief er. »Huhu, Fräulein Donna-Doria?«

Aber es kam keine Antwort. Er krabbelte also Richtung Norden, weil ihm nichts Besseres einfiel, und rief weiter durch das Heidekraut. Aber alles blieb still. Nachdem er das fünf Minuten lang gemacht hatte, schnaufte er ärgerlich und sah ein, dass er wohl doch fliegen musste. Auch wenn das als würdelos und frivol galt in seiner Generation. Er schüttelte sich also, faltete die Flügel aus und summte in die Luft. Über dem Heidekraut konnte er schon viel besser sehen. In großen Kreisen flog er um Oberstadt herum und hielt Ausschau, und als er seine Kreise weiter und weiter zog, sah er irgendwann eine Pelzkapuze neben einem kleinen Haufen schneebedeckter Felsen.

Er summte zu ihr hinunter. »Da sind Sie ja«, schnaufte er erleichtert.

»Gucken Sie mal, ich hab hier einen Schleimpilz«, rief Donna-Doria begeistert. Sie schnitt den Pilz gerade ab und steckte ihn in ein Einmachglas.

»Als Meteoromagierin wissen Sie doch bestimmt eine Menge über Magie«, fuhr Herr Schnettelbeck fort.

Donna-Dorias Schultern sackten nach unten. Ihr Gesicht wurde etwas blass. »Oh je.«

»Sind Sie nun eine Gewitterhexe oder nicht?«

»Ich werde tun, was ich kann«, erklärte Donna-Doria zaghaft. »Leider bin ich nicht so gut, wie ich gern wäre.«

»Das ist wohl keiner von uns«, sagte Herr Schnettelbeck forsch, und er wollte eigentlich weiterreden.

Aber da schaute Donna-Doria auf und blickte ihn ehrfurchtsvoll an, als hätte er gerade etwas sehr Weises gesagt. »Meinen Sie? Ja, das kann schon sein, nicht wahr? Egal wie gut man wird, man ist nie gut genug. Oder fleißig genug.«

»Die Birken haben Augen, haben Sie das schon bemerkt?«, sagte Herr Schnettelbeck kurzangebunden.

Donna-Doria hatte auch Augen, und die wurden plötzlich so groß wie Suppenteller. »Sie meinen um Oberstadt herum? Ja, das ist richtig. Aber meinen Sie, das hat was zu bedeuten?«

»Das frage ich Sie! Ich habe zwar schon oft Birken mit solchen Augen gesehen, aber ich hatte dabei noch nie so ein unbehagliches Gefühl wie hier in Oberstadt.«

Donna-Doria nickte und verdrehte nachdenklich die Augen.

»Der Bürgermeister hat unsere Advokaten mit seinen Zitterspinnen eingeschüchtert«, sagte Herr Schnettelbeck. »Und jetzt frage ich mich, woher wusste er überhaupt von ihnen? Denn ich glaube nicht, dass einer von uns ein Verräter ist!«

»Holzaugen«, entfuhr es Donna-Doria. »Ja, das muss es sein! Er lässt uns beobachten!«

»Holzaugen? Soll das heißen, Sie haben eine heiße Spur?«, rief Herr Schnettelbeck aufgeregt.

Donna-Doria stopfte ihr Einmachglas mit dem Schleimpilz darin in die Tasche. »Können Sie mich tragen?«, fragte sie forsch.

»Ausgeschlossen«, sagte Herr Schnettelbeck, obwohl das nicht wirklich stimmte.

Donna-Doria nagte auf ihrer Lippe herum. »Dann kann ich auch meine Idee nicht überprüfen, wir müssen nämlich ganz nahe an die Holzaugen heran.«

Herr Schnettelbeck seufzte. Natürlich wusste er, dass er eine pummelige Menschenfrau tragen konnte, zumindest eine Weile. Er war nur aus Prinzip dagegen. Aber es nützte ja alles nichts.

»Ich versuche es«, seufzte er und streckte die Flügel aus. Donna-Doria kletterte auf seinen Schulter-Schild und krallte sich an seinen Antennen fest. Herr Schnettelbeck zierte sich und tat betont schwerfällig, als er sich vom Boden erhob.

Unterwegs fragte er seine Passagierin: »Sie sagen also, man kann diese Birkenaugen, also diese Holzaugen, zum Beobachten benutzen?«

»Oh ja«, nickte Donna-Doria. »Und wenn Odel wirklich Holzaugen in unseren Birken eingerichtet hat, hat ihn das eine Stange Geld gekostet! Damit kann er uns von allen Seiten überwachen lassen, vierundzwanzig Stunden am Tag. Holzaugen werden nicht müde.«

Unten auf der dunklen Heide verglühte das Lagerfeuer. Niemand war mehr draußen. Herr Schnettelbeck flog näher ans Lager heran.

»Auf irgendeine Birke, irgendein Auge«, flüsterte Donna-Doria, und Herr Schnettelbeck gehorchte. Eins sah besonders einladend aus, es lag direkt über einem abgebrochenen Aststumpf. Dort landete Herr Schnettelbeck, und Donna-Doria krabbelte ungeschickt von ihm herunter.

»Doch ganz schön hoch hier«, sagte sie verlegen und wurde etwas blass um die Nasenspitze. »Darf ich mich weiter an Ihrer Antenne festhalten? Ja?«

Vorsichtig balancierte sie ganz mittig zum Stamm hin und zerrte Herrn Schnettelbeck hinter sich her. Dabei drückte sie ihm fast die Fühlerspitze platt. Schließlich lehnte sie sich an die Rinde und atmete erleichtert aus.

»Reißen Sie sich zusammen«, befahl Herr Schnettelbeck und

rollte mit den Augen, aber Donna-Dorias Aufmerksamkeit galt nun völlig dem Auge. Auf den Zehenspitzen stehend, lehnte sie ihre Stirn gegen die Rinde und lauschte.

»Wahnsinn«, flüsterte sie kaum hörbar. »Jetzt spüre ich es.«

»Was?«, flüsterte Herr Schnettelbeck zurück und fragte sich, warum sie flüstern mussten.

»Magische Energie«, erwiderte Donna-Doria leise. »Durch den ganzen Baumstamm. Von oben bis unten. Aber ist es auch ein Holzaugen-Zauber? Das müssen wir herausfinden.«

»*Sie* müssen das herausfinden, nicht ich«, sagte Herr Schnettelbeck empört. »Ich kann hier ja nicht alles machen!« Da zog die Gewitterhexe eine Haarnadel aus ihren Haaren und piekte genau in die Mitte des Birkenauges. Plötzlich ertönte ein Stöhnen, das durch den ganzen Baum ging, und das Auge zuckte und schloss sich. Herr Schnettelbeck wäre vor Schreck fast vom Baum gefallen.

»Ein Baum kann doch keine Schmerzen fühlen«, stammelte er. »Oder, oder doch?«

Donna-Doria grinste breit. »Der Baum nicht, aber der Magier, der seine Augen den Birken geliehen hat, der merkt das«, sagte sie zufrieden. »Bestimmt noch ein paar Tage lang, hehe. So, wir können gehen. Der ganze Baum ist gespickt mit Holzaugen!«

»Und die anderen Birken auch?«, fragte Herr Schnettelbeck.

»Bestimmt«, sagte Donna-Doria und kletterte wieder auf Herrn Schnettelbecks Rücken. »Dann hat Odel also alles mitbekommen, was wir gemacht haben. Nicht nur die Sache mit den Anwälten. Er kennt auch uns alle und unsere Gesichter.«

»Können Sie diese Holzaugen beseitigen?«, fragte Herr Schnettelbeck gespannt.

»Ich? Nein, ich doch nicht«, sagte Donna-Doria betrübt. »Das ist ein hochwirksamer Profizauber. Und außerdem liegt das gar nicht auf meinem Fachgebiet.«

»Sie sind doch eine Hexe«, rief Herr Schnettelbeck.

»Na und? Sie können doch auch keine Schuhe schustern, bloß weil Sie irgendein Handwerker sind«, sagte Donna-Doria, und da musste Herr Schnettelbeck ihr Recht geben.

Sie flogen schnurstracks zum Lager zurück. Donna-Doria wärmte sich an den letzten Resten der Glut, und Herr Schnettelbeck stampfte zu Haugbrots Zelt.

»Haugbrot«, rief er atemlos. »Ich muss mit Ihnen sprechen!«

»Ich komm gleich raus«, rief Haugbrot von drinnen.

»Nicht draußen. Ich komme besser rein.«

»Dann mach das«, sagte Haugbrot, und Herr Schnettelbeck kam herein. Haugbrots Zelt sah so aus, wie Herr Schnettelbeck sich das Innere von Haugbrots Hirn vorstellte: vollgestopft mit Sachen, von denen keiner wusste, wofür sie gut sein sollten. Sogar eine Drehleier hing an der Wand!

Haugbrot bot ihm einen Stuhl an, Herr Schnettelbeck setzte sich und begann: »Donna-Doria und ich haben herausgefunden, wie Odel uns beobachten lässt. Durch die Augen in den Birken!«

»Ach was«, rief Haugbrot erfreut.

»Und wir müssen leise sein«, wisperte Herr Schnettelbeck. »Vielleicht kann Odel uns auch hören.« Dann erklärte er den ganzen Schlamassel. Währenddessen kam auch Tinea herein und setzte sich leise dazu. Sie sagte kein Wort, bis Herr Schnettelbeck fertig war, aber ihr Gesicht brannte umso mehr vor Interesse.

»Ach was«, sagte Haugbrot wieder. »Diese Birkenrinden-Krusten, die wie Augen gucken? Ja, die sehen schon so gruselig aus.«

Tinea atmete schwer. »Nicht nur weiß er alles, was wir bisher gemacht haben. Er hat auch alle Ideen mitbekommen, die wir noch gar nicht ausgeführt haben! Verdammt. Wir sind wieder ganz am Anfang.« Dann fluchte sie unflätig.

Haugbrot war weniger schnell entmutigt. »Und was kann man da machen?«

»Weiß unsere Hexe nicht«, erklärte Herr Schnettelbeck.

Die drei tauschten Blicke aus. »Na schön«, sagte Haugbrot. »Dann müssen ab jetzt alle unsere wichtigen Aktionen in den Zelten stattfinden.«

Und damit war das Thema für Haugbrot beendet, und er schickte sie hinaus, damit er Dinge tun konnte, die man eben tat, wenn man Haugbrot war.

»Ich frage mich nur eins«, sagte Tinea grimmig zu Herrn Schnettelbeck. »Wenn Odel schon die ganze Zeit wusste, dass die Oberstadt existiert – und zwar nur zu einem einzigen Zweck, nämlich seine Herrschaft zu beenden! –, wieso hat er sie nicht schon längst dem Erdboden gleichgemacht?«

»Weil sie das eh schon ist«, sagte Herr Schnettelbeck in einem Anfall von schrecklicher Klarheit. »Wir sind einfach komplett harmlos, das ist es.« Und er stellte sich vor, wie Odel durch seine Holzaugen die Oberstadt ausspionierte und sich dabei kaputtlachte. Und dann fiel ihm ein, wie Donna-Doria mit ihrer Haarnadel in das Holzauge gepiekt hatte, und er hoffte, dass Odel das ebenfalls gespürt hatte. Dieser Schwerverbrecher!

Haugbrot ließ sich nie lange entmutigen. (»Das liegt bestimmt daran, dass er nach fünf Minuten eh alles vergessen hat, was vorher passiert ist«, sagte Tinea dazu.) Und schon am nächsten Morgen, als die Oberstädter um ihr Feuer herumsaßen und aus gerösteten Eicheln Kaffee kochten, war Haugbrot wieder glänzender Laune.

»Kinder«, rief er. »Kommt mal in mein Zelt.« Und weil er sich plötzlich an die Holzaugen erinnerte, setzte er hinzu: »Hier draußen holt man sich ja, ähm, eine Skrofulose. Bei dem Wetter.«

Gehorsam folgten die Oberstädter Haugbrot ins Zelt. »Setzt euch, setzt euch«, sagte Haugbrot laut, und dann fügte er leise hinzu: »Ich habe einen Plan.«

»Oh je«, flüsterte Emil Wach sehr leise, aber Martha trat ihm sachte auf den Fuß.

»Wir werden einen Meuchelmörder bezahlen, damit er uns den Bürgermeister vom Hals schafft«, sprach Haugbrot düster. »Gleich heute Nacht!«

»Interessanter Gedanke«, sagte der Professor geistesabwesend.

»Einen Meuchelmörder?« Herr Schnettelbeck war schockiert. »Das meinen Sie doch nicht ernst, oder?«

»Aber das können«, keuchte Martha entsetzt.

»Ist das nicht ein bisschen übertrieben?«, fragte Donna-Doria betreten.

»Nee, kein bisschen«, winkte Haugbrot ab. »So teuer ist der gar nicht.«

Emil und Herrn Schnettelbeck schauten sich an, Martha war völlig schockiert, der Professor war bei der theoretischen Ausarbeitung der ganzen Sache und noch nicht bei den ethischen Aspekten angekommen. Tinea runzelte die Stirn und sagte nichts. Also wiedersprach Haugbrot niemand, und damit war der Plan beschlossen.

Und Haugbrot hatte Herrn Schnettelbecks Ermahnung bezüglich der Holzaugen beherzigt. Als am frühen Abend Besuch ins Lager kam, verkündete Haugbrot lauthals:

»Leute, schaut mal her, mein Cousin ist zu Besuch gekommen!«

Die anderen schauten sich verdutzt an, aber kamen dann freundlich angelaufen, wie man Haugbrots Cousin eben begrüßen würde. Nur, dass es in Wirklichkeit der bestellte Meuchelmörder war. Er kam mit einem großen Planwagen, der von einem Fahrrad gezogen wurde. Das Fahrrad hatte etwa fünfzig kleine Pedale, und auf der Plane stand in verblichenen Lettern: *Gagelporst. Die natürliche, sanfte Methode! Garantiert ohne Nebenwirkungen.*

Nett sah er nicht aus: ein dürrer, freudloser Tausendfüßer mit einem spillerigen, gezwirbelten Schnurrbart. Auf dem Kopf trug er einen hässlichen Pelzhut und um die Schultern einen dramatischen Umhang. Er lächelte nicht und begrüßte alle nur mit einem Nicken.

»So, Cousin, dann gehen wir mal rein, ich hab einen Kuchen gebacken«, erklärte Haugbrot und haute den Meuchelmörder leutselig auf eine seiner vielen Schultern, damit die Holzaugen es auch sehen konnten.

»Dass der Tausendfüßer sein Cousin ist, glaubt ihm doch keiner«, flüsterte Tinea Herrn Schnettelbeck beklommen zu.

Alle folgten den beiden in Haugbrots Zelt. Es wurde etwas eng, aber natürlich wollte jeder wissen, wie der Meuchelmörder Odel beikommen wollte. So ganz wohl war keinem von ihnen dabei – außer Haugbrot. Der freute sich. Mordsmäßig.

»So, Kinder, das ist Herr Gagelporst«, erklärte er. »Also, wie wollen Sie es anstellen? Erzählen Sie mal.«

Gagelporst rutschte unbehaglich auf seinem Sitz hin und her.

»Sie sagten, Sie hätten Kuchen gebacken«, sagte er mit dünner, freudloser Stimme.

»Das hab ich nur so gesagt.«

»Oh.« Gagelporst machte keinen Hehl aus seiner Enttäuschung, aber dann riss er sich zusammen und kam zum Geschäft. »Ich arbeite mit einem hocheffizienten, extrem schnell wirkenden Gift. Es tötet innerhalb von drei bis vier Sekunden mit hundertprozentiger Sicherheit, und das Opfer fühlt nur einen sehr kurzen Schmerz.«

Haugbrot hörte ihm begeistert zu. Die anderen waren weniger erfreut. Herr Schnettelbeck schaute sich um und sah, wie Tinea angewidert die Augenbrauen hochzog. Sie mochte den Meuchelmörder wohl gar nicht. Donna-Doria schaute richtiggehend betroffen. Aber Gagelporst wärmte sich an Haugbrots Aufmerksamkeit und zog aus seiner ledernen Arzttasche ein kleines, rundes, braunes Arzneifläschchen.

»Wenn Sie mal schnuppern möchten«, sagte er und bot es in der Runde an.

»Nee, danke«, sagte Emil Wach, und auch die anderen schüttelten die Köpfe.

»Nun ja«, fuhr Gagelporst fort und ließ das Fläschchen wieder verschwinden. »Ich verabreiche es im Essen. Das ist auch schon alles. Vorher verschaffe ich mir natürlich Zutritt zu den entsprechenden Haushalten, indem ich so tue, als wäre ich ein Hausmeister, Lumpensammler oder Getränkeverteiler.«

»Sehr, ähm, abwechslungsreich«, sagte Tinea und lächelte, als täten ihr die Zähne weh.

Gagelporst legte die Füße zusammen, und davon hatte er sehr viele. Er öffnete und schloss sie der Reihe nach; hypnotisiert schaute Herr Schnettelbeck hin. Es sah aus, als würde man einen Reißverschluss hoch und wieder hinunterziehen.

»Gerade das genieße ich an meiner Beschäftigung«, erklärte Gagelporst. Er klang dabei nicht so, als hätte er jemals im Leben irgendetwas genossen. »Diese Abwechslung. Trotzdem hat man seine Sicherheit.«

Donna-Doria flatterte mit den Augenlidern und verdrehte die Augen, und Martha schaute sie besorgt an. Sie dachte wohl, Donna-Doria hätte es mit dem Kreislauf, aber Herr Schnettelbeck kannte diesen Blick. Den machte Tinea auch immer. Er bedeutete: Gleich gehe ich jemandem an die Gurgel.

»Im Fall von Herrn Odel nehme ich eine Identität als Reinigungskraft an«, erklärte Gagelporst. »Herr Odel ist ein Sauberkeitsfanatiker, das ist hinlänglich bekannt. Ich habe selbst einige Erfahrung auf dem Gebiet gesammelt.«

»Als Fanatiker oder als Putze?«, fragte Tinea vorlaut.

Gagelporst schaute sie mit totem Blick an. »Wussten Sie, dass die Härte des Wassers absolut essenziell ist, wenn man einen Marmorboden reinigen will?«, sprach er. »Zu viel Kalk, und unansehnliche Flecken bleiben zurück.«

Haugbrot schlug ihm auf die Schulter. »Haha, das ist wirklich zum Brüllen! Ich sehe schon, das wird alles ablaufen wie am Schnürchen.«

Gagelporst hatte gar nicht witzig sein wollen. Es schaute konsterniert. »Gibt es noch weitere Fragen?«, näselte er und legte alle Beine auf einmal zusammen. »Über den Preis hatten wir ja schon gesprochen.«

»Das ist alles geritzt«, versicherte Haugbrot. »Kinder, bald sind alle unsere Probleme vorbei!«

Und endlich würde er seine Sterne zurückbekommen, dachte Herr Schnettelbeck. Aber die Oberstädter schauten sich wieder auf diese komische Art an. Und Herr Schnettelbeck fand, dass sie dabei eher wie Kinder aussahen, denen jemand einen Schokoladenkuchen versprochen hatte, wenn sie eine Eins im Zeugnis mit heimbringen würden. Denn das, das wusste Herr Schnettelbeck noch von früher, klappte fast nie.

8. Kapitel

Rebellion!

Im Schutze der Nacht zog Gagelporst einen Kittel an, nahm einen Eimer und einen Besen und machte sich auf den Weg in die Unterstadt, um den Bürgermeister zu meucheln. Herr Schnettelbeck hatte nicht den geringsten Zweifel daran, dass Gagelporst seine Arbeit gründlich und effektiv erledigen würde. Und das garantiert ohne Nebenwirkungen.

Und deshalb saßen die Oberstädter drei Tage untätig herum und warteten auf seine Rückkehr. Schon am ersten Tag ging Herrn Schnettelbeck das Herumgesitze auf die Nerven. Er vermisste plötzlich die Lektionen, die er Tinea in Metallarbeit erteilt hatte. Auch Tinea saß untätig herum und malte mit Stöckchen in den Sand. Die anderen wussten sich irgendwie zu unterhalten, denn sie hatten sich ja schon vor langer Zeit mit dem Leben in der Oberstadt arrangiert.

Und weil ihm das so auf die Nerven ging, schnappte sich Herr Schnettelbeck noch einmal den Helm von Tineas Käferkostüm und hielt ihn Tinea unter die Nase.

»Hier«, sagte er. »Die Niete hast du ganz schön schlampig eingeschlagen. Das muss besser werden.«

Tinea schaute langsam zu ihm hoch. »Jetzt sofort oder wie?«

»Was du heute kannst besorgen, das verschiebe nicht auf morgen«, erwiderte Herr Schnettelbeck forsch und hoffte, dass Tinea gehorchen würde.

»Jaja«, sagte Tinea. »Grün und blau schmückt die Sau.«

»Was?!«

»Ich dachte, du willst Sprichwörterduell spielen.«

»Ich will, dass du mitkommst und diesen Fehler ausbesserst.«

Zu Herrn Schnettelbecks großem Erstaunen seufzte Tinea und stand auf. Widerstandslos folgte sie ihm zum Werkstattzelt. Herr Schnettelbeck war so frustriert vom Warten, dass er ihr beibrachte, wie man Schlittschuhe zum Anschnallen baute. Tinea fragte nicht einmal, wofür das gut sein sollte, was vermutlich hieß, dass sie genauso frustriert war.

Die nächsten zwei Tage verbrachte Herr Schnettelbeck damit, Tinea das Dengeln beizubringen. Und das Örgeln und das Hebbeln. Und schließlich, am Vormittag des vierten Tages (es schneite inzwischen wieder und die Heide war wie mit Puderzucker bedeckt), kam Gagelporst zurück durch den Schacht.

»Ah, mein Lieblingscousin«, begrüßte ihn Haugbrot überschwänglich. »Komm mit und erzähl mir alles aus der wunderschönen Unterstadt!«

Und die beiden verschwanden in Haugbrots Zelt. Die anderen standen draußen und unterhielten sich flüsternd.

»Und?«

»Hat er Odel um die Ecke gebracht?«

»Keine Ahnung.«

»Haugbrot soll es doch nicht so spannend machen!«

Zusammengedrückt warteten sie und lauschten, aber aus

dem Zelt hörte man nur das allerleiseste Wispern. Man konnte kein Wort verstehen.

Dann aber flog die Zeltklappe auf und Haugbrot kam herausgestürmt. »So ein Nichtsnutz!«, fluchte er, und es war ihm vollkommen egal, dass die Holzaugen alles sehen und hören konnten. »So ein nichtsnutziger, dämlicher Trottel!«

»Was? Was?!«, rief Emil Wach verzweifelt. »Was hat er gemacht?!«

»Gar nichts«, röhrte Haugbrot. »Überhaupt nichts hat er zustande gebracht!«

»Aber hat er du-weißt-schon-wem denn kein Gift verabreicht?«, fragte Donna-Doria ratlos.

»Tagelang! Tagelang hat er ihm Gift ins Essen geschüttet, und es hat nicht funktioniert!«, wütete Haugbrot. »Konnt ich ja nicht wissen, dass er Homöopath ist!«

»Er ist was?«, fragte Herr Schnettelbeck stirnrunzelnd. Das klang sehr unanständig. Zu seiner Zeit hatte man über solche Sachen nicht mal geredet! Und deswegen konnte er auch nur vermuten, was ein Homöopath war.

»Er hat das Gift so weit runterverdünnt, das praktisch keins mehr da war?«, fragte Emil Wach entsetzt. Gagelporst kam nun ebenfalls aus dem Zelt und protestierte lauthals.

»Er hat Odel Wasser verfüttert!« Haugbrot warf wütend die Arme in die Luft.

»Das erklärt wenigstens, warum er sich so gut mit Wasser auskennt«, sagte Tinea trocken.

»Nein, das kann ja nicht funktionieren«, seufzte Donna-Doria. »Weniger wirkt mehr? Das geht nicht mal mit Magie.«

»So was kann auch nur Haugbrot passieren«, flüsterte Tinea und rollte mit den Augen. »Ein alternativer Meuchelmörder.«

Seufzend dachte sich Herr Schnettelbeck, dass das mit dem Sterben doch komplizierter war, als man immer dachte. Egal ob man es an sich selbst durchführen wollte oder jemand anders um die Ecke bringen! Und da hatte Herr Schnettelbeck eine Idee. Ob es eine gute Idee war – da war er nicht sicher. Aber es war eine Idee, die er ausführen *musste.*

Er wusste, dass er nicht viel Zeit hatte. Das war die einzige Chance, solange Gagelporst mit Haugbrot stritt, war er abgelenkt. Herr Schnettelbeck schlich zu dem Planwagen. Hinter seiner Stirn pochte es. Wer wusste, was ein Meuchelmörder anstellen würde, wenn man sein Gepäck zu klauen versuchte!

Aber Gagelporst war in sein Streitgespräch mit Haugbrot vertieft, und die Oberstädter schauten interessiert zu. Herr Schnettelbeck behielt sie alle fest im Auge und stellte sich unschuldig hinter dem Planwagen auf. Ganz vorsichtig und leise steckte er ein Vorderbein unter die Plane, wo er die Arzttasche vermutete. Und tatsächlich glitt sein Vorderfuß über einen glatten Lederkasten. Sehr gut!

Zitternd vor Anspannung drückte er auf die Schnalle und ließ sie ganz langsam und leise aufschnappen. Dann schob er den Fuß unter den Deckel und tastete herum. Ängstlich dachte er daran, was wohl für gefährliche Mordwerkzeuge darin sein mochten. Da waren sanft klappernde Dosen und große Glasflaschen, aber dann fühlte er eine kleine, runde unter seinem Fuß. Das musste sie sein.

Immer noch waren der Meuchelmörder und sein unzufriedener Kunde Haugbrot am Streiten, und Herr Schnettelbeck zog ganz vorsichtig den Vorderfuß aus der Tasche und linste nach, was er da erwischt hatte.

Es war das richtige Fläschchen, mit dem gelben Etikett und

dem kleinen Totenschädel darauf. Wenn man wirklich einmal sterben wollte, konnte man vielleicht ein bisschen Hilfe brauchen, dachte sich Herr Schnettelbeck. Sollte Gagelporst seinen Opfern doch einfach Wasser geben – genau das tat er ja eh schon, auch wenn er gerade lauthals versuchte, Haugbrot vom Gegenteil zu überzeugen.

Herr Schnettelbeck ließ die Augen nicht von den Streitenden, während er ganz langsam das Vorderbein an sich zog und die kleine Flasche unter seine Flügeldecke steckte. Erst dann wagte er langsam auszuatmen.

Nun hüstelte er, ging um den Wagen herum und kam zu den anderen herübergetrottet. Dabei pfiff er sich ein lustiges Liedchen. Ziemlich genervt schaute sich Emil Wach um. Der wollte nämlich den Streit hören.

»Um was geht's denn gerade?«, fragte Herr Schnettelbeck interessiert.

»Na, was wohl«, schnaufte Emil Wach. »Haugbrot will nicht zahlen, Gagelporst will aber sein Geld.«

»Das gibt's ja wohl nicht, so eine Frechheit«, beschwerte sich Gagelporst gerade lauthals. »Bloß, weil es nicht funktioniert hat, kann man ja wohl nicht die Zahlung verweigern! Wenn jemand zum Arzt geht und behandelt wird und trotzdem stirbt, dann muss immer noch die Familie die Arztrechnung bezahlen. Da kann man sich nicht rausreden, von wegen, es hat nicht funktioniert!«

»Erstens mal sind Sie ja nun kein Arzt«, gab Haugbrot wütend zurück, »sondern das genaue Gegenteil. Und wenn jemand *versucht*, mein Klo zu reparieren, aber es ist hinterher immer noch kaputt, dann bezahle ich ihn auch nicht. Basta.«

»Das ist was ganz anderes!«

Erbarmungslos fuhr Haugbrot fort: »Und wenn jemand *versucht*, mein Klo homöopathisch zu reparieren, indem er einmal den Schraubenschlüssel dran vorbeiwirft, dann kriegt er von mir ganz bestimmt keinen Heller, das können Sie sich hinter die Ohren schreiben!«

Hinterlistig taxierte Gagelporst Haugbrot. »Mit einem Meuchelmörder sollten Sie sich nicht anlegen«, zischte er. »Normalerweise töte ich keine Leute, wenn ich nicht dafür bezahlt werde, aber in Ihrem Fall könnte ich eine Ausnahme machen.«

»Huhuhu, jetzt hab ich aber Angst«, erwiderte Haugbrot.

Da mischte sich Tinea ein. »Haben Sie überhaupt schon mal jemanden um die Ecke gebracht?«

Gagelporst fuhr herum. »Oh ja«, antwortete er hasserfüllt. »Den Herzog von Buchteln zum Beispiel, vor fünf Jahren!«

»Aber der Herzog von Buchteln war über neunzig«, warf Herr Schnettelbeck ein, der normalerweise jede Woche die Klatschblätter las. »Und außerdem ist er nicht vor fünf Jahren gestorben, sondern erst vor zwei!«

»Ja, aber vergiftet habe ich ihn schon vor fünf«, erklärte Gagelporst hochmütig. »Natürlich hat er danach noch etwas gelebt. Das nennt man Erstverschlimmerung.«

»Fest steht, Odel lebt auch noch, und selbst wenn Ihre Methode funktionieren würde, was sie nicht tut«, mischte sich Emil Wach nun ein, »selbst wenn Ihre Methode funktionieren würde, würde es noch ein paar Jahre dauern, bis er stirbt. Das nützt uns überhaupt nichts. Können Sie nicht noch mal runter in die Stadt gehen und ihm einfach die volle Dosis geben?«

Herrn Schnettelbeck wurde es heiß und kalt unter seinem Panzer. Was, wenn Gagelporst darauf eingehen und in seiner Tasche nach dem Fläschchen schauen würde?

Aber der dachte nicht daran. »Wenn Sie das wollen, dann wenden Sie sich an einen *gewöhnlichen* Meuchelmörder«, giftete er verächtlich. »Ich mache so was nicht, das ist gegen mein Berufsethos!« Und damit wandte er sich um, ließ seinen Umhang dramatisch mitflattern und stapfte durch den Schnee davon. Anscheinend hatte er den Gedanken an seine Bezahlung nun doch endgültig aufgegeben.

Schweigend sahen ihm die Oberstädter hinterher, während er auf das vielpedalige Fahrrad stieg und samt Planwagen wütend davonstrampelte. Herr Schnettelbeck sah ihm bang hinterher und fragte sich, ob er wiederkommen würde, wenn er den Verlust seiner Flasche bemerkte. Aber so viel sei verraten: Herr Schnettelbeck sah ihn nie wieder.

Am nächsten Morgen hatte Haugbrot schon wieder einen genialen Plan. »Wir werden einen Aufstand anzetteln«, erklärte er den anderen. »Einen Aufstand gegen die Ausbeuter!«

Die Oberstädter warfen sich gegenseitig skeptische Blicke zu und rollten mit den Augen. Aber das merkte Haugbrot nicht. »Wir zählen auf die Hilfe der ganzen Bevölkerung«, erklärte er ungerührt.

Herr Schnettelbeck fand, dass die Bevölkerung ganz zufrieden wirkte, und das sagte er auch, aber Haugbrot winkte ab. »Natürlich«, sagte er, »muss die bräsige Masse erst einmal aufgemischt werden! Hier, ich habe mir schon ein Flugblatt überlegt.«

Er holte einen achtfach gefalteten Zettel aus seiner Westentasche und ließ ihn herumgehen. In Haugbrots krakeliger Schrift stand da etwas vom ausbeuterischen System, einem Extra-Feiertag und der Notwendigkeit, die Stadt in die eigenen Hände zu nehmen. Die Oberstädter lasen stumm.

»Man sollte auf jeden Fall die hohen Preise und die ständigen Polizeikontrollen mit einbringen«, schlug Herr Schnettelbeck vor.

»Sehr gut!« Haugbrot notierte das. »Nie ... wieder ... Wucherpreise ... und ... irgendwas über Polizeikontrollen.«

»Das mit den Händen ist nicht ratsam«, befand der Professor. »Die meisten Lebewesen in der Unterstadt haben keine Hände, sondern Insektenfüße oder gar keine Gliedmaßen o. ä., wie z. B. Schnecken.« Haugbrot notierte auch das.

»Freiheit ist ein gutes Motiv«, quakte Martha. »Das spricht einfach jeden, nicht wahr.«

»Stimmt, aber der Extra-Feiertag in der Woche ist der Knaller, mit dem kriegen wir sie alle«, erklärte Haugbrot stolz. »Jeder hätte gern einen Feiertag mehr pro Woche.«

»Die meisten Unterstädter sind aber Rentner«, warf Herr Schnettelbeck skeptisch ein.

»Egal, jeder liebt Feiertage«, sagte Haugbrot unbeeindruckt. »Wir brauchen eine Druckerpresse. Wer von euch kann eine bauen?«

»Ich glaube«, meldete sich Emil Wach, »ich hab eine gesehen, damals, als ich mein Zelt aufgestellt habe. Die ist jetzt in meinem Fundament. Ich muss sie nur ausgraben. Sie war ziemlich kaputt, aber Tinea kann ja alles reparieren.«

»Ich kann's versuchen«, erwiderte Tinea vorsichtig.

»Prima«, freute sich Haugbrot. »Die bleibt dann einfach in deinem Zelt, wo die Holzaugen sie nicht sehen können. Das wird unsere geheime Basisstation, von der aus wir den Aufstand in die Wege leiten.«

»Wie kommen denn die Zettel in die Unterstadt?«, mischte sich Herr Schnettelbeck noch einmal ein.

»Gute Frage. Wir verteilen sie«, erklärte Haugbrot. »Dafür müsst ihr selbstverständlich noch ein paar Käferkostüme für uns alle bauen. Das ist ja kein Problem für euch.«

»Ach so«, sagte Tinea.

»Die ganze Oberstadt ist schließlich auf Schrott gebaut«, murmelte Emil Wach.

Und dass alles in der Oberstadt Schrott war, konnte man nicht bezweifeln. Auch die Druckerpresse, die sie aus Emil Wachs Boden ausbuddelten, war Schrott – selbst für eine weggeworfene Druckerpresse war sie in desolatem Zustand. Tinea werkelte einen ganzen Tag daran herum und brachte sie unter stundenlangem Fluchen tatsächlich in Gang.

Derweil wurde Herr Schnettelbeck eingeteilt. »Du nimmst die anderen, und ihr grabt nach Teilen, die ihr für unsere Insektenkostüme gebrauchen könnt«, erklärte ihm Haugbrot. »Und der Professor wird mir derweil helfen, einen mitreißenden Text für die Flugblätter zu entwerfen.«

»Und der Bürgermeister wird sicher keinen Verdacht schöpfen, wenn wir einen Haufen Metall ausgraben und verarbeiten, ohne dass er sehen kann, was daraus wird?«, fragte Herr Schnettelbeck. Es fiel ihm schwer, nicht sarkastisch zu werden – er war absolut nicht überzeugt von Haugbrots neustem Plan.

»Oh ja, es ist natürlich ganz wichtig, dass er keinen Verdacht schöpft«, erwiderte Haugbrot.

»Sollen wir einfach ganz laut darüber reden, dass wir uns einen großen Dampfdrucktopf bauen wollen?«, fragte Herr Schnettelbeck, und diesmal *war* er wirklich sarkastisch.

Aber das merkte Haugbrot nicht. Der klopfte ihm auf den

Rücken und sagte, er könne schon sehen, dass Herr Schnettelbeck den Kopf an der richtigen Stelle hätte.

Herr Schnettelbeck ließ den besagten Kopf hängen. Was sollte das nur für ein Himmelfahrtskommando werden? Herr Schnettelbeck hatte die Bewohner der Unterstadt zur Genüge kennengelernt. Aber Haugbrot schätzte sie völlig falsch ein, und die anderen machten einfach mit. Darüber wollte er mit Tinea reden, also machte er sich auf den Weg zu Emil Wachs Zelt.

Er klopfte an einen Zeltpfosten. »Ich bin es, Schnettelbeck«, rief er halbherzig hinterher.

»Komm rein«, rief Emil Wach zurück, »pass nur auf das Loch im Fußboden auf!«

Herr Schnettelbeck schlug den Vorhang vorsichtig zurück. Direkt vor ihm tat sich eine mannshohe Grube auf. Und in der Mitte der Grube stand eine hüfthohe Druckerpresse. Tinea stand daneben und schraubte daran herum. Ihre Hände waren über und über schwarz von der uralten Druckerschwärze.

»Und wie geht es der Druckerpresse?«, fragte Herr Schnettelbeck.

Tinea schaute auf. Sie musste sich übers Gesicht gewischt haben, denn quer über die Nase verlief ein dicker schwarzer Streifen.

»Ich bin fast bereit für den ersten Probedruck«, sagte sie. »Eine Druckvorlage mit allen Buchstabenklötzchen ist noch in der Maschine. Eine alte Buchseite. Gibt nur ein kleines Problem: Auf der ganzen Buchseite kam kein R vor. Frag mich nicht, wie das möglich ist. R ist einer der häufigsten Buchstaben überhaupt, aber wir haben kein R-Klötzchen.«

Herr Schnettelbeck schaute zu Emil Wach hinüber, der gerade summend bei seinem gläsernen Wasserspender stand. Mit kritischem Blick bemerkte er den niedrigen Wasserstand, nahm einen Krug und machte sich dann gedankenverloren auf den Weg zum Ausgang.

Kaum war er draußen, rückte Herr Schnettelbeck näher zu Tinea heran. »Was hältst du von Haugbrots Plan?«, fragte er leise.

Tinea schnaufte nur und schaute Herrn Schnettelbeck schief an.

»Dachte ich mir«, nickte Herr Schnettelbeck.

»Er wird uns noch alle ins Gefängnis bringen«, seufzte Tinea. »Der Bürgermeister wird unsere Flugblätter nicht witzig finden. Und wenn sie uns erwischen ... Wir wissen ja, dass er nicht lange fackelt. Er hat uns ja schon einmal einen Schlägertrupp geschickt.«

Herr Schnettelbeck schaute über die Schulter, ob Emil Wach schon zurückkäme. »Sollen wir versuchen, die anderen zur Meuterei zu überreden, bevor es so weit kommt?«

Tinea starrte vor sich hin und nickte.

Aber wie?, fragte sich Herr Schnettelbeck, und da kam Emil Wach wieder herein, den Wasserkrug in beiden Pfoten.

»Emil«, sagte Tinea leichthin. »Wir würden gern was besprechen. Du und wir beide, und Donna-Doria und Martha. Und sonst niemand.«

»Oh«, sagte Emil Wach, und dann wurde er nervös. »Falls es um das Toilettenpapier im Klohäuschen geht ...«

»Nee.«

»Oh gut. Ich will nur sagen, *ich* bin nicht der, der es immer leermacht, ohne eine neue Rolle einzusetzen!«

»Es geht nicht um das Klopapier«, sagte Tinea und wurde ungeduldig.

Herr Schnettelbeck räusperte sich. Es wurde Zeit, dass hier mal ein reiferer Charakter eingriff und die Sache voranbrachte. »Ich gehe die beiden holen«, erklärte er, und das tat er auch.

»Also«, begann Tinea, als die drei zu Emil ins Zelt gekommen waren und sich hingesetzt hatten. Sie lehnte sich auf die Druckerpresse und schaute herausfordernd um sich. »Was haltet ihr von Haugbrots neuem Plan? Werden wir die ungewaschene Masse von Unterstadt aufpeitschen zur Rebellion gegen den Bürgermeister, oder landen wir alle im Knast?«

Die drei schauten sich an.

»Öhm«, sagte Emil Wach. »Worauf willst du denn hinaus?«

»Insubordination«, erklärte Tinea. »Meuterei. Ganz einfach. Ich glaube nicht, dass Haugbrots neuer Plan etwas taugt. Ich denke sogar, er wird sehr gefährlich für uns. Deswegen will ich nicht mitmachen. Ich finde, keiner von uns sollte mitmachen.«

»Ja, aber der Anführer, nicht wahr«, sagte Martha. »Der Anführer ist Haugbrot. Und wir müssen alle zusammen.«

»Hast du eine bessere Idee?«, fragte Donna-Doria, die unruhig auf ihrem Hintern hin und her rutschte.

»Nee. Nichts Konkretes. Noch nicht!«

»Und Haugbrot sollen wir einfach so sabotieren?«, fragte Donna-Doria.

»Nee«, schnaubte Tinea. »Nicht sabotieren! Einfach sagen, dass wir nicht mitmachen, und unseren eigenen Plan ausarbeiten. Dann kann Haugbrot bei uns mitmachen, wenn er will.«

»Aber sein einziger Lebensinhalt ist das«, sagte Martha und zuckte mit den Achseln. »Nicht wahr. Der Widerstand.«

»Er ist aber einfach nicht gut darin«, hielt Tinea brutal dagegen. »Und wenn es um unsere Sicherheit geht …«

Herr Schnettelbeck fühlte sich plötzlich sehr entmutigt. Eben noch, als er sich mit Tinea über das Thema unterhalten hatte, war er ganz sicher gewesen, dass es vernünftig und keineswegs gemein wäre, Haugbrots Pläne nicht mehr mitzumachen. Aber die anderen drei sahen das offensichtlich ganz anders.

»Und er ist doch ein so netter Kerl«, murmelte Martha verschämt. »Stell dir vor, wenn dich, nicht wahr. Das würde dir doch auch nicht.«

»*Ich* stell mir grade vor, wie ich in einem Sträflingsanzug aussehen würde«, sagte Tinea. »Und es ist kein schöner Anblick.«

Emil Wach leckte sich nervös über seine spitzen Zähne. »Heißt das, ihr beiden helft nicht mehr mit?«, fragte er. »Ihr helft uns nicht mehr, die Verkleidungen mit den Kletterhaken zu bauen? Und die Flugblätter zu verteilen?«

Herr Schnettelbeck und Tinea schauten sich an. Ohne uns beide, dachte Herr Schnettelbeck, ist Haugbrots ganzer Plan futsch. Und dann war es Tinea, die nachgab und seufzte. »Nein, natürlich nicht. Wir helfen euch schon, aber sagt hinterher nicht, wir hätten euch nicht gewarnt.«

Donna-Doria versuchte, sie zu besänftigen. »Schau, wir machen es so«, sagte sie. »Dieses eine Mal folgen wir Haugbrot noch. Und wenn es dann schiefgeht, dann dürft ihr euren Plan vorbringen, und wir machen alle mit. Versprochen.«

Emil Wach nagte noch etwas auf seiner Lippe herum, dann nickte auch er. »Meinetwegen. Wenn es diesmal auch schiefgeht, dann machen wir bei euch mit!«

Martha sah aus, als hätte sie Bauchschmerzen, aber dann nickte auch sie. »Ja, ich glaube. So können wir.«

Erst als sie alle drei genickt hatten, merkte Herr Schnettelbeck, dass er und Tinea verloren hatten. Für diesmal. Dieses eine alberne Himmelfahrtskommando würden sie noch mitmachen müssen – und gerade das hatten sie ja vermeiden wollen!

Tinea merkte das auch. »Fein«, schnaubte sie. »Aber sagt hinterher bloß nicht, wir hätten euch nicht gewarnt!«

Am nächsten Morgen standen Herr Schnettelbeck und Tinea früh auf, um unter all den Schrott-Teilen im Boden brauchbare Stücke zu finden, aus denen man falsche Insektenpanzer und Kletterhaken bauen konnte.

»Oh, das Teil hier ist genau richtig für unseren schönen neuen Dampfdrucktopf«, sagte Tinea immer wieder sehr laut und rollte dabei mit den Augen.

Das ging doch zu weit, fand Herr Schnettelbeck. Sie sollte sich wenigstens ein bisschen Mühe geben! Und deshalb knöpfte er sie sich heute besonders energisch vor. »Such uns noch mehr Teile von dieser Sorte«, scheuchte er sie, und »Nein, nein, das sind eckige Stifte, und wir brauchen ein Teil, das mit runden Stiften verbunden wird!«, krittelte er an ihrer Arbeit herum. Kein gutes Haar ließ er an ihr, und zu seiner Verwunderung ächzte Tinea nur und ließ sich alles gefallen.

Zugegebenermaßen verbesserten sich ihre Materialkenntnisse und ihre handwerklichen Fähigkeiten immer mehr, seitdem sie bei Herrn Schnettelbeck zur Schule ging. Das, fand Herr Schnettelbeck, war natürlich seinen ausgezeichneten Fähigkeiten als Lehrmeister zuzuschreiben. Immerhin war er Vorarbeiter gewesen!

Drei volle Tage schufteten Herr Schnettelbeck und seine Schülerin. Sobald sie etwas Gutes gefunden hatten, brachten sie die

Teile ins Werkstattzelt und verarbeiteten sie dort. Die anderen Oberstädter wurden regelmäßig zur Anprobe hereingerufen.

Aus Emil Wach, der Spitzmaus, wurde ein großer, dicker Nashornkäfer. Donna-Doria bekam eine verbesserte Version von Tineas sackförmigem Wurmkostüm verpasst. Haugbrot und der Professor waren beide sehr dünn und drahtig, deshalb wurden sie als Gottesanbeter-Männchen getarnt. Marthas Froschkörper war sehr breit, also wurde aus ihr eine dicke Wanze mit breitem Rückenpanzer.

Bei einer Anprobe brachte Haugbrot stolz den Text mit, den er mit dem Professor ausgearbeitet hatte. Herr Schnettelbeck las, während Tinea Haugbrot in seinen Rückenpanzer half.

Niede mit dem ausbeuteischen System!
Schluss mit de Diskiminieung von Wibeltieen!
Feiheit und einen Exta-Feietag po Woche fü alle!
Becht die Heschaft des Bügemeistes und nehmt
eue Stadt wiede in eue Füße/Tentakel/Pfoten!
Nie wiede Wuchepeise und Polizei-Willkü!

»Bist du sicher«, fragte Herr Schnettelbeck vorsichtig, »dass die Unterstädter verstehen, was wir meinen? Ich meine, *Wibeltiee* erfordert schon etwas Raterei.«

»Auf die Botschaft kommt es an«, winkte Haugbrot ab. »Die Absicht, die dahintersteckt, ist viel wichtiger als die Rechtschreibung!«

Herrn Schnettelbecks Käferherz sank noch tiefer in seinen Panzer, als es in den letzten Tagen schon gesunken war. Was mache ich hier nur, fragte er sich. Wir werden alle im Gefängnis enden!

9. Kapitel

Keine Gnade für den Pöbel

Ich verstehe wirklich *nicht*, was da schiefgegangen ist«, seufzte Professor Grätzlich.

Herr Schnettelbeck hätte gern geantwortet, aber an jedem seiner Beine hing ein Stadtpolizist, und alle zerrten wild an ihm herum, und deshalb war er viel zu beschäftigt zum Antworten.

In die Unterstadt hineingekommen waren sie ganz wunderbar – die Kostüme waren also nicht das Problem gewesen. Der Versuch, eine gutgestellte Rentnerschaft mit Lückentext-Flugblättern zur Rebellion aufzupeitschen, hatte dagegen nicht funktioniert, wie Herr Schnettelbeck das schon geahnt hatte. Aber anscheinend hat sich Haugbrot vorher nicht überlegt, dass man solche Flugblätter nicht auf dem Marktplatz verteilen sollte, wo einen jeder sehen konnte. Weil der Bürgermeister anscheinend den Satz »Becht die Heschaft des Bügemeistes« überhaupt nicht lustig fand.

Als das Polizeihorn über dem Marktplatz ertönt war, da waren die Oberstädter auseinandergestoben wie Hühner. Aber Herr Schnettelbeck, Tinea und der Professor waren leider in die ganz falsche Richtung gelaufen, und zwar mitten in die Stadtpolizisten hinein.

Die waren erst einmal so verdutzt gewesen, dass sie gar nicht zugegriffen hatten. Man hatte sich eine Sekunde lang wie blöde angestarrt, und dann war Leben in die Polizisten gekommen. Sie hatten Tinea und dem Professor die Käferhelme heruntergerissen und sie damit enttarnt. Bei Herrn Schnettelbeck hatten sie es auch versucht, bis sie bemerkt hatten, dass er ein echter Käfer war.

Und nun packten sie Tineas Arme und ließen Handschellen um ihre Handgelenke zuschnappen, während Tinea wild um sich trat und schrie und fluchte. Herrn Schnettelbeck legten sie Schellen um die Füße, sodass er nicht mehr wegrennen konnte. Der Professor war so überrascht, dass er sich gar nicht wehrte.

»Ihr Drecksäcke, ihr Kleingartenfaschos, ihr Widerlinge!«, brüllte Tinea. »Ich mach euch platt, alle!« Aber egal wie sie sich drehte, sie kam nicht aus den Handschellen.

Zwei Käfer hoben sie hoch und fingen an, sie wegzutragen, so wie schon damals, als sie bei ihrem ersten Besuch aus der Unterstadt hinausgeworfen worden war.

»Unglaublich«, sagte der Hauptmann (ein bulliger Käfer) und starrte Herrn Schnettelbeck unverschämt an. »Zwei Rentner. Was ist denn das für ein Verein?«

»Ich bin kein Rentner«, erwiderte Professor Grätzlich scharf. »Ich bin Emeritus. Wir sind niemals wirklich a. D.«

»Adeh?«

»Außer Dienst.«

Der Käfer beschloss, dass es ihn nicht interessierte. »Führt sie ab«, sagte er, und da kamen auch schon die Libellen und begannen sie wegzudrängeln. Herr Schnettelbeck erkannte sehr schnell, dass sie zum Rathaus gebracht wurden. »Aus dem Weg, aus dem Weg! Wichtiger Gefangenentransport!« Die Polizisten bahnten sich einen Weg durch die Masse. Die rechtschaffenen Bürger beäugten Herrn Schnettelbeck und die anderen beiden missbilligend.

»Sehr interessant, sehr interessant das alles«, nickte Professor Grätzlich.

»Interessant?«, spuckte Tinea. »*Interessant*?!«

»Diese Architektur«, erklärte der Professor anerkennend. »Allein die Zitadelle! Viertes Jahrhundert, naturalistische Gotik, eindeutig. Ganz fantastisch!«

Tinea wollte wohl gerade noch etwas Unhöflicheres sagen, aber da waren sie schon am Rathaus. Herrn Schnettelbeck wurde es eiskalt unterm Panzer, wenn er daran dachte, dass er wahrscheinlich bald wieder dem Bürgermeister gegenüberstehen würde. Diesem extrem sauberen und tüchtigen Bürgermeister mit seinem schrecklich glänzenden Panzer, in seinem schrecklich stäubchenfreien Büro! Man fühlte sich gleich noch einmal so schuldig, wenn man vor ihm stand. Aber Herr Schnettelbeck war auch wütend. Wütend auf sich selbst, weil er bei dieser dämlichen Mission überhaupt mitgemacht hatte. Und natürlich vor allem wütend auf den Bürgermeister, diesen blitzblanken … Kleingartenfaschisten!

Die Assel am Eingangsschalter schreckte von ihrem Groschenroman hoch.

»Wir haben diese armseligen Flugblattkritzler verhaftet«, erklärte der Hauptmann der Assel. »Melden Sie das bitte weiter.«

»Der Herr Bürgermeister ist grade in einer Besprechung mit seiner Tante«, stammelte die Assel, die anscheinend gar nicht mit den Tagegeschehnissen in der Stadt vertraut war und sich deswegen schämte. »Aber sobald er fertig ist, schaut er sich die Gefangenen bestimmt an.« Dann sah sie Herrn Schnettelbeck und stutzte. Sie erkannte ihn wohl wieder. Zwar guckte sie neugierig, aber niemand erklärte ihr irgendetwas.

Stattdessen setzten sich die Polizisten in Bewegung und schafften die Gefangenen mit Stößen in den Rücken ins Gebäude. Statt zum Bürgermeisterbüro ging es eine düstere, steinerne Treppe hinunter. Die Luft, die von unten kam, war feucht und kühl.

»Du meine Güte, haben die hier ein Verlies oder so was?«, fragte Tinea. Ein Polizist stieß sie gleich noch einmal in den Rücken, und ihr Blechpanzer schepperte.

Am Fuß der Treppe gab es eine Ecke, in der Besen und Putzeimer gelagert wurden. Direkt gegenüber befand sich eine einzige, große Zelle mit Gitterwand. Die Zelle sah wesentlich ungenutzter aus als die Putzeimer.

»Dort hinein«, befahl der Käfer-Hauptmann. Er schloss auf und die Polizisten schubsten die Gefangenen der Reihe nach hinein. Der Schlüssel klickte im Schloss, und dann waren die Gefangenen allein im Kerker.

Das Schlimmste an der Zelle waren nicht die schleimigen, unterkühlten Wände oder das schwache Licht. Oder die unbequemen Pritschen. Nein, es war die Tatsache, dass Tinea und der Professor auf der Unterseite der Pritsche sitzen mussten, denn es gab ja nichts anderes. Sie mussten ziemlich gebückt sitzen, um nicht an den Fußboden zu stoßen. Und darüber jammerten sie bald.

Typisch Wirbeltiere, dachte Herr Schnettelbeck giftig. Unfähig in einer Krise.

Aber dann erinnerte er sich daran, dass diese armen Kreaturen ja nichts dafür konnten. Sie waren eben eine Laune der Natur, die Mitleid und Rücksichtnahme erforderte. Und außerdem war er ja gar nicht sauer auf Tinea und den Professor, sondern auf den Bürgermeister und sein ganzes System. Und natürlich auf Haugbrot.

»Aha, aha, mhm«, machte es draußen vor der Tür, und Herr Schnettelbeck schaute erstaunt auf. Es handelte sich um eine gezierte Damenstimme. Auch seine beiden Mitrebellen reckten die Hälse, um zu sehen, woher diese Stimme kam, die gar nicht in dieses kalte und feuchte Ambiente passte.

Da sahen sie auch schon einen Lichtschein auf dem Gang, und um die Ecke kam eine Wachmann-Libelle mit einer Laterne, hinter ihr vier weitere Libellen, und hinter diesen kam die dickste und älteste Plattbauchlibelle, die Herr Schnettelbeck je gesehen hatte. Sie trug ein Monokel und drei sehr lange Perlenketten. Als sie das Monokel vor ihrem Auge zurechtrückte, um die Übeltäter zu betrachten, glitzerten goldene Armreifen mit Edelsteinen an ihren Vorderbeinen.

»Das sind die Gefangenen, gnä' Frau«, sagte der Wachmann mit der Laterne.

Überflüssigerweise, dachte Herr Schnettelbeck. Warum sollten sie wohl sonst in einer Zelle sitzen?

»Das dachte ich mir«, sagte die Plattbauchlibelle hochnäsig. »Hm-hm. Aha.« Sie rümpfte das ganze Gesicht und betrachtete Herrn Schnettelbeck, und dann wanderte ihr Blick zu Tinea und dem Professor. »Ein Käfer, der in üble Gesellschaft geraten ist. Hm. Nun ja, mitgefangen, mitgehangen, nicht wahr?«

»Wer sind denn *Sie*?«, fragte Tinea mit mindestens ebenso hochnäsiger Stimme.

Die Libelle funkelte Tinea empört an. »Stehen Sie gefälligst auf, wenn eine Dame den Raum betritt«, schnaubte sie, denn Tinea saß immer noch auf ihrem Hintern. »Aber damit Sie wissen, mit wem Sie es zu tun haben: Ich bin Agharta Odel, die Tante des Bürgermeisters.«

Natürlich war sie eine Tante, dachte Herr Schnettelbeck. Wenige Lebewesen sahen tantenhafter aus als Agharta Odel.

»Wir haben das Recht auf eine Gerichtsverhandlung«, sagte Herr Schnettelbeck fest und verschränkte das oberste Beinpaar. »Also wann kriegen wir unseren Anwalt zu sprechen?«

Agharta Odel schnaubte. »Gerichtsverhandlung? Ähem. Da haben Sie Glück, ich bin nämlich der oberste Richter in der Stadt. Und einen Anwalt brauchen Sie sowieso nicht, ähäm. Perücke!«

Eine der Libellen hinter ihr zog aus einem Beutel schnell eine weiße Perücke und ein hölzernes Hämmerchen. Ungläubig schauten die drei Gefangenen zu, wie Agharta Odel die Perücke auf ihren Kopf setzte.

»So ein Unsinn«, sagte der Professor sehr laut.

»Kraft meines mir von meinem Neffen verliehenen Amtes«, hüstelte die Bürgermeistertante, »verurteile ich Sie alle dazu, dass ich mit Ihnen machen kann, was ich will. Ähem. Einspruch erheben kann einzig der Bürgermeister. Zum Ersten, zum Zweiten, zum Dritten!« Dann schlug sie mit dem Hämmerchen gegen die Gitterstäbe und zog die Perücke wieder ab.

»Unterstadt ist bekannt für sein mangelndes Gerichtssystem«, erklärte der Professor seinen verdutzten Mitgefangenen.

»Mangelndes System?«, fauchte die Tante. »Ähem! Ähem, ähem!!«

»Gnä' Frau, mit diesem Gesindel brauchen Sie sich nicht zu unterhalten«, warf die Wachlibelle mit der Laterne ein.

Aber Agharta hörte ihm gar nicht zu. »Wer ist denn der Mann mit dem Käfig auf dem Kopf?«, fragte sie leicht angewidert.

Professor Grätzlich antwortete ihr einfach nicht.

»Das ist wohl so ein Professor. Professor Adeh«, erklärte der Käfer.

»Professor a. D.«, erwiderte der Professor scharf.

»So, so, ein Denker. Hm-hm. Ich kann mir vorstellen, dass wir ihn uns noch zunutze machen können«, sagte Agharta und musterte den Professor von oben bis unten. »Den behalten wir. Bringt ihn raus.«

Zwei große Libellen schlossen die Tür auf und drängten in die Zelle. Sie packten den Professor und zerrten ihn mit sich. Der Professor protestierte. »Keinen einzigen Gedanken werd ich für Sie denken! Keinen einzigen!«, hörte man ihn noch schreien, und dann verklang sein Gezeter in der Ferne.

»Hm-hm. Und Sie beide?« Agharta musterte Herrn Schnettelbeck und Tinea verächtlich. »Nutzlos, nehme ich an. Ähämähäm. Nun, Sie dürfen keine Gnade erwarten.«

Da erklangen Schritte im Gang, und um die Ecke kam im Stechschritt der Bürgermeister. »Tante Agharta«, erklärte er, »wir müssen noch die Umverteilung der Türensteuer … oh.«

Agharta hüstelte. »Ähem. Das sind Untertanen, die versucht haben, einen Aufstand anzuzetteln«, erklärte sie geziert. »Einen davon, einen Professor, habe ich bereits abgezogen. Er könnte uns nützlich sein. Hm-hm. Die beiden da möchte ich gern auf die übliche Art entsorgen. Die sind, mit Verlaub gesagt, so nützlich wie Dreck an meinem Schuhabsatz.«

»Agharta, ich überlasse sie ganz dir«, erklärte Odel liebenswürdig. Dann fiel sein Blick auf Herrn Schnettelbeck, und ein

Leuchten der Erkenntnis ging über sein Gesicht. »Ach. Sie kamen doch vor einer Weile in mein Büro, nicht wahr? Und, haben Sie herausgefunden, was aus den Sternen geworden ist?«

»Ja, habe ich«, erwiderte Herr Schnettelbeck, und seine Stimme zitterte vor Wut. »Sie sind ein mieser Schuft und Scharlatan!«

»Aber ein sehr reicher und mächtiger, und das ist gar nicht so schlecht«, erwiderte Odel zufrieden.

Tante Agharta sah es gar nicht gern, wenn jemand ihren Neffen beleidigte. »Hm-hm. So, das besiegelt also ihr Schicksal«, zischte sie giftig. »Keine Gnade für diesen Pöbel!«

»Was haben Sie denn mit den anderen gemacht?«, fragte Herr Schnettelbeck laut. »Die Sie auf die übliche Art entsorgt haben?«

Tante Agharta drehte sich um. »Hm! Einen langen Urlaub habe ich ihnen verschafft. Oh, keine Angst, wir bringen niemanden um! Wir werden Sie auch nicht quälen. Wir schicken Sie nur, ähem, in den Urlaub. Und zwar für immer.« Und damit stapfte sie auf ihren dünnen Libellenbeinen weiter und beachtete Tineas wütende Rufe und Herrn Schnettelbecks empörte Ansprachen nicht mehr.

»Macht das Schiff bereit«, befahl sie ihren Gefolgsleuten, und weg war sie. Die Wachen verschwanden hinter ihr her um die Ecke.

Herr Schnettelbeck und Tinea schauten sich an. Keinem von ihnen war besonders wohl zumute.

»Urlaub?«, fragte Tinea beklommen.

»Vielleicht in einer Strafkolonie?«, murmelte Herr Schnettelbeck.

Aber aus der rätselhaften Andeutung wurden sie beide nicht

schlau. So saßen sie mit sorgenvoll gerunzelten Stirnen in ihrer Zelle und sagten gar nichts mehr. Lange mussten sie nicht warten, schon nach zehn Minuten kamen die Wachen wieder. Wortlos schlossen sie die Zelle auf, krabbelten hinein und zerrten die beiden Gefangenen hinaus.

Aneinandergefesselt brachte man Herrn Schnettelbeck und Tinea zu einem Balkon des Rathauses. Tinea wurde ihre Käferrüstung Stück für Stück abgerissen, und die Teile ließen die Wachleute einfach fallen. In der Schwärze des Meeres, weit unter ihnen, ertönten leise Platscher. Tineas Panzerteile versanken auf Nimmerwiedersehen in der schwarzen See.

»Mein schönes Käferkostüm«, jammerte Tinea. »Wisst ihr eigentlich, wie viel Arbeit das war, ihr fiesen Drecksäcke?«

Herr Schnettelbeck sagte gar nichts, er knirschte nur wütend mit den Mandibeln. Ob man plante, sie ebenfalls hinunter in die See zu werfen? So aneinandergeschnürt würden sie sinken wie ein Stein. Ein Urlaub auf dem Grund des Meeres – hatte das die Tante des Bürgermeisters vielleicht gemeint?

Aber da packte eine große, starke Prachtlibelle die beiden, und alle Libellen erhoben sich in die Luft. Voran flog Agharta und schnaufte, dass ihre Perlenketten klapperten, und die anderen folgten ihr. Bald hatten sie die Unterstadt als glitzernden Ball hinter sich gelassen und durchquerten die Grotte in Richtung Ausgang.

Kopfüber in der Unterstadt, Kopf nach oben in der Oberstadt, dachte Herr Schnettelbeck. Wenn man dabei durch den Schacht krabbelte, konnte man dem ja noch folgen. Aber wenn man jetzt plötzlich im vollen Flug gedreht wurde, war das alles andere als angenehm. Zum ersten Mal machte ihn dieser ständige Wechsel schwindlig. Und das in seinem Alter! Was mutet man einem armen, alten Käfer nicht noch alles zu, dachte er grimmig.

Der kühle Luftzug wurde stärker, und schließlich erreichten sie den Höhlenausgang. Und da, am Ufer, lag ein großes, eisernes Schiff. Auf den ersten Blick sah es aus wie eine luxuriöse Jacht, aber dafür war es eigentlich zu bullig gebaut. Herr Schnettelbeck erkannte fachmännisch, dass es ein umgerüstetes Kriegsschiff sein musste. Am Heck stand sogar noch eine sehr große, rostige Kanone.

»Wofür denn das Schiff?«, flüsterte Tinea. »Die Libellen können uns doch überall hinfliegen, wo sie uns hinhaben wollen.«

Herr Schnettelbeck antwortete nicht. Auf dem Deck warteten bereits Seeleute, die Libellen ließen ihre Gefangenen als Päckchen auf die Eisenplatten fallen.

Agharta stolzierte zur Brücke. »Ablegen«, befahl sie dem Kapitän. »Wir machen einen kleinen Abstecher an meine Lieblingsstelle. Hm-hm.« Sie kicherte. »Ihr wisst schon.«

Tinea und Herr Schnettelbeck schauten sich bang an (was gar nicht so einfach war, wenn man Rücken an Rücken gefesselt war). Was mochte das wohl heißen? Was für ein Ort war das, wo man unbequeme Leute entsorgen konnte? Ein Strudel? Eine tiefe Stelle, wo man jemandem einen Steinbrocken an den Fuß binden und ihn versenken konnte?

»Verraten Sie uns jetzt endlich, wo es hingeht?«, rief Tinea der Bürgermeister-Tante zu, die so stolz am Bug stand, als wäre sie selbst der Kapitän.

Genervt drehte sie sich um. »Das erfahren Sie noch früh genug. Ähem. Wenn wir da sind.«

Einer der Wärter trat sie unsanft mit dem Fuß. »Dort hinein«, befahl er Tinea und Herrn Schnettelbeck. Sie stolperten zu einer Luke, von der Herr Schnettelbeck zuerst dachte, sie würde unter Deck führen. Tatsächlich aber war dahinter nur ein kleiner, staubiger Stauraum, in dem man nicht einmal stehen konnte. Die Gefangenen wurden hineingeschubst. Hinter ihnen ging die Tür zu und jemand schob den Riegel vor.

Es war dunkel.

»Und jetzt?«, fragte Tinea schließlich über die Schulter.

»Ich weiß auch nicht«, sagte Herr Schnettelbeck und lauschte, was draußen vor sich ging. Eines war klar: niemand würde kommen und sie retten. Ganz bestimmt nicht die Bewohner der Oberstadt und auch sonst niemand.

Eine lange Zeit saßen die beiden im Dunkeln. Sie sprachen kaum, denn wenn sie damit angefangen hätten, hätten sie sicher darüber diskutiert, was Agharta Odel mit ihnen anstellen würde. Und ihre Situation war auch so schon schrecklich genug. Herr Schnettelbeck nickte immer wieder ein, weil die Luft schlechter wurde. Nach einer Ewigkeit – es waren sicher mehrere Stunden – kratzte draußen der Riegel an der Tür, und dann ging die Klappe auf. Licht kam herein, und leider direkt hinterher der Anblick von Agharta Odel. »So«, erklärte sie, »jetzt dürfen Sie mitkommen. Wir sind da. Hm.«

Endlich wieder etwas Bewegungsfreiheit! Mit steifen Beinen rappelten sich Tinea und Herr Schnettelbeck auf und stolperten, von zwei Libellen gepikst und getrieben, zur Reling. Man nahm ihnen die Fesseln ab, aber zwei Libellen-Wachleute hielten ihre Harpunen auf sie gerichtet.

»Haltet ihn fest«, sagte da plötzlich eine große Libelle neben Herrn Schnettelbeck, und zwei andere packten ihn an den Beinen. Die große Libelle nahm einen Eimer mit einem Pinsel und strich eine übelriechende Flüssigkeit auf die Ritzen in Herrn Schnettelbecks Flügeldecken. »Sekundenkleber«, erklärte sie hämisch. »Wir wollen ja nicht, dass Sie uns wegfliegen, wenn Sie Ihre Strafe erhalten, nicht?«

Herr Schnettelbeck wand sich. Der Kleber stank und klebte seine Flügeldecken augenblicklich so fest zusammen, dass er sie nicht bewegen konnte. Gefesselt sein war das eine, aber so verklebt fühlte er sich plötzlich schrecklich ausgeliefert. Was für eine Strafe hatte man sich wohl für sie ausgedacht? Angsterfüllt warf Herr Schnettelbeck einen Blick hinaus aufs Meer. Da war kein Land, keine einsame Insel, nicht einmal eine Sandbank. Aber dann schaute Herr Schnettelbeck weiter, bis zum Horizont, und dann merkte er – da war kein Horizont. Dort, wo Wasser auf Himmel treffen sollte, war keine Linie, sondern eine leichte, schäumende Gischt. Und dahinter – nichts. Keine Felsen, kein Wasser, keine Wolken. Es sah sehr seltsam aus.

»Was ist das?«, keuchte er verblüfft.

»Es sieht aus«, stammelte Tinea langsam, »als ob, als ob das Meer endet, aber der Himmel noch viel weiter geht.«

»Ganz richtig.« Agharta rückte ihr Monokel zurecht und gluckste in sich hinein. »Das sieht nicht nur so aus, das ist auch so. Haben Sie sich, hm, eigentlich schon mal gefragt, was hinter dem Ende der Welt liegt?«

Herrn Schnettelbeck dämmerte langsam der ganze furchtbare Plan, den Agharta ausgekocht hatte.

Da vorne, wo der Horizont sein sollte, dort floss das Wasser über den Rand der Welt. »Das Endmeer«, flüsterte er entsetzt. »Sie will uns über den Rand von Skarnland treiben lassen.«

»Ganz genau«, sagte eine Libelle hinter ihm und kicherte. »Ex und hopp!«

Tinea schnaufte machtlos vor Wut.

Da kam eine weitere Libelle zur Reling, die eine große Metalltonne vor sich her rollte.

»Treiben lassen?« Agharte Odel rümpfte die Nase. »Oh nein, wir machen das gleich richtig. Ähem. Ähem! Wir *schießen* Sie über den Rand der Welt. Mit einer Kanone!«

»Sie glauben doch nicht, dass Sie uns damit unschädlich machen!«, schrie Tinea, während sie und Herr Schnettelbeck zusammen in eine Tonne gestopft wurden. »Wir kommen wieder, und dann …«

»Hm, das möchte ich erleben«, erwiderte Agharta eiskalt. »Von dort ist noch niemand zurückgekommen.«

Herr Schnettelbeck konnte nichts mehr sehen. Aber schon wurde die Tonne hochgehoben und herumgetragen! Er wurstelte sich nach oben und schaute an Tinea vorbei über den Tonnenrand.

Sechs große Libellen hatten die Tonne geschnappt und trugen sie über das Deck. Agharta folgte ihnen eifrig.

»Wir können zwar nicht näher heranfahren, hm-hm, weil das Schiff sonst vielleicht vom Sog ergriffen werden könnte«, erklärte sie, »aber immerhin können wir Sie über die Kante katapultieren.«

Die Tonne wackelte und schaukelte, und Herr Schnettelbeck sah vor ihnen die Eisenkanone auftauchen. Gerade groß genug für die Tonne …

Verzweifelt versuchte er seine Flügeldecken zu öffnen, aber die rührten sich keinen Millimeter. Die Libellen erhoben sich in die Luft. Mit sirrenden Flügeln blieben sie über der Kanone stehen und und hielten die Tonne fest – jederzeit bereit loszulassen.

»Das wird Ihnen noch sooo leidtun!«, schrie Tinea außer sich. Herr Schnettelbeck konnte nicht einmal schreien, die Angst schnürte ihm den Hals zu.

Die Libellen ließen die Tonne los, und gleich darauf schlug sie unsanft am unteren Ende des Kanonenrohrs auf. Um Herrn Schnettelbeck herum war alles schwarz, bis auf den runden Fleck Tageslicht ganz oben.

Tinea schaute ihn angsterfüllt an. Das machte Herrn Schnettelbeck noch nervöser.

»Guck nicht so ängstlich«, fuhr er sie an.

»Ich?! *Du* guckst ängstlich«, erwiderte Tinea hitzig, und dann begann sich das Rohr langsam zu senken, bis es nicht mehr steil stand. Dann fitzelte es draußen und jemand schrie: »In Deckung!«

Zwei schreckliche Sekunden lang passierte gar nichts, und dann hörte Herr Schnettelbeck den lautesten Knall seines Lebens. Plötzlich war es nicht mehr dunkel, und sein Magen wollte am liebsten in seine Füße kriechen. Und Herr Schnettelbeck und Tinea und die ganze Tonne schossen durch die Luft, über das Meer, über die schäumende Gischt des Endmeeres und ins Leere.

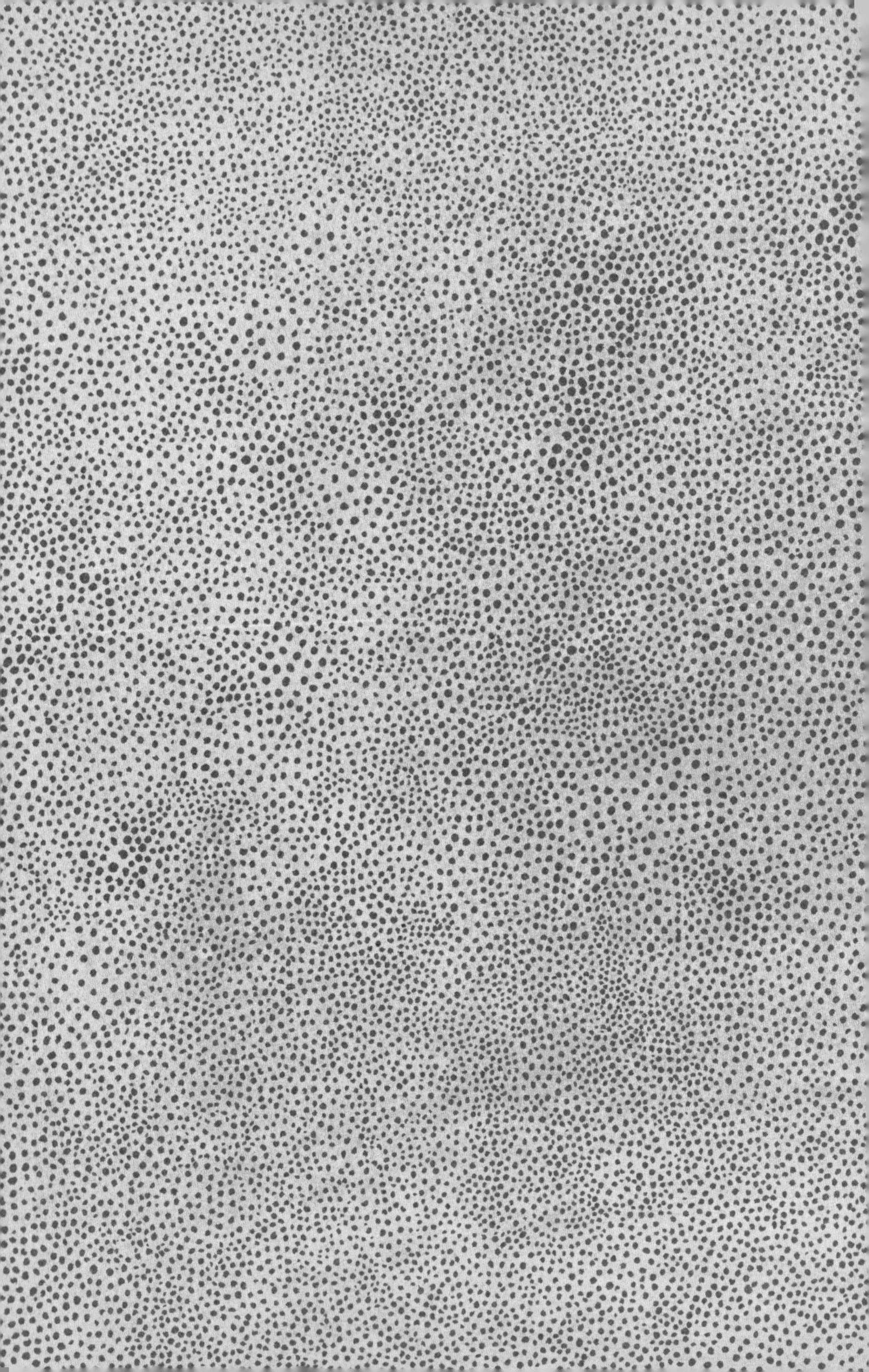

10. Kapitel

Der Spezifische Ozean

Wie fühlt es sich an, über den Rand der Welt hinausgeschleudert zu werden, ins Nichts, ins sichere Verderben? Herr Schnettelbeck hatte zwar keine genaue Vorstellung gehabt, aber so banal hatte er es sich nicht vorgestellt. Es war nicht anders als ein Sprung vom Fünfmeterturm. Die Luft sauste vorbei, und das Wasser unter ihnen kam näher und näher. Aber dann war da kein Wasser mehr, nur noch die endlosen, schrecklichen Fälle, die über die Kante stürzten, und dann – nichts.

Und nun sausten sie schreiend in die Tiefe. Wohin? Würde ihr Fall jemals enden? Und wenn ja – würden sie noch leben, um zu sehen, wo sie gelandet waren?

Sie fielen ziemlich lange. Plötzlich schlug die Tonne so heftig auf, dass Herrn Schnettelbecks Panzer schepperte. Er wurde von den Füßen gerissen, und Tinea fiel auf ihn drauf und klammerte sich an ihm fest.

»Ärgh«, machte Herr Schnettelbeck. »Was? Wo? Wer?«

»Halt still«, keuchte Tinea. »Beweg dich nicht! Wir stehen.«

»Ich weiß. Sind wir irgendwo aufgeschlagen?«, krächzte Herr Schnettelbeck.

»Nee! Ich glaube, wir sind irgendwo hängen geblieben.« Tinea guckte nach oben. Über ihnen strömte weiter das Wasser vorbei. Gischt stäubte auf sie hinunter. Tinea atmete schwer. »Uiuiui. Wenn wir uns bewegen, stürzen wir bestimmt weiter ab. Also halt still! Ich schaue gleich mal über den Rand. Aber ganz vorsichtig.«

Atemlos blieb Herr Schnettelbeck auf dem Boden der Tonne liegen, während Tinea sich sehr langsam hochdrückte und mit der allergrößten Vorsicht ihren Kopf über den Rand der Tonne streckte.

»Oh«, sagte sie und atmete schwer. »Oh. Zum Glück bin ich schwindelfrei.«

»Was?«, rief Herr Schnettelbeck ungeduldig.

Tinea schnaufte. »Wir hängen fest. Hier guckt ein Felsen aus dem Wasser, mit einer Menge Treibholz dran. Und in dem sind wir hängen geblieben.«

Ob er sich endlich bewegen dürfe, fragte Herr Schnettelbeck ungeduldig.

»Ja, aber vorsichtig«, erwiderte Tinea. »Denn wir haben riesiges Glück gehabt«, sagte sie.

Herr Schnettelbeck kam langsam hoch und schaute sich um. Das Wasser, das an ihnen vorbeistürzte, sah seltsam aus. Es schien nicht wirklich zu fallen, sondern vielmehr zu branden.

»Das Wasser hat Wellen«, stellte er erstaunt fest. »Schau, da. Es schäumt sogar, wo es gegen den Felsen wellt.«

»Hm«, machte Tinea. »Stimmt. Ob das überhaupt schon mal jemand gesehen hat? Oder sind wir die einzigen lebenden Wesen, die jemals so weit gekommen sind?« Sie drehte sich und schaute hinauf. »Oh verdammt. Ich sehe den Rand von Skarnland nicht mehr. Da ist nur ein hochkanter Ozean, bis in die Unendlichkeit. Oh verdammt.«

Herr Schnettelbeck schaute nach oben, und Herr Schnettelbeck schaute nach unten. Und es sah alles ziemlich gleich aus. Er wusste gar bald nicht mehr, aus welcher Richtung die Tonne gekommen war. »Bist du sicher«, fragte er skeptisch, »dass das da oben ist?«

Tinea drehte ihm ihr ratloses Gesicht zu. »Ich glaube schon. Aber sicher ist das falsche Wort. Oh verdammt. Gibt es hier überhaupt ein Oben und ein Unten?«

Herr Schnettelbeck kratzte sich am Kopf. Selbst wenn er seine Flügel hätte befreien können – und die waren immer noch verklebt –, er hätte gar nicht gewusst, in welche Richtung er fliegen sollte, um Hilfe zu holen. Auf allen Seiten war Wasser bis zum Horizont, und der Rest war ein bleigrauer Himmel.

»Komisch«, murmelte er, »dass der Himmel hier grau ist. Oben auf dem Schiff war strahlender Sonnenschein.«

»Und das Meer war blau«, ergänzte Tinea. »Es ist fast so, als wären wir ... nicht mehr an demselben Ort wie vorher, wenn du verstehst, was ich meine. Die Schwerkraft funktioniert anders und sogar das Wetter ist anders.«

Da spritzte ihr etwas Gischt entgegen. Die Wellen, die eben noch ruhig gegen die Tonne geplätschert waren, wirkten plötzlich gar nicht mehr so brav und gesittet. Sie wurden größer.

»Was passiert jetzt mit uns?«, rief Herr Schnettelbeck bang über das Klatschen der Wellen hinweg. »Wenn die Tonne sich löst, wohin fallen wir dann?«

»Ich hab nicht die geringste Lust, es rauszufinden«, erwiderte Tinea und duckte sich hinter den Tonnenrand. Eine weitere Welle spritzte ihr die Haare nass.

Eine Weile saßen sie still am Boden der Tonne. Irgendwann fragte Herr Schnettelbeck: »Kann es sein, dass der Himmel dunkler wird?«

»Hm, irgendwann muss es ja mal dunkel werden«, erwiderte Tinea, und da plötzlich schwankte die Tonne ein bisschen. »Hups. Oh verdammt. Oh *verdammt*!«

Herrn Schnettelbeck wurde es immer elender zumute. Wo um alles in der Welt waren sie? Und würden sie jemals wieder heimkommen? Oder würden sie hier zugrunde gehen, auf diesem merkwürdigen grauen Meer mit dem grauen, unbeweglichen Himmel?

Da zerriss ein weißer Blitz das Grau. Herr Schnettelbeck quiekte vor Schreck. Von wegen unbeweglich! Es folgte ein Donnergrollen, und dann wurde die Tonne wieder von einer Welle getroffen und schwankte hin und her, aber sie löste sich noch nicht.

Tinea drückte sich hoch und schaute nach draußen. »Ein Gewitter«, krächzte sie. »Das hat uns grade noch gefehlt. Keine Ufer haben die hier und keine Schwerkraft, aber Gewitter!«

Der Himmel war mittlerweile sehr dunkelgrau geworden. Es sah fast aus, als ob es Nacht werden würde. Aber gab es hier eine Nacht? Gab es überhaupt Sonne und Mond? Geschweige denn Sterne?

Die See wurde immer unruhiger. »Hoffentlich wächst sich das nicht zu einem Sturm aus«, murmelte Herr Schnettelbeck und schaute auch über den Rand der Tonne, aber zur anderen Seite als Tinea. Nichts in der Ferne. Nur vertikales Meer, brandend und aufgepeitscht vom Wind. Eigentlich war das schon ein leichter Sturm, dachte er. Und es sah aus, als würde er noch stärker werden. Angst kroch unter seinem Panzer hoch.

Und da sah er plötzlich etwas in der Ferne, das auf dem Wasser zu schwimmen schien. Oder *an* dem Wasser, je nachdem, wie man das sehen wollte. Es war nur ein dunkler Punkt gegen einen ebenfalls dunklen Himmel, aber es schien näher zu kommen. Und nun sah Herr Schnettelbeck auch, dass es nicht nur ein Punkt war: es hatte eine lange, dünne Spitze, die vom Wasser weg ragte.

Es sah aus wie ein Schiff. Ein Schiff mit einem Mast. Nur dass es auf der Seite lag.

»Tinea«, krächzte er. »Ich glaube, da … das ist ein Schiff!«

Tinea schnappte nach Luft, lehnte sich über seine Schulter und kniff die Augen zusammen. »Das ist nie im Leben ein Schiff«, widersprach sie.

Aber es war ein Schiff. Ein Segelschiff, um genau zu sein, obwohl es auch einen Dampfschornstein hatte. Aber das wirklich Außergewöhnliche war, dass es auf der linken Seite lag. Das tat es wirklich! Die Reling war auf der Wasserseite sehr hoch, und auf der anderen Seite sehr niedrig. Der Mast und das Segel standen seitlich ab. Und der Rauch, der aus dem Schornstein kam – der schwebte waagrecht davon, weg vom Wasser.

»Doch, ein Schiff«, stellte Tinea fest. »Aber was um alles in der Welt für ein Schiff?«

»Ich weiß es ja nicht«, sagte Herr Schnettelbeck. »Aber sie sollen uns gefälligst retten.«

»Hilfe!!«, schrie Tinea, und Herr Schnettelbeck schrie ebenfalls aus vollem Hals.

Und sie wurden gehört. Das Schiff kam langsam näher, und es schien überhaupt kein Problem damit zu haben, auf den fallenden, brandenden Wassermassen zu navigieren. Schließlich drehte es bei und blieb direkt über der Insel und der Tonne stehen. Eine dunkle Gestalt erschien über der Reling und starrte auf sie hinunter, aber sie sagte nichts.

»Hallo«, schrie Tinea. »Rettet uns, bitte!«

»Kann es uns überhaupt sehen?«, flüsterte Herr Schnettelbeck ängstlich. »Hat es Augen?«

Oh ja, die hatte es. Riesengroß und rund und schwarz und blank. Herr Schnettelbeck kannte kein Tier, das so aussah. Einen Moment starrte die Gestalt noch hinunter, dann verschwand sie von der Reling. Plötzlich rumorte es oben, etwas klimperte und etwas polterte, und dann kam eine Strickleiter zu ihnen heruntergefallen. Die unterste Sprosse reichte gerade bis zu ihrer Tonne. »Hochkommen«, kam eine hohle Stimme scheppernd durch ein Sprechrohr. Tinea ließ sich das nicht zweimal sagen. Sie kletterte hinauf, dass die Leiter wackelte.

»Das ist ja typisch«, schnaubte Herr Schnettelbeck, der nicht zeigen wollte, wie viel Angst er hatte. »Die Jugend denkt zuerst an sich selbst und vergisst die hilflosen alten Leute!« Dann hängte er sich selbst an die Strickleiter und begann mit dem Aufstieg. Noch während er kletterte, wurde die Leiter hochgezogen. Und als er zur Reling kam, grabschten ihn viele Hände. Schwarze, formlose Hände und Pfoten. Entsetzt schaute Herr Schnettelbeck sich um. Die dunkle Gestalt mit den riesigen, glasigen Augen war nicht allein – es gab noch mehr davon, in allen Formen und Größen.

Vor Schreck sank Herr Schnettelbeck direkt rückwärts gegen die Reling. Was war das für eine Dimension, in der solche Ungeheuer lebten, wo es aber trotzdem Strickleitern gab? Das war zu viel für einen Tag!

Tinea zerrte an seinem Vorderbein, um ihn zum Stehen

zu bringen. »Benimm dich höflich, die haben uns gerettet«, knirschte sie ihm durch die Zähne zu.

»Ich bin zu niemandem höflich, dessen Spezies ich nicht kenne«, schimpfte Herr Schnettelbeck leise.

Da trat eine recht kleine Gestalt vor. Das Deck schwankte, und sie schwankte mit. Sie nahm ihren Helm ab – denn es war ein Helm und nicht etwa ihr Kopf – und schüttelte sich.

Es war eine Biene. Gleich sah die Sache besser aus, dachte Herr Schnettelbeck. Anständige Leute auf hoher See, und nicht etwa Monster aus der Tiefe des Universums!

»Kommen Sie mit«, sagte die Biene etwas unwirsch, und Tinea und Herr Schnettelbeck stolperten hinter ihr her, so schnell sie konnten. Bei dem Gewackel auf der stürmischen See war es nicht einfach, das Gleichgewicht zu behalten. Die Biene stapfte völlig unbeirrt auf den Hinterbeinen vorneweg. Sie öffnete eine Luke und stieg die Treppe hinunter, die in das Schiffsinnere führte.

Sprachlos folgten Herr Schnettelbeck und Tinea. Sie fanden sich auf einem dunklen Gang aus Holz und Eisen wieder. Nach ein paar Schritten öffnete die Biene eine metallene Tür mit einem runden Drehknopf.

»Das ist Ihre Kabine«, sagte sie. »Gehen Sie da rein und bleiben Sie drin bis zum Morgen, verstanden? Das ist ein Befehl. Ich will Sie nirgendwo auf dem Schiff sehen. Zahnbürsten gibt's in der Nasszelle.«

Tinea schaute Herrn Schnettelbeck an, und Herr Schnettelbeck schaute Tinea an. Aber als die Biene ungeduldig mit dem Kopf zuckte, stiegen sie durch die Tür. Hinter ihnen fiel sie ins Schloss.

Es war völlig dunkel, bis Tinea den Lichtschalter fand. Eine kleine Gasfunzel an der Decke ging an, und die beiden Reisenden sahen, wo sie gelandet waren.

»Hier drin sollen wir bleiben bis morgen? Das ist ja winzig«, mokierte sich Herr Schnettelbeck. Die Kabine war tatsächlich winzig: Es gab ein Stockbett und gerade so viel Platz, dass man hoch- und wieder hinunterklettern konnte. Und eine schmale Tür, die zu einem noch winzigeren Badezimmer führte.

Tinea zuckte die Achseln und drängelte sich an ihm vorbei. »Hat's dir in der Tonne etwa besser gefallen, du Miesepeter? Hier ist ein Bett, da ist eine Zahnbürste, und alles andere klären wir morgen.« Sie wand sich durch die Tür ins Badezimmer und putzte sich die Zähne.

Herr Schnettelbeck hörte sie gurgeln. »Was haben diese Leute bloß für eine Art, sich vorzustellen?«, schnaubte er. »Die haben wohl überhaupt keine Kinderstube genossen!«

»Vielleicht«, sagte Tinea und spuckte Wasser aus, »*vielleicht* hat es was mit dem Sturm zu tun, der da draußen wütet, nicht?«

»Hmpf. Das ist ein Grund, keine Entschuldigung für schlechtes Benehmen«, erwiderte Herr Schnettelbeck, aber da kam eine bleierne Müdigkeit über ihn. Das schmale Kajütenbett mit der Wolldecke darauf sah plötzlich fast so einladend aus wie seine Moospolstergarnitur zu Hause. Und hier wollte ihn wenigstens niemand umbringen ...

»Lass mich auch ins Bad«, sagte er entschlossen und drängelte Tinea hinaus.

Als er mit geputzten Mundwerkzeugen zurückkam, lag sie schon im oberen Bett und war kaum noch ansprechbar. Ihr Arm baumelte herunter. Einen Moment lang dachte Herr Schnettelbeck darüber nach, ihre Hand in warmes Wasser zu hängen. In seinen wilden Jugendzeiten hatte er manchmal seine schlafenden Kameraden damit zum Pinkeln gebracht. Aber dann dachte er, dass er ja den Rest der Nacht ebenfalls in dieser Kajüte verbringen musste. Also ließ er es sein.

»Wasssnwasauchimmer die Leute sind«, murmelte Tinea, »sie sind nett. Ich mag sie.« Und dann schlief sie ein.

Herr Schnettelbeck kroch unter seine Decke. Die ganze Sache war wirklich höchst rätselhaft. Warum gab es Bienen jenseits des Randes der Welt? Und Zahnbürsten? Und wie war er von einer hängenden Stadt auf ein seitwärtsfahrendes Schiff gekommen?

»Früher hatte ich doch nie solche Probleme«, murmelte er. »Das kommt davon, wenn man sich in die Dinge einmischt. Aber einer muss es ja machen.« Und er schlief ein und träumte von den Sternen.

Am nächsten Morgen fiel Herr Schnettelbeck vor Schreck aus dem Bett – ein blechernes, aufdringliches Glockengeläut riss ihn aus dem Schlaf. Tinea fuhr hoch und stieß sich den Kopf an der Decke.

»Oh«, sagte sie und rieb sich mit den Handballen die Augen. »Wir sind ja auf einem seitwärtsfahrenden Schiff in einem hochkant stehenden Meer. Jetzt fällt's mir wieder ein.«

»Ist die Glocke ein Signal, dass alle aufstehen und an Deck erscheinen sollen?«, fragte Herr Schnettelbeck, der von nautischen Dingen keine Ahnung hatte.

Tinea schaute zum Bullauge hinaus. »Na ja, es ist schon hell. Wir sollten langsam aufstehen. Zumal wir uns ja bedanken müssen fürs Retten.«

»Gerettetwerden ist nur die halbe Miete«, gab Herr Schnettelbeck zu bedenken und polierte mit einem Taschentuch seinen

Kopf. »Wir müssen auch irgendwie in die richtige Welt zurückkommen, wo Horizonte anständigerweise waagrecht verlaufen.«

»Kommt Zeit, kommt Rat.« Tinea kletterte aus dem Bett und ordnete ihre Haare mit den Fingern. Das war ein ganz nutzloses Unterfangen. Selbst ein Rechen hätte da keine Ordnung hineingebracht, dachte sich Herr Schnettelbeck.

Sie traten aus ihrer kleinen Kabine und stiegen die Treppe zum Deck wieder hinauf. Und nun staunten sie nicht schlecht, denn letzte Nacht hatte alles noch ganz anders ausgesehen.

Das Schiff war nicht etwa von Ungeheuern aus der Tiefe des Universums bevölkert, sondern von normalen Matrosen. Das konnte man sehen, weil sie jetzt ihre Helme abgelegt hatten. Und alle Matrosen des seitwärtsfahrenden Schiffes waren von Kopf bis Fuß in schwere, schwarze Baumwollanzüge eingepackt – Menschen, Käfer, Bienen und Läuse. Überall an ihren Anzügen gab es Haken und Ösen und Riemen und Klettverschluss. Viel, viel Klettverschluss. Zwei winzige Krebschen in schwarzen Klettverschluss-Anzügen schrubbten eifrig das Deck von vorne bis hinten. Überall auf dem Schiff verliefen Klettstreifen – an der Reling entlang, an den Wänden, an den Schornsteinen. Auch Ketten und Seile gab es überall, die man durch die Haken und Ösen führen konnte, und dann konnte man sich angeleint überallhin bewegen.

Während Tinea und Herr Schnettelbeck versuchten, den Sinn dieser Einrichtung zu verstehen, kam schon ein bullig gebauter Zwergmäuserich auf sie zu.

»Hallo, hallo«, sagte er. »Haben Sie die Nacht gut überstanden?«

»Meine Beine sind alle noch dran«, schnaufte Herr Schnettelbeck. »Aber gestern Abend waren Sie schon ein furchteinflößender Anblick mit Ihren Helmen! Wir dachten schon, Sie wären Ungeheuer.«

»Haha, nein«, erklärte der Mäuserich. »Nicht mehr, wenn wir unseren Morgenkaffee getrunken haben. Haha.«

»Haha«, machte Tinea höflich. Die Überleitung zum überschwänglichen Dank hatte sie ganz vergessen.

»Mein Name ist Minuski«, erklärte der Zwergmäuserich. »Und ich soll Sie zum Frühstück abholen. *Sie* sollen ja auch Ihren Morgenkaffee kriegen.«

Und dann drehte er sich um und lief vor ihnen her über das Deck, wobei er sich mit seinem Ringelschwanz an allen passenden Stellen festklammerte. Minuski führte die beiden zum hinteren Teil des Schiffes. Durch einige Metalltüren kamen sie in eine geräumige Stube mit einer langen, gepolsterten Eckbank, einem Tisch und einer Kaffeeküche. Durch breite Fenster konnte man hinaus auf den Ozean schauen. Der Himmel war gleichförmig bleigrau wie gestern, und die vertikale See war gräulichgrünlich. Immerhin, dachte Herr Schnettelbeck. Man lebte hier horizontal, auch wenn draußen das Meer hochkant stand.

Auf der Eckbank saß die Biene, die sie gestern begrüßt hatte, und schaute streng. Außerdem war noch eine Stabschrecke zugegen, die sich aber nur bewegte, um Zucker in ihren Kaffee zu tun, und dann wieder erstarrte und wie ein Ast aussah.

»So, also das hier ist Frau Doktor Knörbel«, erklärte Minuski unbeirrt fröhlich und deutete auf die Biene. »Und das hier ist ihr Assistent, Herr Federbein.« Er nickte in Richtung der Stabschrecke.

»Guten Morgen«, sagte Frau Doktor Knörbel.

Und da erst merkte Herr Schnettelbeck so richtig, dass sie ja ein Weibchen war. Auf See? Weibchen und Männchen auf demselben Schiff? Das hätte es zu seiner Zeit nicht gegeben. Aber heutzutage war ja alles normal, sogar gemeinsames Zelten! Also war er lieber still und schaute zu Tinea, was die denn täte.

»Guten Morgen«, sagte sie. »Und vielen Dank, dass Sie uns gestern eingesammelt haben.«

»Keine Ursache«, sagte Frau Doktor Knörbel. »Setzen Sie sich.«

Das taten die beiden Reisenden, und das tat auch Minuski, und dann gab es Kaffee und belegte Brötchen. Währenddessen raute draußen die See wieder auf, und das Schiff begann zu schwanken, fast so schlimm wie während der Nacht.

Tinea biss herzhaft in ein Brötchen. »Wie haben Sie uns denn gefunden?«, fragte sie.

»Wir haben Sie gar nicht gesucht«, erklärte Minuski. »Sie hatten einfach riesiges Glück, dass wir zufällig hier vorbeigekommen sind.«

Herr Schnettelbeck räusperte sich. »Und … was tun Sie hier? Woher kommen Sie? Sind Sie auf diesen Gewässern zu Hause?«

»Also, ich persönlich«, überlegte Frau Doktor Knörbel, »ich bin aus Hammerschlag, aber die meisten Mitglieder der Mannschaft kommen aus Südwärts.«

Tinea und Herr Schnettelbeck schauten sich an. »Sie sind also«, fragte Tinea vorsichtig, »gar nicht von hier? Sie kommen alle aus Skarnland. Aus der horizontalen Welt. So wie wir.«

»Ja, freilich«, schnaubte Frau Knörbel, so als müsste man das wissen. »Auf dem Spezifischen Ozean können keine hochentwickelten Lebensformen entstehen. Sie befinden sich auf einem Forschungsschiff. Dem einzigen Dimensions-Forschungsschiff, das es gibt.«

»Eine hochspannende Disziplin, die Dimensionsforschung«, warf die Stabschrecke Herr Federbein plötzlich ein. »Verbindet die Physik mit der Gehirnforschung. Weil man sich diese Dimensionen erst einmal vorstellen muss, und das kann nicht jeder!« Und dann erstarrte er wieder, das oberste Beinpaar über dem Kopf.

Herr Schnettelbeck musterte das hübsche Teegeschirr, in dem der Kaffee unruhig hin und her schwappte. »Ich verstehe immer noch gar nichts. Wie können Sie denn auf diesem Meer überhaupt Seefahrt betreiben? Man hat uns gesagt, das wäre hier das Ende der Welt!«

Nachsichtig lächelnd schauten die drei Forscher sich an. Minuski ergriff das Wort. »Das hört man oft, aber das ist ganz falsch. Sie befinden sich nicht am Ende der Welt, sondern im Spezifischen Ozean. Unser Forschungsschiff ist extra für vertikale Meere gebaut. Wir sind Vertigonauten. Und jenseits des Spezifischen Ozeans liegen mit Sicherheit noch weitere Welten, die wir erforschen werden. Na ja, mit an Sicherheit grenzender Wahrscheinlichkeit, sollte ich sagen!«

Herr Schnettelbeck schaute Tinea hilfesuchend an, aber die lächelte nur höflich und verstand auch kein Wort. Herr Schnettelbeck ärgerte sich etwas. Er musste etwas Negatives sagen, und vom Thema Dimensionen verstand er ja nichts. Also verlegte er sich auf die Dienstkleidung.

»Zu meiner Zeit hatte man bei der Marine noch dunkelblaue Anzüge und weiße Kragen«, sagte er mit leichter Missbilligung in der Stimme. »Und schicke Hütchen.«

»Wir sind ja nicht bei der Marine«, erklärte die Biene. »Und diese Anzüge … Nun ja, sie sind nicht schick, aber sie leisten gute Dienste, wenn es stürmt. Und Stürme tauchen hier sehr häufig unverhofft auf, und sie erstrecken sich in mehrere Richtungen, wenn Sie verstehen, was ich meine!«

Tinea prustete. »Nee.«

Die Biene grinste. »Ist für Sie auch nicht weiter von Belang. Sie hatten viel Glück, dass wir Sie gefunden haben, bevor es richtig losging! Für den Moment reicht es, dass Sie wissen: Wir kletten uns im Notfall fest. Das geht schneller als mit Seilen, verstehen Sie? Manchmal wird das Deck gequetscht und in verschiedene Richtungen gezogen. Da kann man schnell über Bord gehen. Und die Helme sind absolut wichtig, wenn es stürmt. Wie leicht kann man sich einen Schlag auf den Kopf einfangen, und plötzlich weiß man nicht mehr, wer man ist!«

Tinea schaute die Biene etwas schräg an. »Sagen Sie mal ... kennen Sie einen Professor Grätzlich?«, fragte sie.

Die Biene riss die Augen auf. »Allerdings! Ein alter Kollege! Wie kommen Sie denn jetzt auf den?«

»Ach, nur so«, sagte Tinea freundlich.

Herr Schnettelbeck räusperte sich. Die alles entscheidende Frage, fand er, ließ zu lange auf sich warten. »Sie sind also von Skarnland mit Ihrem ganzen Schiff hierher in den Spezifischen Ozean gekommen, quasi in eine andere Dimension«, stellte er fest. »Und wie ... wie kommen Sie jemals wieder zurück? Zurück vom Ende der Welt, quasi?«

»Vom Ende der Welt, wie wir sie kennen!«, betonte Frau Doktor Knörbel. »Es gibt noch mindestens eine weitere Welt. Vermutlich mehrere. Dazwischen liegt der Spezifische Ozean. Dieser ist vertikal, das haben Sie ja schon gemerkt.«

»Allerdings«, nickte Herr Schnettelbeck.

Tinea legte den Kopf schief. »Wieso kann man eigentlich nicht von einer Welt in die andere fliegen? Ich meine, da sollte doch ein reger Luftverkehr sein, oder nicht? Fliegern macht ja das vertikale Meer nichts aus.«

»Man sieht, dass Sie das noch nicht versucht haben«, lächelte Minuski nachsichtig.

»Richtig«, sagte Tinea. »Allein schon daran, dass ich keine Flügel habe.«

»Die dimensionalen Luftströme über der Wasseroberfläche sind so stark, dass sie einen Flieger hoffnungslos überfordern würden. Man würde einfach irgendwann in den Ozean stürzen. Zumal es keine Möglichkeit gibt, irgendwo zu rasten, und die Reise mehrere Tage dauern würde.«

»Man arbeitet natürlich an der Idee«, erklärte Federbein. »Aber man ist noch weit von einer funktionierenden Lösung entfernt. Ist man erst einmal auf dem Spezifik, ist es praktisch unmöglich, aus eigenen Kräften dieser Dimensionsgrenze wieder zu entfliehen.«

Das klang gar nicht gut. »Und«, fragte Herr Schnettelbeck ängstlich, »wie kommen *Sie* dann jemals wieder nach Hause?«

»Oh«, erklärte Frau Doktor Knörbel leichthin. »Wenn wir hier wegwollen, tun wir das durch einen Dimensionstunnel.«

»Nichts leichter als das«, ergänzte Minuski.

»Na ja«, sagte Frau Doktor Knörbel. »Eigentlich sind eine ganze Menge Sachen leichter als das. Will sagen, es ist kein Kinderspiel. Aber wir machen das nicht zum ersten Mal.«

»Ein Dimensionstunnel?«, fragte Tinea schwach.

»Das ist entschieden zu viel Information für einen Vormittag«, beschied Frau Knörbel. »Jetzt essen Sie erst mal Ihre Brötchen.«

Während Herr Schnettelbeck und Tinea brav kauten, informierte Minuski sie, dass man auch für sie zwei Vertigonauten-

Anzüge mit Helmen aufgetrieben habe, die sie nun aus Sicherheitsgründen tragen müssten. Tinea verzog das Gesicht. Herr Schnettelbeck machte sich aber wenig Sorgen, denn er wusste, dass Schwarz genau seine Farbe war.

»Wann wird es denn da draußen aufklaren?«, fragte er gelassen und strich Hagebuttenmarmelade auf seine zweite Brötchenhälfte.

»Oh, Wetter gibt es hier natürlich nicht«, erklärte Minuski. »Außer diese dimensionalen Stürme. Es gibt nur zwei Zustände: grau und Sturm oder grau und kein Sturm. Die Sonne oder Wolken sieht man nicht. Auch keine Sterne oder den Mond. Das bringt einen manchmal ein bisschen durcheinander, aber immerhin haben wir Tag und Nacht.«

Da fiel Herrn Schnettelbeck ein, dass seine Gastgeber noch weniger über seine Mission wussten als er über ihre. Komisch, dass noch niemand danach gefragt hatte, wie sie eigentlich über den Rand der Welt geraten waren, dachte er. »Finden Sie öfters Leute, die über den Rand der Welt gefallen sind?«, fragte er vorsichtig.

»Nee«, sagte Frau Doktor Knörbel ungerührt und aß. »Sie sind die ersten.«

Tinea schaute Herrn Schnettelbeck an. »Oh je. Das heißt, all die anderen armen Säcke, die die böse Tante über den Rand der Welt geschossen hat, sind alle im Äther verlorengegangen und wurden nicht gerettet?«

»Wissen Sie, wir sind nämlich in einer Kanone über den Rand der Welt geschossen worden«, erklärte Herr Schnettelbeck.

Frau Doktor Knörbel blickte auf, nicht uninteressiert, aber auch nicht gerade gespannt. »Erzählen Sie mal!«

Also erzählten die beiden Reisenden, wie alles angefangen hatte und wie sie durch die Sterntaucher in die Unterstadt gekommen waren und wie Haugbrots geniale Pläne sie immer wieder in Schwierigkeiten gebracht hatten, bis Odel sie erwischt hatte.

»Ach, das ist ja ungünstig«, meinte Minuski. »Nun ja, hier sind Sie ja sicher.«

Herr Schnettelbeck rutschte auf seinem Hintern herum. »Ähm. Ja, aber ... können Sie uns helfen, wieder nach Skarnland zurückzukommen? Heraus aus dem Spezifischen Ozean?«

»Nach Hause?«, fragte Tinea extra-traurig.

Die drei Forscher schauten sich wieder an.

»Nein«, sagte Frau Knörbel. »Völlig unmöglich.«

»Das geht nur durch einen Dimensionstunnel«, erklärte die Stabschrecke. »Das ist ein riesiger Aufwand.«

Herrn Schnettelbeck sank das Herz in die Hose (nicht wirklich, denn er trug ja keine Hosen, aber so fühlte es sich an). Das klang gar nicht gut.

»Sehr schwierig«, nickte Frau Knörbel.

»Und einen kleinen Dimensionstunnel?«, fragte Minuski. Er war der Einzige, dem das Schicksal der beiden Geretteten nicht ganz egal zu sein schien. »Einen Wanderkorridor vielleicht?«

»Viel zu viel Aufwand«, sagte Frau Knörbel, aber sie klang nicht mehr ganz so abgeneigt. »Das hieße, nächtelang an der Reling auf einen Wanderkorridor zu warten und ihn dann einzufangen und sich hineinzuwerfen. Na ja, das können Sie beide ja selber machen.« Sie schaute Herrn Schnettelbeck und Tinea streng an. »Ich hab dafür keine Kapazitäten, aber Sie können sich ja Ihren eigenen Korridor fangen. Ja, so machen wir's.«

Tinea schaute Herrn Schnettelbeck an, und Herr Schnettelbeck schaute Tinea an. Hatte diese Frau Knörbel sich gerade selbst von einer tiefen Überzeugung ins genaue Gegenteil überredet? Hieß das, dass sie doch schnell heimkommen würden, wenn sie es schafften, ihren eigenen Wanderkorridor einzufangen? Das fragten sie noch einmal genau nach.

»Ja, selbstverständlich«, sagte die Frau Doktor, und damit war die Sache erledigt. »Sie wenden sich damit am besten an unseren zweiten Maat, Glöckchen.«

»Schöner Name«, sagte Tinea und verkniff sich ein Kichern. Herr Schnettelbeck trat ihr auf den Fuß.

Selbst unter den sehr speziellen Matrosen auf dem Spezifischen Ozean war Glöckchen noch ein ganz besonderer Matrose. Er war ein großer und ziemlich ramponierter Maikäfer. Da er meist die Nachtwachen auf Deck hielt, kannte er die nächtliche See in- und auswendig, und nur nach Einbruch der Dämmerung (so sagte er) konnte man einen Wanderkorridor fangen. Dann nämlich stiegen die dimensionären Korridore aus der Tiefe empor, in besonderen Nächten, wenn das Meer voller glühender Pünktchen war. Und dann kam es auf Schnelligkeit an.

»Das hört sich immer noch ein bisschen bizarr an«, sagte Herr Schnettelbeck vorsichtig.

»Wartet mal ab, bis ihr's gesehen habt«, winkte Glöckchen ab und wackelte fröhlich mit seinen fächerförmigen Antennen. »Das ist noch viel bizarrer, als es klingt! Treffpunkt: Einbruch der Dunkelheit auf Deck. Kommt nicht zu spät!«

Den Vormittag verbrachte Herr Schnettelbeck mit einem Eimer Terpentin. In langwieriger Kleinarbeit entklebte er seine Flügeldecken, und Tinea half ihm bei den Stellen, wo er nicht selbst herankam.

Der Rest des Tages zog sich aber sehr in die Länge. So aufregend es auch klang, auf einem Forschungsschiff seitwärts einen vertikalen Ozean zu befahren – tatsächlich war es äußerst eintönig. Die See und der Himmel sahen immer gleich aus. Herr Schnettelbeck und Tinea schnüffelten neugierig auf dem Schiff herum, aber eigentlich waren sie überall nur im Weg. Am Ende fanden sie ein Plätzchen in der Küche, wo sie niemanden störten, und der Koch ließ sie Gemüse stampfen.

Sehnsüchtig erwarteten sie die Dämmerung und wunderten sich, was ein Wanderkorridor wohl war und wie es darin aussah. Und wie häufig solche Wanderkorridore waren und wie schwer zu fangen und wie zuverlässig sie einen nach Hause brachten!

Wetter gab es auf dem Spezifischen Ozean nicht, mit Ausnahme der heftigen Stürme, die alle paar Tage tobten. Das Meer war mal ruhiger, mal unruhiger. Aber es schien niemand darin zu leben, keine Fische, nicht einmal Wasserflöhe. Und als Herr Schnettelbeck einen Gischtspritzer ins Gesicht bekam, da merkte er, dass das Wasser nicht salzig schmeckte, sondern bitter.

Zum Glück wurde es ziemlich früh dunkel (obwohl am Himmel keine Sonne zu sehen war, die untergehen konnte). Dunkelblau sah der Himmel nicht mehr so trostlos aus, auch wenn weder Sterne noch Mond zu sehen waren.

Für die Reise durch den Wanderkorridor hatten die freundlichen Vertigonauten ihnen einen Stoffbeutel mit Proviant und Decken gepackt. Niemand wusste, so sagten sie, wie lange man in einem Wanderkorridor wandern musste, also sollte man gut ausgerüstet sein. Herr Schnettelbeck hatte sich den Stoffbeutel auf den Rücken gezogen (nicht ohne vorher zu erwähnen, dass er als armer alter Käfer alles selber tragen musste), und nun stand er neben Tinea auf dem Deck, bereit und voller Tatendrang.

Wer aber nicht kam, war der Wanderkorridor. Glöckchen räumte und arbeitete um sie herum, drehte ab und zu am Steuerrad und korrigierte den Kurs, ließ Taue locker und zog andere fest. »Nee«, sagte er immer wieder, »heut sieht's nicht nach der richtigen See aus.«

Tinea murmelte leise, dass die See ja wohl immer dieselbe wäre, aber das nützte auch nichts. Das Meer blieb dunkel und still.

»Tja, da habt ihr heute kein Glück. Alle paar Tage ist so eine Nacht, dann kommen sie hoch«, erklärte Glöckchen schließlich, als es gegen Mitternacht ging.

»Dann müssen wir bis morgen warten«, seufzte Herr Schnettelbeck und dachte unglücklich an Monifa. Ob sie auf ihn wartete? Oder ob sie ihn vergessen hatte und mit jemand anderem Kalte Ente trank?

Warten mussten sie tatsächlich, drei ganze Tage lang. Jede Nacht standen sie mit gepacktem Proviantbeutel auf dem Deck und starrten in die See, bis nach Mitternacht, und jede Nacht sahen sie zwei oder drei helle Pünktchen unter dem Wasser, aber nicht mehr. Und nach Mitternacht seufzten sie beide, und Glöckchen sagte »Vielleicht morgen Nacht«, und dann gingen sie hinein und legten sich hin.

Die Tage vertrieben sie sich mit dem Lesen dimensionsnautischer Literatur, die sich an Bord befand (und die sehr schwer zu verstehen war). Aber sonst gab es nichts zu tun! Zwar wollte Herr Schnettelbeck gern mehr über die Geräte und Anzeigetafeln wissen und Tinea wollte sich im Maschinenraum nützlich machen, aber sie wurden überall weggescheucht. »Die Geräte sind empfindlich«, sagten die Vertigonauten immer, so als wäre Herr Schnettelbeck ein bisschen trampelig. Und Tinea ließen sie nicht einmal in den Maschinenraum hinein.

Am dritten Abend band sich Tinea lustlos den Beutel um. »Mir tun langsam die Füße weh davon, die halbe Nacht sinnlos auf dem Deck zu stehen«, maulte sie.

Aber Herr Schnettelbeck hatte ein seltsames, frohes Gefühl. Irgendwie wusste er, dass heute etwas Gutes passieren würde, und das sagte er Tinea auch.

»Na klar«, erwiderte sie schmollend. »Du bist ja bekanntermaßen mit Hellsicht gesegnet.«

Aber als sie auf das Deck hinauskamen, war Glöckchen schon in heller Aufregung. »Da seid ihr ja endlich«, polterte er ihnen entgegen. »Das Meer wartet nur auf euch!«

Herr Schnettelbeck und Tinea stolperten zur Reling, so schnell sie konnten.

»Wie schön«, flüsterte Herr Schnettelbeck ergriffen. Der dunkle Himmel über dem Spezifischen Ozean war leer und stumpf wie immer. Aber im Wasser glitzerten Lichtpunkte, abertausende, von Vertizont zu Vertizont, so weit das Auge sehen konnte.

»Das hier«, erklärte Glöckchen, »ist genau die See, die man braucht, um einen Wilden Wanderkorridor zu fangen!« Im einen Vorderbein hielt er schon unternehmungslustig einen Kescher. Seine Maikäferfühler fächerten sich auf vor Aufregung.

»Schau mal, da sind nicht nur Lichtpunkte im Wasser«, rief Tinea. »Da sind auch Schlieren, siehst du? Ganz zarte, helle Schlieren.«

»Jawohl! Wenn ihr eine Schliere seht, die so zuckt und sich windet«, wies Glöckchen sie an und macht ihnen pantomimisch eine zuckende Schliere vor, »das könnte ein Wilder Wanderkorridor sein! Haltet die Guckböbbeln offen!« Er gab jedem von ihnen einen Kescher.

Aber man konnte ja gar nicht anders, als fasziniert auf dieses wunderschöne Schauspiel zu starren. Herr Schnettelbeck glaubte fast, die Sterne wären wirklich ins Meer gefallen, bereit zum Aufsammeln. Wie ein Spiegelbild des Firmaments, nur ohne Original. So, wie er sich das damals vorgestellt hatte, als sie die Sterntaucher besucht hatten. Nur, dass sich zwischen den Sternen diese Schlieren wanden, zart wie Nebelstreifen.

Tinea beugte sich so weit über die Reling, dass sie fast ins Wasser fiel, und hielt Ausschau. »Da, Glöckchen«, fragte sie, »meinst du so eine Schliere?«

Glöckchen legte den Kopf schief. »Zuckt, aber zu schwach«, urteilte er. »Es muss aussehen wie ein Blitz in einer Flasche!«

Herr Schnettelbeck und Tinea schauten sich an und wussten nicht, was Glöckchen meinte. Aber sie hielten weiter Ausschau, während Glöckchen auf dem Deck herumwuselte und seine Arbeit tat.

Schließlich war es Herr Schnettelbeck, der plötzlich einen wild zuckenden Glüh-Blitz durch das Wasser schießen sah. Sofort wusste er, was Glöckchen mit »ein Blitz in einer Flasche« gemeint hatte. Bevor er den Mund aufmachen konnte, dotzte der Blitz an die Bordwand des Schiffes, fiel zurück ins Wasser und trudelte dort benommen im Kreis.

»Glöckchen!«, schrie Tinea, die es nun auch gesehen hatte. »Glöckchen, hier ist ein Wanderkorridor! Ganz sicher!«

Glöckchen eilte herbei, warf einen Blick in das Wasser und befahl: »Schnappt ihn euch!« Dann rannte er los und läutete wie wild die Schiffsglocke.

Herr Schnettelbeck tauchte beherzt seinen Kescher ins Wasser und zog ihn über die Lichtschliere, die sich nun erholte und wieder etwas zuckte. Dann fiel Herrn Schnettelbeck auf, dass dieser Kescher ja oben offen war! Wie sollte er seinen Fang darin behalten, ohne dass er hinaussprang? Schnell drückte er die offene Seite des Keschers gegen die Bordwand und zog ihn so hoch. Währenddessen zuckte und sprang die Lichtschliere im Netz immer wilder herum.

»Warte, ich geb dir Rückendeckung!« Tinea kam ihm zu Hilfe und hielt ihren Kescher hoch, bereit, ihn mit der offenen Seite gegen Herrn Schnettelbecks zu drücken.

Derweil hörte man in der stillen Nacht Poltern und Türenquietschen, und dann kamen zehn oder zwölf Vertigonauten an Deck, um ihnen zu helfen.

»Und jetzt?«, schrie Tinea in Glöckchens Richtung. Sie und Herr Schnettelbeck standen da, die Kescher verzweifelt aneinandergepresst, und der Wilde Wanderkorridor gebärdete sich immer wilder.

Glöckchen sprang ihnen zu Hilfe. In der Hand hatte er eine große Glasspritze, in der eine klare Flüssigkeit schwappte. »Wir müssen ihn noch in die richtige Form bringen«, erklärte er fröhlich, drückte die Nadel der Spritze durch das Keschernetz und injizierte die Flüssigkeit in die nervöse Lichtschliere hinein.

Zuerst passierte gar nichts. Dann plötzlich wurde die Schliere leuchtend gelb, zog sich zu einer kleinen Kugel zusammen – und dann explodierte sie. Die Luft flimmerte, und plötzlich erschien mit einem lauten Schlurp-Geräusch eine Tür. Einfach so, frei schwebend. Natürlich war diese Tür so groß, dass sie die Kescher einfach zur Seite drückte.

»Schnappt die Tür!«, schrie Glöckchen, und die Vertigonauten (die das anscheinend nicht zum ersten Mal machten) griffen mit aller Gewalt nach dem Türrahmen und versuchten, ihn stabil zu halten. Das war aber gar nicht so einfach, denn die Tür bockte und wackelte und hatte überhaupt keine Lust, sich festhalten zu lassen.

»Und, und das ist der Wanderkorridor?«, fragte Tinea atemlos. »Da müssen wir rein?«

»Na klar«, erwiderte einer der Vertigonauten ungeduldig. »Wo denn sonst?«

»Beeilt euch!«, schrie Glöckchen. »Ihr müsst einen Fuß in die Tür kriegen! Schnell!«

Herr Schnettelbeck surrte hoch und riss am Türgriff. Ein ganz kleines bisschen öffnete sie sich, und er schob schnell seinen Hinterfuß hinein. Geschafft! Und wenn jetzt diese streitsüchtige Tür seinen Fuß zerquetschen würde?, fragte er sich bang. Aber das passierte nicht. Sein Fuß war stärker. Er zerrte noch einmal, und Tinea zerrte an ihm, und dann ging die Tür einen Spalt weit auf. Jetzt oder nie! Herr Schnettelbeck schob sich schnell mit dem ganzen Panzer hinein.

»Los geht's, und viel Glück!«, schrie Glöckchen, und die Vertigonauten hoben Tinea hoch zu dem zappelnden, sich schüttelnden Türrahmen. Herr Schnettelbeck packte ihre Hand und quetschte sich durch. Er verkratzte sich dabei den Panzer, aber das durfte ihn nicht aufhalten!

Die Tür wollte sofort wieder zufallen, aber Tineas Arm war dazwischen. Sie drückte sich in den Spalt und schob ihn gewaltsam mit dem Ellbogen weiter auf.

»Ha«, rief sie. »Du hältst mich nicht auf, du Tür!«

Dann bockte die Tür schon wieder, und Tinea purzelte vorwärts. Hinter ihnen fiel die Tür ins Schloss.

11. Kapitel

Im Wilden Wanderkorridor

Wir konnten uns gar nicht mehr bedanken«, sagte Tinea, stand auf und rückte ihren Rucksack zurecht. »Bei den Vertigonauten, meine ich.«

Herr Schnettelbeck brauchte etwas länger, um sich aufzurappeln. Erst einmal musste er schauen, wo er war, bevor er auch nur an Höflichkeiten denken konnte!

»So, so«, sprach Tinea weiter. »*Das* ist also ein Wilder Wanderkorridor.«

»Es sieht sehr gesittet aus«, urteilte Herr Schnettelbeck. »Geradezu gemütlich.«

»Und es schaukelt auch nicht mehr«, bemerkte Tinea.

Tatsächlich hatte das Bocken und Schütteln aufgehört, sobald die Tür hinter ihnen zugeschlagen war. Alles war still und solide. Das war sehr merkwürdig.

Der Wilde Wanderkorridor war so breit wie ein Hausflur und in blassem Grün gestrichen. Anders als ein Hausflur war er unendlich lang. Herr Schnettelbeck kniff die Augen zusammen. Der Korridor wurde in der Ferne winzig klein, aber das Ende war nicht zu sehen. Auf dem Boden lag ein verblichener, rotgemusterter Läufer. Auch er schien fortgewebt zu sein bis in die Unendlichkeit. An der linken und rechten Seite befanden sich Türen, eine nach der anderen – ebenfalls bis in die Unendlichkeit. Dann und wann sah man ein kleines, elegantes Tischchen, wie man sie in alten Häusern findet, oder eine kleine Bank zum Ausruhen.

Herr Schnettelbeck schnaufte. »Ich glaube nicht, dass ich je im Leben so viele Türen gesehen habe.«

»Doch«, sagte Tinea altklug. »Diese Türen hast du alle schon mal gesehen. Beziehungsweise entweder du oder ich. In einem Wanderkorridor begegnet man allen Türen, die man je im Leben gesehen hat.«

»Ach«, sagte Herr Schnettelbeck.

»Jep«, fuhr Tinea fort. »Man muss durch den Korridor laufen, bis man zu einer Tür kommt, die dahin führt, wo man hinwill. Dann geht man durch, und man ist da.«

»Woher weißt du das denn schon wieder?«, fragte Herr Schnettelbeck. »Und wieso hat mir das keiner gesagt?«

»Hat mir Glöckchen erklärt. Du warst auch dabei, aber ich glaube, du hast über irgendwas gemotzt. Deshalb hast du nicht gehört, was er gesagt hat.«

Herr Schnettelbeck schnaubte, aber er entschied, dass es jetzt Dringenderes zu tun gab, als Tineas Mundwerk zurechtzustutzen. Er sah sich genauer um.

Die Tür, durch die sie gekommen waren, war nicht links oder rechts, sondern ganz am Anfang des Korridors – so, als wäre es die Haustür. Auf ihr klebte ein Schild:

> *Achtung: Nur Toilettentüren, die mit dem orangefarbenen Schild »Toilettentür« über dem Türrahmen gekennzeichnet sind, führen wirklich*

in eine sanitäre Anlage! Alle anderen Türen,
auch wenn sie wie Badezimmertüren aussehen,
sind dimensionäre Ausgänge!

»Ob wir auch an allen Badezimmertüren vorbeikommen, die wir jemals gesehen haben?«, überlegte Herr Schnettelbeck.

»Je nachdem, wie lange wir hier drinbleiben müssen«, sagte Tinea. »Na schön. Es nützt ja nichts. Lass uns losgehen.«

Sie kamen nur drei Schritte weit. Bei der ersten Tür rief Herr Schnettelbeck überrascht: »Das ist ja die Tür von meinem Chef in der Metallwerkstatt!«

»Und?«, fragte Tinea. »Willst du durchgehen?«

Herr Schnettelbeck schüttelte sich. »Zu diesem Ausbeuter? Nein!«

An die nächste Tür (eine wacklige Holztür) konnte sich keiner der beiden erinnern, und an die übernächste (eine feine, mit Bastmatten bespannte Tür) und die danach (eine langweilig weiß getünchte) auch nicht. Dann erkannte Tinea in einer Gittertür den Eingang zu einer Höhle, in der sie als Kind manchmal gespielt hatte, und Herr Schnettelbeck fand die mit Butzenscheiben verzierte Küchentür eines seit dreißig Jahren verstorbenen Gesangsvereinskameraden.

Eine Weile lang vergnügten sie sich damit, die Türen zu kommentieren und überraschte Freudenschreie auszustoßen, wenn sie eine wiedererkannten. »Verrückt, wie viele Türen man in seinem Leben so sieht«, rief Tinea. »Und man nimmt das so selbstverständlich!« Nach ein oder zwei Stunden allerdings ließ ihre Begeisterung nach.

»Immer noch keine Tür, die uns in die Unterstadt zurückbringen könnte«, seufzte Herr Schnettelbeck. »Oder sind wir schon an einer vorbeigekommen und haben die Chance verpasst?«

Tinea verzog nachdenklich das Gesicht. »Wenn wir an allen Türen vorbeikommen, durch die wir jemals gegangen sind, dann müssen wir ja früher oder später an einer Unterstadt-Tür vorbeikommen, die wir wiedererkennen«, tröstete sie Herrn Schnettelbeck.

Der betrachtete gerade eine wunderschöne, alte Holztür mit Intarsien, die er bestimmt einmal in einem alten Schloss oder Anwesen gesehen hatte. »Nur, wie lange dauert das?«, fragte er ärgerlich. »Ich bin ein alter Käfer, ich kann keine endlose Strecke laufen! Niemand denkt an die alten Leute, so ist es doch!«

»Zieh deine Hosenträger hoch und reiß dich zusammen«, schnaubte Tinea. »Laufen musst du, sonst kommen wir nie wieder hier heraus. Wilde Wanderkorridore werden nicht für fußlahme Leute gemacht. Sagt Glöckchen.«

Herr Schnettelbeck ließ diese Bemerkung vorbeiziehen. »Wie lange laufen wir eigentlich schon?«

»Keine Ahnung. Aber ich würde mich freuen, wenn wir bald an einer dieser orangefarben gekennzeichneten Toiletten vorbeikommen würden.« Tinea spähte.

»Wird es hier jemals dunkel?«, fragte Herr Schnettelbeck. Der Korridor war von einem stets gleichbleibenden, sanften Licht erfüllt. Aber wo das Licht herkam, war unmöglich zu erkennen.

»Hm, ich glaube nicht«, murmelte Tinea. »Draußen ist es ja Nacht. Und wenn es hier drinnen jetzt nicht dunkel ist, wird es wahrscheinlich überhaupt nie dunkel.«

Endlich kamen sie an einer Tür vorbei, über deren Rahmen ein eindeutig orangefarbenes Schild hing. Tinea freute sich.

Während sie dahinter verschwand, spähte Herr Schnettelbeck den Gang in beide Richtungen entlang. Immer noch war kein Ende zu sehen, und auch vom Anfang war kein Fitzel mehr zu erkennen.

Tinea kehrte zurück, und sie setzten ihren Weg fort. Aber irgendwie kam Herrn Schnettelbeck der Weg nun nicht mehr beschwerlich vor. Er war mittlerweile wohl in dem Zustand, den man oft bei langen Wandermärschen erreicht – eine heitere Gleichgültigkeit, bei der sich die Füße nicht mehr schwer anfühlen. Ist doch noch Kraft in diesen alten Knochen, dachte er zufrieden.

Sie liefen weiter, bis sie müde wurden. An Stalltüren kamen sie vorbei, an Küchentüren, an unendlich vielen Türen, an die sie sich nicht erinnern konnten; und schließlich legten sie sich hin, rollten sich in die Decken aus ihrem Beutel und schliefen ein.

Sie wussten nicht, wie lange sie geschlafen hatten. Es gab hier ja keine Tageszeiten! Aufgrund seines Alters hatte Herr Schnettelbeck einen leichten Schlaf und wachte vor Tinea auf. Eine Weile wartete er ungeduldig, dann weckte er sie.

»Urgh«, machte Tinea und versuchte sich wieder einzurollen, aber Herr Schnettelbeck ließ sie nicht.

»Faules Pack, die jungen Leute«, schimpfte er. »Du hast viel länger geschlafen als ich! Zu meiner Zeit, da hatte man in der Jugend noch Disziplin und Spannkraft!«

»Du Sausack«, schimpfte Tinea zurück. »Weißt du, warum ich noch müde bin? Weil du die ganze Zeit im Schlaf vor dich hin gebrabbelt hast, deswegen! Und was für ein dummes Zeug! Erst die jungen Leute wachhalten und dann nölen, wenn sie morgens müde sind!«

Herr Schnettelbeck ärgerte sich. »Was soll das heißen? Belauschst du mich im Schlaf?!«

»Ja«, erwiderte Tinea und stand mühsam auf. »Entweder belauschen oder erwürgen. Und dann habe ich dich lieber belauscht. Zumal du so interessantes Zeug erzählt hast. Von Fräulein Monifa, zum Beispiel«, fügte sie hinterhältig hinzu.

Herrn Schnettelbeck durchfuhr es glühend heiß. »Was, was?«, stotterte er. »Monifa?«

Tinea fuhr sich durch ihre wirren Haare. »Ja. Ich weiß nicht, wo du den Text herhattest, aber ich vermute, aus einem Serienroman. Du weißt schon, diese Heftchen mit Titeln wie *Schicksal auf der Orkanhöhe* oder *Entflammte Feuerwanzen.*«

Herr Schnettelbeck wusste nicht, was er tun sollte, also empörte er sich wieder einmal. »Frechheit«, raunzte er. »Unverschämtheit!«

»Jaja. Komm du erst mal mit deinen romantischen Fantasien von Monifa zurecht«, wies ihn Tinea an und holte ihr Frühstücksbrot aus dem Beutel.

»Romantische Fantasien? Hah! Ich«, erklärte Herr Schnettelbeck empört, »bin ein verheirateter Mann!«

»Was?!« Tinea riss die Augen auf. »Du hast mal eine abbekommen, die dich sogar geheiratet hat? War die betrunken?«

»Das geht dich überhaupt nichts an. Jedenfalls bin ich bereits fürs Leben gebunden. Auch wenn meine Frau mich damals für einen Käfer in Uniform verlassen hat«, setzte er hinzu.

Tinea beäugte ihn scharf. »Einen Ring trägst du jedenfalls nicht mehr. Und deine Holde hast du noch kein einziges Mal erwähnt, seit wir uns kennen. Das spricht nicht dafür, dass du sie besonders vermisst. Sag mal, bist du nicht aus Moosing?«

Herr Schnettelbeck legte den Kopf schief. »Ja. Und?«

»Na, kennst du dann nicht die Zehnsuchtsregel?«

»Was soll das denn sein?«

Tinea riss ihr Brot in kleine Fetzen vor lauter Erregung darüber, dass Herr Schnettelbeck die Zehnsuchtsregel nicht kannte. »Na, das ist ein Paragraph aus der Gesetzgebung von Westwärts! Wenn Ehepartner seit zehn Jahren nicht mehr miteinander gesprochen haben – oder Briefe geschrieben oder so –, dann gelten sie als geschieden, sobald einer der beiden das gern möchte. Na, und wie lange war's bei dir?« Sie ordnete ihre kleinen Brotstücke und schob sie sich in den Mund, eins nach dem anderen.

»Nie im Leben zehn Jahre!«, rief Herr Schnettelbeck entrüstet. »Das war der Sommer, wo es im Juli den Dauerhagel gab. Das sind jetzt ... warte mal.« Er rechnete kurz nach. »Himmel noch mal! Das sind ja wirklich schon zehneinhalb Jahre! Wie kann denn die Zeit so schnell vergangen sein?«

»Mach dir nix draus.« Tinea kicherte. »Manche Leute schaffen es, zehn Jahre kein Wort zu wechseln, obwohl sie im selben Haus leben und zur selben Zeit schlafen gehen.«

»Du meinst, sie sagen sich zehn Jahre lang nicht einmal guten Morgen und gute Nacht?«, fragte Herr Schnettelbeck ungläubig.

»Anscheinend ja«, kicherte Tinea.

Da dachte er bei sich, dass seine Ehe wohl doch gar nicht so leidenschaftslos geendet hatte. Immerhin hatten sie sich noch begrüßt und verabschiedet und nach dem Niesen Gesundheit gewünscht! Er schob sich sehr nachdenklich ein Stück Brot in den Mund. Er war ein freier Mann!

»Also kannst du deiner Monifa schnulzige Liebesgedichte schicken«, erklärte Tinea. »Statt mich zuzubrabbeln, wenn ich schlafen will.«

Herr Schnettelbeck schnaufte. »Über deine Frechheiten will ich mich hier gar nicht äußern. Los, ziehen wir weiter. Wir haben noch einen langen Weg vor uns. Vermutlich.« Und er stapfte vor Tinea her, entschlossen, sie nicht mehr anzuschauen, bis sein Gesicht wieder seine normale Temperatur erreicht hatte. Aber das war gar nicht so einfach, denn jetzt waren seine Gedanken völlig auf Monifa eingefahren. Vor seinem geistigen Auge erschienen ihre reizenden Antennen und ihre anmutig schwingenden Tympanalorgane, und er versank in dieser Träumerei und kam nicht wieder heraus bis zum Mittagessen.

Und so wanderten sie weiter durch den endlosen Korridor. Ab und zu kamen sie an einem Schuhschränkchen vorbei oder an einem kleinen Stehtischchen mit einer Blumenvase drauf. Sie sahen altbekannte Türen oder eine Tür, an die sie sich zu erinnern glaubten – aber keine Tür, die sie zurück nach Unterstadt bringen würde.

Da blieb Herr Schnettelbeck plötzlich wie angewurzelt stehen.

»Was ist?«, fragte Tinea. »Ist das eine Tür, die wir brauchen können? Ich kann mich nicht an die erinnern.«

Herr Schnettelbeck schluckte. Plötzlich überkam ihn das Heimweh wie eine riesige Welle. »Nein, die kennst du auch nicht«, sagte er ehrfürchtig und fuhr mit seinem Käferbein über das Holz. »Das ist meine Haustür. Meine eigene Haustür.«

Tinea trat einen Schritt zurück und betrachtete Herrn Schnettelbeck, aber sie sagte nichts.

Herr Schnettelbeck hatte sich noch nie so gefreut, seine Tür zu sehen. Wie durch eine magische Kraft zog es ihn zu der Türklinke. Nur einmal den Fuß darauf legen, die Klinke herunterdrücken – und er wäre zu Hause. Er könnte all diesen Ärger hinter sich lassen und einfach etwas Besseres mit seinem Leben anfangen. Nur ein Schritt, und er wäre in seinem alten Flur, mit den alten, knarzenden Dielenbrettern, und er müsste nur die zehn Schritte in die Küche laufen, und dort könnte er sich etwas zu essen machen (in der Speisekammer war nur noch Eingemachtes, aber morgen früh könnte er einkaufen gehen). Und dann könnte er sich in sein moosiges, kühles Bett legen und dann …

Dann könnte er immer noch keine Dungkugel rollen, und die Sterne wären immer noch verschwunden. Und Monifa würde er nicht wiedersehen.

»Geh ruhig«, hörte er Tineas Stimme wie aus weiter Ferne. »Mit dem Bürgermeister werden wir schon fertig. Ich besuch dich dann, wenn wir ihn erledigt haben.«

Nur die Klinke drücken und heimgehen. Die Sehnsucht zerrte so sehr an Herrn Schnettelbecks Käferherz, dass es ihn fast zerriss. Schon lag sein Vorderfuß auf der Klinke. Aber er konnte nicht gehen. Er hatte noch so viel zu erledigen. Er musste noch so viel herausfinden. Er musste Tinea noch so viel beibringen. Und dem Bürgermeister in den Hintern treten für seine Niedertracht. Und die Sterne an den Himmel zurückbringen. Und Fräulein Monifa ausführen, das musste er natürlich auch. Nein, er konnte nicht gehen. Denn was war schon ein vertrautes Bett und eine vertraute Wohnung und eine vertraute Nachbarschaft, wenn man dann doch nur alles bereute? Dann könnte man sich auch gleich hinlegen und sterben. Und sterben konnte er noch nicht. Nicht, solange die Sterne nicht wieder am Himmel waren!

Herr Schnettelbeck ließ die Klinke los und brach sich fast das Herz dabei. »Nein«, sagte er mit zitternder Stimme. »Ich mache weiter.«

»Blödsinn«, ermutigte ihn Tinea. »Du musst dir das nicht antun. Wir schaukeln das schon.«

Herr Schnettelbeck schüttelte stumm den Kopf.

»Ganz sicher?«, hakte Tinea nach.

»Was soll das heißen?«, schnaubte Herr Schnettelbeck. »Natürlich ganz sicher! Lass uns gehen!« Und dann drehte er sich schnell um, damit seine Haustür ihn nicht mehr in Versuchung führen konnte, und sie stiefelten weiter – Stunde um Stunde.

Zumindest mussten es wohl Stunden sein, denn keiner hatte eine Uhr dabei. Aber irgendwann wurden sie hungrig. »Das ständig gleiche Licht macht mich wahnsinnig«, gestand Tinea irgendwann. »Das ist eigentlich noch schlimmer als das wetterlose Wetter auf dem hochkanten Ozean. Wie viele tausend Türen haben wir wohl bis jetzt gesehen?«

Herr Schnettelbeck sagte nichts. Ihm war sogar das Meckern vergangen. Er war erschöpft und fühlte sich alt. Zum ersten Mal fühlte er sich so alt, wie er wirklich war. Gar nicht so angenehm, dachte er.

»Für wie lange haben wir noch Essen?«, fragte Tinea.

Herr Schnettelbeck zuckte nur mit den Schultern und marschierte weiter. Da plötzlich erblickte er den armen Artibeus Speck. Jetzt sehe ich schon Gespenster, dachte er.

Aber es *war* Artibeus Speck, dessen ausgestopfter Balg ihn von links angrinste.

»Diese Tür!«, schrie Herr Schnettelbeck aufgeregt. »Das ist sie! Das ist die, die wir suchen!«

Tinea stand fassungslos vor dem eisenbeschlagenen Ding. »Die steht verkehrt herum«, sagte sie.

»Richtig! Weil sie in Unterstadt ist! Im Fledermuseum!«

»Und … da ist was drauf festgenagelt«, stellte Tinea verstört fest.

»Das ist Artibeus Speck, der Museumsgründer«, erklärte Herr Schnettelbeck.

»Warum ist er drauf festgenagelt?«, fragte Tinea, immer noch verstört.

»Das ist eine Tür, die von einer großen Ausstellungshalle abzweigt. Die müssen wir nehmen. Besser hätten wir es gar nicht treffen können!« Herr Schnettelbeck rieb sich die Vorderfüße. »Das Fledermuseum ist der einzige Ort, wo der Bürgermeister nicht nach uns suchen kann, weil die Fledermäuse dort Souveränität haben.«

»Das ist schön, aber ich meinte das pelzige Dingsda obendrauf«, gurgelte Tinea. »Erklär mir das.«

»Das erkläre ich dir später, jetzt müssen wir durch die Tür«, drängte Herr Schnettelbeck. »Eine bessere Gelegenheit finden wir nicht!«

Tinea schaute den Korridor entlang. »Ja, da hast du wohl recht. Fein. Dann gehen wir.« Vorsichtshalber hakte sie sich bei ihm ein.

Herr Schnettelbeck schaute etwas ängstlich zu dem Präparat hinauf und legte seinen Fuß auf die eiserne Klinke. Was jetzt wohl passieren würde?

»Drei, zwei, eins«, sagte er und schwang die Tür und den darauf festgenagelten Artibeus Speck zur Seite.

Sie konnten nicht einmal einen Schritt hindurch machen. Die Tür verschluckte sie einfach.

Es war dunkel. Als Herr Schnettelbeck um sich tastete, fühlte er Holzpaneele neben sich. Er wusste zwar, dass er in der Unterstadt sein musste. Aber die Schwerkraft zog nicht an ihm – sie standen also richtig herum! Und wenn sie nicht richtig herum gestanden hätten, dann wäre Tinea schon längst abgestürzt. Alles sehr seltsam. Er lehnte sich gegen die Holzpaneele und ließ Tineas Arm los.

»Wo sind wir?«, flüsterte Tinea. Ihr Flüstern hallte. Aber schon konnte Herr Schnettelbeck ihre Silhouette gegen die Dämmerung sehen. Seine Augen gewöhnten sich schnell an die Dunkelheit.

»Jedenfalls in einem sehr großen Raum«, flüsterte er zurück. »Bleib genau da stehen, wo du bist! Vor dir ist ein Geländer.«

Tinea stand still wie eine Kerze. »Ah, so langsam sehe ich ein bisschen was.«

Herr Schnettelbeck schob sich vorsichtig zum Geländer hin und schaute hinüber. Da unten war nichts, nur Dunkelheit, und – der Mond. Da unten war der Mond. Jetzt war er völlig verwirrt. War das vielleicht ein Spiegelbild? Das Spiegelbild des Mondes im Meer? Aber das Fledermuseum hatte doch gar keinen Meerblick! Und einen Mondblick hatte es natürlich auch nicht.

»Hallo?«, rief er zaghaft.

Oh? Oh? Oh?, kam das Echo zurück. Der Raum musste wirklich sehr groß sein!

Herr Schnettelbeck schaute herum, und dann sah er, dass das Geländer vor ihm weiterging. Immer weiter, in einem riesigen Kreis. Und wenn man genau hinschaute, dann konnte man auch da unten in der Tiefe Schweißnähte sehen. Und Nieten. Und der Mond – der lag dazwischen, und von ihm aus führte eine ganz schwache Lichtsäule nach oben. Kleine Staubflocken tanzten darin.

Und endlich ging Herrn Schnettelbeck ein Licht auf.

»Die Kuppel!«, rief er, und es hallte. »Wir sind in der Kuppel! Im Observatorium. Da unten, das ist das projizierte Bild des Nachthimmels. Über uns ist irgendwo eine Linse, die zur Erdoberfläche führt und das Firmament einfängt. Und außen herum um die Kuppel führt diese Balustrade hier. Ich nehme an, damit man von allen Seiten Aufzeichnungen über den Nachthimmel machen kann.« Eifrig krabbelte er am Geländer entlang.

Tinea tastete sich hinter ihm her. »Bist du schon mal hier gewesen? Wo geht's denn nach draußen?«

Und während Herr Schnettelbeck sich noch umsah, ging plötzlich in weiter Ferne, am anderen Ende des Observatoriums, eine Tür auf. Licht strömte herein, aber gleich darauf wurde die Tür wieder geschlossen. Jemand fing an, fröhlich eine Melodie zu summen.

Herr Schnettelbeck erstarrte. Tinea krallte sich an sein Vorderbein.

Ein dunkler Schatten flatterte durch den Raum, einmal durch den Lichtkegel, und landete dann auf dem Geländer. Ein paar Sekunden starrte der Schatten hinunter in die Kuppel, als wäre er ein Wasserspeier. Dann plötzlich drehten sich die enormen Ohren, die er auf dem Kopf hatte.

»Hier ist doch jemand. Ich höre den Herzschlag.« Herr Schnettelbeck erkannte die Stimme: Es war Kannegießer, die Observatoriumsleiterin. Und nun wurde ihre Stimme forsch: »Kommen Sie raus aus Ihrem Versteck!«

Herr Schnettelbeck räusperte sich. Jetzt war Höflichkeit angebracht. »Wir … wir sind gar nicht versteckt, gnä' Frau. Es ist nur so dunkel hier.«

»Wie kommen Sie denn hier rein?«, schnaubte Kannegießer etwas ängstlich, aber auch ziemlich wütend. »Das Observatorium ist für Besucher geschlossen!«

»Schnettelbeck ist mein Name«, erklärte Herr Schnettelbeck schnell. »Ich habe neulich Ihr Museum besucht, wissen Sie noch?«

Tinea mischte sich hilfreich ein. »Ziemlich alter Sack, meckert viel rum, auf der Suche nach den Sternen?«

»Der Mistkäfer?«, fragte Kannegießer, die klang, als ginge ihr ein Licht auf.

»Genau. Und mein Name ist Tinea. Ich komme aus der Oberstadt.«

Herr Schnettelbeck hatte gedacht, die Fledermäuse würden nett zu ihnen sein. Dass man ungebetene Gäste nicht unbedingt freundlich empfängt, wenn sie schon mitten im Haus stehen, das war ihm gar nicht eingefallen.

Kannegießer rief misstrauisch durch die Kuppel: »Wie sind Sie hier reingekommen?«

Herr Schnettelbeck warf sich mit Tinea im Dunkeln einen unsicheren Blick zu. »Durch einen Wilden Wanderkorridor«, erklärte er kleinlaut.

»Bitte?!«, fragte Kannegießer, die keine Ahnung hatte, was das sein sollte.

Also schleppte sie die beiden Dimensionsreisenden in die Teeküche der Museumsangestellten. Dort saß Blechstein mit einer Zwergfledermäusin am Tisch und brütete über Gebäudeplänen. Einige andere Fledermäuse schlürften Tee und Kaffee. Auf dem Fußboden saß Strella, das Fledermauskind, und spielte mit Bauklötzen. Als Kannegießer mit den Reisenden eintrat, hoben alle erstaunt die Köpfe.

»Die zwei da habe ich im Observatorium aufgegabelt«, erklärte Kannegießer, immer noch etwas ärgerlich. »Wie sie da reingekommen sind, haben sie mir noch nicht erklären können.«

»Der Käfer schon wieder«, seufzte Blechstein, als wäre er persönlich von Herrn Schnettelbeck enttäuscht. »Na schön.«

Herr Schnettelbeck wunderte sich. Zwar standen die Ausstellungsräume des Museums auf dem Kopf – für die Besucher – aber die Arbeits- und Privaträume der Zitadelle waren mit den Füßen nach unten ausgerichtet! Für Tinea war das ein Glück.

»Es tut uns wirklich leid, dass wir so eingedrungen sind«, erklärte die den Fledermäusen. »Das hatten wir auch gar nicht vor. Also, das war so: Die Tante des Bürgermeisters hat uns auf ihrem Dampfer ans Ende der Welt gefahren und mit einer Kanone über die Kante schießen lassen. Wir sind aber gerettet worden, nur sind wir dabei in der falschen Dimension gelandet. Und zurück konnten wir nur durch einen Wilden Wanderkorridor. Der hat uns nach Unterstadt zurückgebracht – aber eben zufällig mitten ins Museum. Ich kann Ihnen das gern noch genauer erklären, aber das ist die Kurzfassung.«

»Stellen Sie sich erst mal vor«, forderte Blechstein sie auf. »Oder haben Sie überhaupt keine Kinderstube gehabt?«

»Nee, ich habe auf'm Dachboden gewohnt«, erklärte Tinea fröhlich (hier war alles hell erleuchtet, und deswegen wurde sie gleich wieder frecher). »Ich heiße Tinea und gehöre zu den Rebellen aus der Oberstadt. Und Herr Schnettelbeck hier auch. Deswegen hatte es die böse Tante ja auf uns abgesehen.«

Widerwillig wechselte Blechstein Blicke mit seinen Kollegen. »Nun ja«, sagte er. »Mein Name ist Blechstein, ich bin der Museumsdirektor. Kannegießer kennen Sie ja jetzt auch schon. Hier ist Nepenthe, unsere Technikerin. Und das hier ist Fürbaß, unsere Kuratorin.« Er deutete auf die Zwergfledermaus, die ihm gegenübersaß.

»Das ist aber ein ungewöhnlicher Name«, sagte Herr Schnettelbeck höflich.

Fürbaß seufzte damenhaft. »Oh, mein Vater war Kapellmeister. Er hat tolle Stücke für Männerchöre geschrieben. Und er hat natürlich gehofft, dass ich ein Junge werde. Aus lauter Vorfreude hat er viele Stücke für Bass geschrieben. Deswegen heiße ich jetzt so. Aber ich bin natürlich kein Bass geworden. Nicht mal ein Alt. Aber da ist er ja auch selber schuld, mein alter Herr. Er hätte ja auch mal Stücke für Sopran schreiben können.«

Hinter ihrem Flügel schaute Strella hervor und nagte an ihrer Flügelspitze.

»Das ist Strella, meine Tochter. Strella, sag hallo.«

»Hallo«, sagte Strella. »Den Käfer kenn ich.«

Herr Schnettelbeck räusperte sich. »Ähm. Ja.«

»Spielst du jetzt Murmeln mit mir?«

»Tut mir leid, ich habe etwas Wichtiges zu tun«, sagte Herr Schnettelbeck steif.

»Pöh. Immer haben Erwachsene was Wichtiges zu tun«, schmollte Strella.

»Also, der langen Rede kurzer Sinn ist der«, fuhr Tinea fort. »Die Bewohner von Oberstadt lassen sich nicht mehr länger von den Unterstädtern diskriminieren. Das hat Odel auch gemerkt, und deshalb hat er uns verhaften lassen, als wir Flugblätter verteilt haben. Wie wir hierhergekommen sind, ist gar nicht so wichtig.« Sie stützte sich mit den Händen auf die Tischplatte und lehnte sich vor. »Wichtig ist, dass es Odel an den Kragen geht. Wir halten nicht still, bis wir das Recht haben, frei in der Unterstadt zu leben. Genauso wie die Nicht-Wirbeltiere. Und die Frage ist: Wollen Sie uns dabei unterstützen?«

Kannegießer wechselte einen Blick mit Blechstein. Brennend begeistert waren sie jedenfalls nicht.

Herr Schnettelbeck räusperte sich. »Sehen Sie, es gibt auch Nicht-Wirbeltiere wie mich, die solche Unterscheidungen in Wirbeltiere und Nicht-Wirbeltiere für völlig überholt halten. Wir sollten uns alle verstehen, nicht wahr?«

Die Fledermäuse tauschten bedeutungsvolle Blicke aus, und Fürbaß rieb sich das Kinn. Langsam sagte sie: »Herr Schnettelbeck, Sie haben doch unsere Kopie des Stadtrat-Erlasses zur Verbannung der Wirbeltiere gesehen, nicht wahr?«

»Ja, natürlich«, erwiderte Herr Schnettelbeck. »Mit der Fußnote, die besagt, dass Fledermäuse toleriert werden müssen.«

»Richtig, Toleranz ist das Stichwort«, sagte Fürbaß gelassen. »Wir werden hier geduldet. Das Original des Erlasses hängt im Rathaus. Und wenn der Bürgermeister beschließt, am Ende der Seite ein paar Zeilen abzuschneiden – dann verlieren wir unser Bleiberecht hier. Einfach so. Dafür braucht er nur eine Schere.«

Herr Schnettelbeck schwieg betroffen.

Tinea haute mit der flachen Hand auf den Tisch. »Na und? Wenn wir alle zusammenhalten, dann soll Odel mal sehen, wie er seinen Erlass durchsetzt! Und wenn erst mal alle Wirbeltiere in Unterstadt bleiben dürfen, gibt es auch keinen Erlass mehr, vor dem man sich fürchten muss.«

»Wie viele sind Sie denn da oben in Oberstadt?«, fragte Blechstein herablassend.

»Wir sind immerhin ... ähm ... fast zehn«, sagte Tinea etwas kleinlauter. »Und wir haben eine Hexe.«

Fürbaß seufzte freundlich. »Ihr Idealismus in allen Ehren, aber das ist Quatsch.«

Strella klickte eine Murmel gegen die Wand. Das war das einzige Geräusch in der Stille, denn auch Tinea wusste nun nicht mehr, was sie sagen sollte.

Endlich sprach Kannegießer. »Es tut uns leid, dass wir Ihnen nicht helfen können.« In ihrer Stimme lag ehrliches Mitgefühl.

Tinea richtete sich auf. »Schon gut«, sagte sie etwas pampig. »Wir schaffen es auch alleine.«

Die Fledermäuse wechselten resignierte Blicke. Nur Strella hörte interessiert zu und schnickte weiter ihre Murmel gegen die Wand.

Blechstein räusperte sich. »Na ja, eine Sache können wir für Sie tun. Wir haben einen Durchgang zur Erdoberfläche. Eigentlich ist es nur der Wartungsschacht für unsere Observatoriums-Linse, aber Sie können dadurch zur Oberfläche fliegen. Dann besteht keine Gefahr, dass man Sie in der Stadt erkennt und verhaftet.«

»Tja, dann musst du mich tragen«, sagte Tinea zu Herrn Schnettelbeck.

»Schon wieder?!«, empörte sich Herr Schnettelbeck, denn er war frustriert. »Hättest du mal fliegen gelernt, dann, dann ...«

»War nur Spaß«, entgegnete Tinea spitz. »Ich weiß doch, dass du mich nicht so weit tragen kannst. Nicht mal zu deinen besten Zeiten. Wegen deiner arthritischen Gelenke.«

»Was für arthritische Gelenke?«, fragte Herr Schnettelbeck ärgerlich. »Ich hab nie behauptet, ich hätte Arthrose.«

»Du knackst immer, wenn du dich bewegst. Und du bewegst dich nicht gerade oft, muss ich sagen.«

»Ich knacke? Hah! Ich bin gerade durch einen Wilden Wanderkorridor gewandert, jawohl!« Herr Schnettelbeck lüpfte die Flügeldecken und surrte mit den Flügeln. »Herr Blechstein, zeigen Sie uns diesen Schacht, wenn's recht ist!«

Es war kurz vor Mitternacht, aber Haugbrot war noch wach, als die beiden verlorenen Rebellen zur Oberstadt zurückkehrten. Ob die Holzaugen sie sahen, scherte sie nicht mehr. Odel hätte die Oberstadt dem Erdboden gleichmachen können, während sie weg waren – hatte er aber nicht. Offensichtlich waren ihm die Oberstädter wirklich egal, solange sie ihn nicht störten.

»Ah«, sagte Haugbrot. »Da seid ihr ja wieder. Ist Grätzlich noch in Gefangenschaft? Ja? Schrecklich.« Und dann stiefelte er geschäftig davon.

Donna-Doria kam ihnen gleich darauf entgegengerannt. Sie drückte die beiden so fest, dass ihnen die Luft wegblieb, und erzählte ihnen, was sie sich für Sorgen gemacht hatte. »Wir dachten, ihr wärt verhaftet worden«, erklärte sie.

»Sind wir auch.« Tinea machte sich los. »Aber die ganze Geschichte erzählen wir nachher. Nur eins kann ich dir jetzt schon sagen: Nie wieder irgendwelche Pläne von Haugbrot.«

»Nie wieder«, bestätigte Herr Schnettelbeck seufzend.

»Nie wieder. Es reicht.« Tinea senkte die Stimme. »Jetzt müssen wir einen Plan auskochen, von dem Haugbrot nichts mitbekommt.«

Donna-Doria zog die Augenbrauen zusammen. »Ich weiß nicht. Ich mag diese Heimlichtuerei trotz allem nicht …«

Tinea stemmte die Hände in die Seiten. »Erst kam er mit den Anwälten, das hat nicht funktioniert. Dann kam der homöopathische Meuchelmörder. Zuletzt kam er mit dieser Idee, eine offene Rebellion anzuzetteln. Willst du dabei sein, wenn's das nächste Mal schiefgeht?«

Donna-Doria seufzte. »Nein, natürlich nicht.« Traurig setzte sie hinzu: »Ich habe schon elf missglückte Pläne von ihm mitgemacht, wisst ihr.«

»Was wir hier machen, ist kein Kinderspiel«, raunte Tinea. »Wir können sehr leicht unser Leben verlieren, wenn wir's nicht richtig anstellen. Das haben Schnettelbeck und ich gemerkt. Ich halte nicht noch mal für Haugbrot den Kopf hin.«

»Und wie sollen wir das Haugbrot beibringen?«, murmelte Donna-Doria. »Er ist doch unser Anführer.«

»Ist mir wurscht«, erklärte Tinea und kniff die Augen zusammen. »Ab jetzt mache ich, was ich will. Und ihr könnt mitmachen oder es sein lassen. Und als Erstes«, setzte sie sehr laut hinzu, »sind diese Holzaugen dran. Dann sehen wir weiter.« Mit hocherhobenem Kopf marschierte sie ab. Dabei stolperte sie mit ihren Stiefeln über ein Metallteil, das aus dem Boden ragte, und ärgerte sich mächtig, dass ihr schöner Abgang vermurkst worden war. Herr Schnettelbeck schaute ihr nach.

Da plötzlich wurde auch Donna-Doria lebendig. »Tinea hat recht«, sagte sie. »Wir dürfen nicht mehr so von Haugbrot abhängig sein. Wir müssen selber nachdenken. Wir alle zusammen wissen so viel und können so viele verschiedene Sachen, wir können bestimmt was erreichen. Irgendwie müssen wir ein heimliches Treffen ohne Haugbrot veranstalten.«

»Wir können ja unsere Einladung auf die übriggebliebenen Flugblätter drucken«, sagte Herr Schnettelbeck trocken. Dann hörte er sich reden und dachte: Tinea färbt auf mich ab.

Donna-Doria runzelte geistesabwesend die Stirn. »Ich frage die anderen, wer von ihnen bereit ist, etwas ohne Haugbrot auszuprobieren«, sagte sie entschlossen. »Emil ist bestimmt dabei. Wir müssen doch den armen Professor befreien!«

Herr Schnettelbeck seufzte. Jetzt waren sie schon über eine Dimensionsgrenze geschossen worden und durch einen Wanderkorridor zurückgewandert, aber ihre Probleme in der Oberstadt waren verwirrender als das ganze Dimensionskuddelmuddel.

Er raffte sich auf und ging Tinea suchen. Weit war sie nicht gekommen. Sie wühlte im Zelt in ihren Sachen herum.

»Was suchst du?«, fragte Herr Schnettelbeck.

»Weiß noch nicht, aber mir fällt was ein«, erwiderte Tinea. »Ich hab da so eine Idee.«

Herr Schnettelbeck war zu müde für irgendwelche schlauen Pläne. Eifrig krabbelte er zu seinem Feldbett und rollte sich in seine Decke.

»Schläfst du jetzt?«, fragte Tinea.

»Nein, noch nicht, aber ich habe es fest vor.«

»Ahahaha«, machte Tinea.

»Ich gehe morgen Nachmittag hinunter in die Unterstadt«, erklärte Herr Schnettelbeck. »Ich muss Fräulein Monifa noch einmal treffen. Vielleicht hat sie Neuigkeiten für uns.«

Tinea warf ihm einen Seitenblick zu. »Na schön, dann viel Erfolg.«

Herr Schnettelbeck schnaubte. Tineas Stimme hatte einen ganz schön frechen Beiklang gehabt, fand er. »Wenn du meinst, ich sollte eine Anstandsdame dabeihaben«, entgegnete er spitz, »dann kannst du gerne mitkommen.«

»Nee danke«, erwiderte Tinea. »Ich bleibe hier. Ich arbeite an meiner Idee.«

Aber was für eine Idee das war, wollte sie nicht sagen.

12. Kapitel

Bella und die Macht der Maschinen

Herr Schnettelbeck ging am frühen Nachmittag. Er dachte sich, so wäre es wahrscheinlich sicherer, denn dann wären so viele Leute auf den Straßen von Unterstadt, dass er nicht auffallen würde. Trotzdem zog er seinen Schal hoch über die Mandibeln und machte sich auf den Weg durch den Schacht. Immerhin kannte der Gegner nun sein Gesicht, und es war ja durchaus möglich, dass irgendwelche Wachleute auch eine Beschreibung von ihm hatten. Eine Sache allerdings musste er im Auge behalten: Odel kannte die Oberstädter, aber Monifa hatte er noch nie gesehen. Und das musste auch so bleiben. Monifa durfte nicht in Odels Visier geraten.

Am besten, dachte er sich, sollte ich sie gar nicht wiedersehen. Aber die Versuchung war zu stark.

Die Wachen würdigten ihn keines Blickes. Sie waren sich wohl sicher, dass der Mistkäfer und das Menschenmädchen über den Rand der Welt geflogen und damit für immer aus der Unterstadt verschwunden wären. Herr Schnettelbeck nickte ihnen zu und flog im Strom der anderen Pendler in die Stadt hinein.

Und nun? »Wo könnte sie denn sein«, murmelte er in seinen Schal hinein. Im Hellgrünen Krug, wo er sie das erste Mal getroffen hatte, war sie um diese Tageszeit bestimmt noch nicht. Hätte er sie nur gefragt, wo sie wohnte! Aber hatte sie nicht gesagt, dass an der Straßenecke bei ihrem Zimmer gleich zwei Meinungsmaschinen stünden? Herr Schnettelbeck rechnete kurz. Bei ihrer Meinungsmaschinen-Zählung hatten sie sie zwar alle gesehen und gezählt, aber leider nicht eingetragen, wo die Maschinen standen. Zu dumm! Er hatte bestimmt auch einmal zwei nebeneinanderstehen sehen, aber er wusste nicht mehr wo. Und dann auch noch an einer Ecke? Das gab es bestimmt nur einmal in der Stadt. Aber er würde jede einzelne Straße durchkämmen müssen.

Herr Schnettelbeck überlegte hin und her, wo er anfangen sollte. Unterstadt war zu groß, um einfach draufloszulaufen. Hätte ich nur den Stadtplan mitgenommen, dachte er. Aber wo sollte er einen herkriegen? Er traute sich auch nicht, einen Polizisten zu fragen. Der könnte ihn ja erkennen.

»Das Fledermuseum«, sagte er plötzlich halblaut, machte kehrt und krabbelte in Richtung der Zitadelle.

»Sie schon wieder?«, fragte Kuttelfleck erstaunt, als Herr Schnettelbeck vor ihm stand.

»Ich will Sie gar nicht lange stören«, flüsterte Herr Schnettelbeck. »Ich brauche nur einen Stadtplan, dann verschwinde ich.«

»Fürbaß hat doch gesagt, dass wir Ihnen nicht helfen«, flüsterte Kuttelfleck empört zurück. Hinter ihm betrachteten einige Silberfischchen versunken die Vitrinen, und sie sollten ihn nicht hören.

»Jemandem einen Stadtplan zu geben ist ja wohl kaum Beihilfe zur Revolution, oder?«, sagte Herr Schnettelbeck freundlich.

Kuttelfleck zog seine Schnauze noch krauser, als sie von Natur aus schon war. »Hmpf. Kommen Sie rein, hier in den Nebenraum!«

Er führte Herrn Schnettelbeck an den Vitrinen vorbei in ein kleines Büro, in dem einige Aktenschränke und ein wackliger Schreibtisch standen. Aus der Schreibtischschublade nahm er einen zerknitterten Stadtplan und faltete ihn auf. »Hier. Ich weiß nicht, was Sie suchen, aber ich hoffe, Sie suchen bald das Weite.«

Herr Schnettelbeck ignorierte diesen schlechten Witz und überflog den Bogen. »Ich suche eine Straßenecke, an der zwei Meinungsmaschinen nebeneinanderstehen«, sagte er.

»Nur zu. Die kleinen blauen Punkte sind die Meinungsmaschinen«, seufzte Kuttelfleck.

Herr Schnettelbeck schaute auf. »Nutzen Sie die Meinungsmaschinen eigentlich?«

Kuttelfleck schnaubte nur. »Nee. Sinnlose Energieverschwendung. Meinungen sind die billigste Energieform des Universums, wussten Sie das?«

»Energieform?«, zweifelte Herr Schnettelbeck. »Energie ist so etwas wie Kohle oder Öl. Was Handfestes. Doch nicht so etwas … Flüchtiges wie Meinungen.«

»Meinungen sind die einzige vollständig nachhaltige Energieform, die existiert«, beharrte Kuttelfleck. »Jeder generiert sie von ganz allein, und zwar ständig. Die Leute sind voller Energie, mit der sie ihre Meinungen kundtun und verteidigen. Diese Energie kann man ganz einfach anzapfen und ableiten, indem man ihnen eine Meinungsmaschine vor die Nase setzt. Der werfen sie ihre Meinungen von allein in den Schlund.«

»Ach«, machte Herr Schnettelbeck. »So habe ich das noch nie betrachtet.« Und er schämte sich ein bisschen, dass er auch so begeistert von den Meinungsmaschinen gewesen war.

»Odel hat es geschafft, dass die Leute all ihre Energie in das Schreiben und Abschicken ihrer Gedanken kanalisieren«, erklärte Kuttelfleck, und plötzlich wurde er wütend und zerknüllte ein Stück Papier. »Deshalb kann er auch tun und lassen, was er will. Wenn er mal wieder die Steuern erhöht, werden die Leute ihm nicht das Rathaus einrennen – sie schreiben bloß wütende Botschaften in die Meinungsmaschinen.«

»Und was die Meinungsmaschinen damit machen, das wissen Sie wahrscheinlich schon längst«, seufzte Herr Schnettelbeck und kratzte sich hinter der Antenne.

»Klar wie Kloßbrühe, natürlich wissen wir das«, schnaubte Kuttelfleck. »Wir sind immerhin Fledermäuse. Wir fliegen ständig in der Abenddämmerung durch den Schacht nach oben.« Er bleckte seine spitzen Zähne. »Das sind die Leute, die uns aus der Stadt werfen wollen, wissen Sie? Was interessiert es uns Fledermäuse, ob Odel diese Krabbelviecher mit seinen Maschinen zähmt und gefügig macht? Sie sind doch selber schuld, wenn sie sich von ihm ausnehmen und kontrollieren lassen. Und währenddessen sitzt Odel in seinem Rathaus, kassiert ihr Geld und muss nicht mal die Antenne krumm machen dafür. Wir finden's lustig, dabei zuzuschauen. Die Unterstädter haben's nicht anders verdient. Die wollen das ja selbst so!«

Herr Schnettelbeck hörte ihm gar nicht zu. Er schüttelte langsam den Kopf. »Wissen Sie, was Sie da sagen, das macht so viel Sinn. Meinungen sind eine Energieform! Natürlich. Und wenn man sie an der falschen Stelle verschwendet, hat man an der richtigen Stelle nicht mehr genug Energie, um etwas zu ändern. Das ist unglaublich schlau, wissen Sie das?«

Kuttelfleck wurde etwas verlegen. »Ach was, das ist eine alte Fledermausweisheit«, sagte er. »Wir sehen vieles. Sag ich doch immer.«

Herr Schnettelbeck fand plötzlich die Ecke auf dem Stadtplan, die er gesucht hatte. »Da, die Ecke an der Liebstöckl-Straße. Da muss ich hin«, erklärte er.

»Warum, wenn man fragen darf?«

»Da wohnt eine Dame, die ich wiedersehen muss.«

Da wurde Kuttelfleck aufmerksam. »Eine Dame?«

Schon wieder fühlte Herr Schnettelbeck sein Gesicht unterm Panzer erröten. »Ja.«

»Das ist direkt neben dem Polizeipräsidium«, sagte Kuttelfleck skeptisch. »Viel zu gefährlich.«

»Sie glaubt, ich wäre tot«, erwiderte Herr Schnettelbeck.

»Oh nein«, rief Kuttelfleck, und auf seiner faltigen Visage zeigte sich echtes Mitgefühl, »das ist ja tragisch! Nein, so was geht überhaupt nicht. Vielleicht tut sie sich was an!«

Ach ja. Kuttelfleck hatte ja diese Ader für tragische Liebesgeschichten. Herr Schnettelbeck erinnerte sich. »Na, das glaube ich nun nicht«, schnaubte er.

»Doch, solche Fälle gibt es! Ich weiß was Besseres.« Kuttelfleck winkte Herrn Schnettelbeck mit der Kralle heran. »Ich fliege gleich hin und hole sie her. Das ist sicherer.«

»Das geht nun wirklich nicht«, protestierte Herr Schnettelbeck.

»Oh doch, das machen wir«, sagte Kuttelfleck. »Und Sie

bleiben hier. Ist ja keine Beihilfe zur Revolution, zwei Liebende zusammenzuführen.«

Und Herrn Schnettelbecks Protest war ihm völlig wurscht.

Also saß Herr Schnettelbeck eine halbe Stunde lang in dem kleinen Büro und kam sich dumm vor, weil Kuttelfleck extra losgeflogen war. Frechheit, dachte er, alte Leute zu bevormunden!

Er wäre lieber selbst gegangen. Natürlich, er hätte gemotzt und genölt, dass er alles selber machen musste. Aber hielt diese Fledermaus ihn etwa für einen gebrechlichen Käfergreis? Und was würde Monifa denken?

Aber da hörte er das Knirschen des Eingangstores, und sein Herz begann zu rasen. War es Kuttelfleck mit Monifa?

Der war es. Grinsend kam er in das Büro, und Monifa trippelte hinter ihm her.

»Du lebst?«, rief sie und wrang alle verfügbaren Beinpaare. »Bist du's wirklich? Wie hast du's geschafft, dem Bürgermeister zu entwischen?«

Kuttelfleck schloss schnell die Tür, und Herr Schnettelbeck hastete zu Monifa hin, die sein Gesicht mit zwei Käferfüßen umfasste und erklärte: »Du bist's wirklich. Ich kann es immer noch nicht glauben. Ich dachte, Agharta Odel hätte dich über den Rand der Welt schießen lassen. Das tut sie mit unliebsamen Leuten immer, munkelt man in der Stadt. Manche Leute haben sogar schon Beschwerdezettel darüber in die Meinungsmaschinen geworfen.« (Zweifellos ohne jede Wirkung, dachte Herr Schnettelbeck.)

»Sie hat uns wirklich über den Rand der Welt schießen lassen«, erklärte er. »Aber dahinter liegt noch einiges. Und von da sind wir wieder zurückgekommen – dafür hat es eine Menge Glück gebraucht, aber das hatten wir.«

Und dann fasste er sich ein Herz, so wie er sich das im Wilden Wanderkorridor vorgenommen hatte. »Fräulein Monifa«, sagte er mit mannhafter Entschlossenheit, »möchten Sie noch einmal mit mir Kalte Ente trinken gehen?«

Kuttelfleck quiekte und schlug die Flügel über dem Mund zusammen. Ach ja, der war ja auch noch da! Das hatte Herr Schnettelbeck fast vergessen.

Fräulein Monifa lächelte schelmisch, bevor sie antwortete, aber diese halbe Sekunde kam Herrn Schnettelbeck vor wie eine Ewigkeit. »Ich glaube schon«, erwiderte sie dann. »Gleich heute Abend?«

Herrn Schnettelbeck rauschten die Ohren, und es war schrecklich heiß unter seinem Panzer. Außerdem pochte sein Herz so heftig, und deshalb dachte er sich: Ich habe doch keine Angst vor Odels Schergen! Außerdem denken die sowieso, ich wäre tot.

Also nickte er. »Gleich heute Abend! Und wenn mich irgendein Polizist erkennt, denkt er, er würde Geister sehen. Ich kann ja gar nicht in der Stadt sein! Unmöglich, nicht? Hahahaha!«

Monifa freute sich. »Wie schön! Aber jetzt musst du mir erst einmal erzählen, wie du überhaupt hierhergekommen bist!«

Kuttelfleck grinste vor sich hin. Plötzlich klopfte es an der Tür. Ohne auf Antwort zu warten, kam Strella in den Raum geflattert. Sie sah Herrn Schnettelbeck und fragte: »Spielst du *jetzt* mit mir Murmeln?«

»Tut mir leid«, sagte Herr Schnettelbeck etwas peinlich berührt, »aber ich kann gar nicht Murmeln spielen. Ich weiß nicht mehr, wie das geht.«

»Dann zeig ich es dir«, sagte Strella hoffnungsvoll. »Aber ich bring es dir so bei, dass ich immer gewinne!«

Kuttelfleck schnappte Strella und nahm sie auf den Schoß. »Unser Besuch hat jetzt was Wichtiges zu tun«, sagte er.

Strella zog eine Schnute. Den Satz hatte sie wohl schon sehr oft gehört.

Monifa, die Strella ja noch gar nicht kannte, sagte: »Schätzchen, Herr Schnettelbeck und ich wollen gleich zusammen Abendessen gehen. Wir sind schon schrecklich hungrig.«

»Und außerdem ist es nicht nett, Leuten das Murmelspielen so beizubringen, dass man selber immer gewinnt«, setzte Kuttelfleck hinzu und strich Strella die Ohren glatt.

»Ich glaube, ich bin auch schon ganz hungrig«, sagte die kleine Fledermaus nachdenklich und schlief auf Kuttelflecks Schoß ein.

Und nun erzählte Herr Schnettelbeck Monifa alles haarklein. Die Sache mit der Zehnsuchtsregel ließ er aber diskret unter den Tisch fallen. »Wir werden also Tag und Nacht beobachtet«, erklärte er Fräulein Monifa, »weil der Bürgermeister in den Birken um das Lager Holzaugen hat einbauen lassen.«

Monifa hörte gespannt zu. »Und was macht ihr gegen diese Holzaugen?«

Herr Schnettelbeck schniefte. »Wir müssen irgendwie den Zauber brechen. Unsere eigene Hexe weiß nicht, wie es geht, aber irgendein Weg wird sich ja wohl finden. Das Lager aufzugeben, ist keine Option. Wo sollten wir denn sonst hin? Und außerdem ist der ganze Landstrich voller Birken. Eigentlich gibt es gar keinen Ort, wo wir vor Holzaugen sicher sind.«

Staunend hörte Kuttelfleck zu. »Je mehr Sie mir von dieser Oberstadt erzählen, desto wilder wird es«, murmelte er.

»Es wird sogar noch wilder«, seufzte Herr Schnettelbeck. »Alles, was wir bisher gemacht haben, hat unser Anführer Haugbrot sich ausgedacht. Aber damit ist jetzt Schluss – Tinea will ab jetzt ihre eigenen Pläne umsetzen. Ich habe keine Vorstellung, was das sein soll, aber es wird bestimmt noch wahnsinniger. Sie haben sie ja kennengelernt.«

Und dann gingen Monifa und Herr Schnettelbeck noch einmal aus. Es war Samstagabend, und deshalb war viel los auf den Straßen. Herr Schnettelbeck hielt vorsichtshalber den Schal vor das Gesicht, weil er das Gefühl hatte, dass alle Polizeistreifen ihn genauestens taxierten. Aber niemand sprach sie an, und niemand folgte ihnen.

Zu Abend aßen sie im Hellgrünen Krug, und sie redeten und redeten, und Herr Schnettelbeck amüsierte sich so gut, dass er hinterher gar nicht mehr wusste, worüber sie eigentlich geredet hatten. Danach wollten sie noch etwas trinken gehen. Und dann geschah das Unglück: Als sie gerade an der achtzehnten Polizeistreife des Abends vorbeigingen, stutzte einer der Libellen-Polizisten plötzlich. Seine Flügel fingen an, vor Aufregung zu vibrieren, und dann rief er: »Halt, warten Sie! Stehen bleiben, Personenkontrolle!«

Herr Schnettelbeck und Monifa waren schon zwei Schritte an ihm vorbeigekrabbelt.

»Geh weiter«, flüsterte Monifa.

Herr Schnettelbeck tat so, als wüsste er gar nicht, dass er gemeint war. Aber dann spürte er plötzlich einen Libellenfuß auf dem Rückenpanzer.

»Halt, stehen bleiben! Sie! Ja, Sie meine ich!«

Da verlor Herr Schnettelbeck keine Zeit mehr. Er grapschte

sich Monifas Vorderbein und schob sich zwischen zwei große Käfer.

»He!«, rief der Polizist noch hinter ihnen her, aber schon waren sie in der Menge verschwunden. Hinter ihnen ertönte eine Trillerpfeife.

»Verdammt«, keuchte Herr Schnettelbeck. »Sie haben mich wohl doch nicht für tot gehalten. Zumindest nicht tot genug!«

Monifa schaute sich um, während sie hinter ihm hertrippelte und den anderen Passanten auswich. »Wohin? Zum Schacht?«

Herr Schnettelbeck überlegte schnell. Der Schacht war weit weg. Das Fledermuseum war näher, aber dort würde man ihnen ganz bestimmt kein Asyl geben. Nicht mit der Polizei im Schlepptau!

Da ertönte ein weiterer Pfiff aus einer Trillerpfeife – aber nun vor ihnen statt hinter ihnen. Herr Schnettelbeck schaute nach einer Seitengasse, aber es gab keine. Vor ihnen Polizisten und hinter ihnen Polizisten und dazwischen kein Entkommen.

Monifa zog an seinem Vorderbein und zeigte auf das größte Gebäude in der Straße. »Da rein«, flüsterte sie, und Herr Schnettelbeck folgte ihr. Das Gebäude war ziemlich offensichtlich eine Bar oder ein Nachtclub. Aber egal – es war groß, und deshalb gab es darin bestimmt eine Menge Publikum. Vielleicht hatte es sogar einen Hinterausgang!

Ein dicker, roter Samtvorhang verhängte die Tür. Monifa zog Herrn Schnettelbeck hindurch, und dann standen sie schon in der Bar. Herr Schnettelbeck schnaufte und schaute sich um. Bunte Lichter hingen von der Decke. Die Tische waren mit bunten Tischdecken belegt. Links neben ihm klebte eine Schnecke. Rechts neben ihm klebte eine Schnecke. Und vor ihm liefen ein paar Käfer herum – und dazwischen Schnecken.

»Das«, keuchte er, »das ist eine ... eine Schneckenbar?!«

»Komm, lass uns untertauchen«, flüsterte Monifa, und ohne dass er etwas dagegen tun konnte, zerrte sie ihn in die Menge. Vorbei an Schnecken – Herr Schnettelbeck wand sich, um sie nicht zu berühren – und vielen anderen Leuten. Aber die Schnecken waren klar in der Überzahl.

»Musste es denn ausgerechnet eine Schneckenbar sein?«, zischte er verzweifelt.

»Bist du allergisch auf Schneckenschleim?«, fragte Monifa besorgt.

»Nein«, erklärte Herr Schnettelbeck, »es ist nur ... ich mag keine Schnecken. Schnecken sind irgendwie krank. Nicht richtig Männchen und nicht richtig Weibchen. Ich finde das nicht gut.«

Monifa war ganz verblüfft und wusste gar nicht, was sie sagen sollte. Dann erwiderte sie enttäuscht: »Ich wusste gar nicht, dass du so altbacken bist!«

»Was heißt hier altbacken«, empörte sich Herr Schnettelbeck. »Ich bin ein Käfer von Prinzipien! Man muss mit mir nicht übereinstimmen, aber ich habe meine Meinung!«

Da drang eine laute Stimme durch die Bar: »Polizeikontrolle! Das Gebäude ist umstellt, wir suchen dringend einen männlichen Mistkäfer!«

Monifa zog ihn mit sich. »Los, zur Toilette! Dann zum Fenster raus!«

Eine dicke Schnecke neben ihnen schnaubte leise. »Pah. Das Gebäude ist umstellt. Hat er doch grade gesagt!«

»Aber ich könnte wegfliegen«, erklärte Herr Schnettelbeck.

»Viel Vergnügen. Das sind Libellen. Die holen euch ein und pflücken euch ruck, zuck im Flug aus der Luft.« Die Schnecke zwinkerte bedeutungsvoll mit ihren gestielten Augen.

Herr Schnettelbeck schnaubte empört. »Können Sie mir vielleicht sagen, was ich stattdessen machen soll?«

Die Schnecke zwinkerte wieder. »Ich hab da eine Idee, Herr Schnettelbeck«, sagte sie freundlich. Herr Schnettelbeck zuckte zusammen. Sogar fremde Schnecken wussten, wer er war und dass er gesucht wurde! »Oder sogar: Ich hab zwei Ideen. Aber glaube, beide wirst du nicht mögen. Die eine wäre, dass du dich verhaften lässt. Das ist die blödere von den beiden.«

Herr Schnettelbeck hörte die Stimmen der Libellen näher kommen. Da, sah er da nicht schon einen Libellenflügel zwischen den Leuten blitzen?

»Und die andere?«, fragte er ängstlich. Die Schnecke wurde plötzlich sehr schnell. Sie kroch vor Herrn Schnettelbeck und Monifa in einen spärlich beleuchteten Gang.

»Hier ist mein Boudoir«, erklärte sie. »Sicher brauchen die Libellen da draußen noch ein paar Minuten, bis sie alle Gäste gefilzt haben und in die Hinterzimmer kommen.« Mit dem Maul drückte sie die Klinke hinunter. »Nach euch.«

»Warum helfen Sie uns?«, fragte Monifa erstaunt. »Sind Sie auch gegen den Bürgermeister?«

»Nein«, erklärte die Schnecke und schubste Herrn Schnettelbeck auf einen Hocker vor einem großen, beleuchteten Schminkspiegel. »Aber ich bin auch nicht gegen Wirbeltiere. Leben und leben lassen, sag ich immer. Mein Name ist übrigens Lola. Ich bin Sänger. Oder Sängerin. Je nach Tagesform. Krank, nicht wahr?« Die letzten Worte galten Herrn Schnettelbeck. Der wünschte sich nur, ihm fiele irgendetwas ein, was er sagen könnte. »Nun ja, mein lieber Herr Schnettelbeck«, fuhr Lola fort. »Die Libellen da draußen suchen ein Mistkäfer-*Männchen*, nicht? Stillhalten.«

Zum ersten Mal in seinem Leben bekam Herr Schnettelbeck eine Puderquaste um die Mandibeln geflatscht. Lola arbeitete schnell und mit großer Konzentration. Zum Schluss wickelte er (oder sie) Herrn Schnettelbeck den Schal vom Hals und hängte ihm eine Perlenkette um, die ihm bis zum Bauch ging.

»Denk an deine Stimme, und such dir einen schönen Namen aus«, empfahl die Schnecke und warf die Puderquaste weg. »Du bist fertig.«

Monifa legte den Kopf schief. »Das sieht gar nicht so schlecht aus!«

»Nun ja, nur ein bisschen krank«, bestätigte Lola süffisant. »Etwas blass.«

Herr Schnettelbeck fühlte sich sehr seltsam. So war es also, Lidschatten zu tragen! Und Rouge! Er hatte das Gefühl, als dürfte er sich nicht bewegen, weil sonst der ganze Puder wieder von ihm herunterstäuben würde.

»Und nun raus mit euch«, sagte Lola heiter, »ich muss heute noch arbeiten.«

»Wie soll ich dich nennen?«, flüsterte Monifa, während sie die Tür hinter ihnen schloss.

»Das weiß ich doch nicht«, japste Herr Schnettelbeck, der überhaupt nicht wusste, wie er diese ungewohnte Rolle spielen sollte.

»Bella«, beschloss Monifa schnell.

»He, da drüben sind noch zwei«, rief eine barsche Stimme. »Da, in der Ecke hinter der Säule!«

Monifa richtete sich keck auf und trat ihnen entgegen. »Guten Abend, Herr Wachtmeister«, sagte sie.

Herr Schnettelbeck schwitzte unter seinem Panzer. Nun war der denkbar schlechteste Zeitpunkt, um das Schauspielern zu lernen, aber es musste sein. Er dachte an die Zeiten in seinem Gesangsverein Zur fröhlichen Lerche, bevor alle anderen Mitglieder weggestorben waren, und er rief sich die wunderschöne Kontertenor-Stimme eines Kollegen ins Gedächtnis, auf die er heimlich immer neidisch gewesen war. So schwer konnte das doch nicht sein! Er räusperte sich und dachte fest an diesen Kontertenor.

»Guten Abend«, sagte er, und zu seinem Erstaunen klang seine Stimme hoch, aber gar nicht fistelig oder lächerlich.

»Guten Abend, die Damen«, erwiderte der Libellen-Wachtmeister gleichgültig und tippte sich an den Hut. »Wir suchen einige verbrecherische Subjekte, die die Ordnung in der Stadt stören. Darunter ist auch ein männlicher Mistkäfer älteren Baujahrs. Haben Sie einen gesehen?«

»Ein Mistkäfer-Männchen?«, fragte Monifa interessiert. »Wie sah er denn aus?«

»Ein ganz normaler Mistkäfer von hierzulande. Nicht so ein exotischer Anblick wie Sie, pardon für die persönliche Bemerkung.« Der Wachtmeister kratzte sich am Kopf. »Ziemlich alt. Mittelgroß. Hört auf den Namen Schnettelbeck.«

Monifa schüttelte den Kopf und drehte sich dann zu Herrn Schnettelbeck um. Der versuchte verzweifelt, ein lässiges Gesicht zu machen. »Nein, den habe ich leider auch nicht gesehen«, erklärte er im schönsten Kontertenor und spielte vor Nervosität mit den Vorderbeinen an seiner Perlenkette. »Der wäre mir bestimmt aufgefallen.«

»Wenn Sie ihn sehen, geben Sie der Polizei Bescheid«, wies der Wachtmeister die beiden an. Einen Moment stutzte er und betrachtete Herrn Schnettelbeck genau; aber dann entspannte er sich wieder.

»Natürlich«, nickte Monifa derweil. »Wir wollen ja auch nicht, dass Verbrecher in dieser Stadt frei herumlaufen.«

»Man will sich ja sicher fühlen auf der Straße«, setzte Herr Schnettelbeck hinzu. »Ähm. Als Weibchen. Besonders im Dunkeln!«

Der Wachtmeister drehte sich weg, und Herr Schnettelbeck wollte schon aufatmen. Monifa setzte zu einem schelmischen Lächeln an – da rief eine der anderen Libellen: »Ein paar von den Gästen meinen, dass sie hier vorhin genauso einen Mistkäfer gesehen haben!«

»Bei mir nicht«, antwortete der Wachtmeister genauso laut. »Aber gleich ist Dienstschluss. Sollen wir noch einen trinken gehen?«

»Stimmt. Warum nicht gleich hier?«

Der Wachtmeister rief ihnen zu: »Was? Hier?«

»Klar, ist doch nett hier!«

»Na schön!« Der Wachtmeister bahnte sich einen Weg durch die Menge zu seinen Kollegen.

Was sollte das jetzt werden?, fragte sich Herr Schnettelbeck bang. Wollten die Polizisten ihren Feierabend hier in der Schneckenbar ausklingen lassen? Ängstlich spähte er durch die Menge. Die gesamte Libellen-Patrouille – acht Polizisten – machten es sich um einen Tisch nahe der Tür bequem. Wo sie jeden sehen konnten, der ein und aus ging.

»Was jetzt?«, flüsterte er Monifa verzweifelt zu.

»Gar nichts«, flüsterte Monifa zurück. »Spiel deine Rolle weiter!«

Herr Schnettelbeck atmete tief ein und aus. Die Libellen würden das Lokal sicher ganz genau im Auge behalten. Und wenn er jetzt ginge, dann würden sie vielleicht misstrauisch werden.

Und wenn er hier verhaftet würde, dann würde auch Monifa verhaftet! Das konnte er auf keinen Fall riskieren. Aber bis jetzt hatten die Libellen seine weibliche Verkleidung geschluckt. Wenn er es schaffte, sich unauffällig zu verhalten, dann könnte es funktionieren. Er musste nur ganz kaltblütig ausharren.

Ich werde schlauer sein, dachte er und straffte seinen Rücken. Ich werde länger aushalten als die!

Monifa zog zu einem Tisch, weit weg von der Ecke, wo die Wachtmeister saßen. Dort süffelten schon zwei Kakerlaken und eine Zikade an ihren Getränken.

»Halt die Füße näher zusammen beim Gehen«, flüsterte sie ihm zu, »und schwank nicht so von einer Seite zur anderen! Haltung!«

Herr Schnettelbeck knurrte ganz leise. »Auf meine alten Tage ist es wohl kaum zumutbar, dass ich schreite wie eine Dame!«

»Psst!«, machte Monifa, und sie kamen zum Tisch. »Hallo. Dürfen wir uns zu euch setzen?«

»Sicher«, erwiderte eine Schabe freundlich und musterte sie beide wohlwollend. »Setzt euch doch. Das ist Frieda, das ist Ermentraud, und ich bin die Gudrun.«

»Hallo«, sprach Monifa und zog sich einen Stuhl heran. »Ich heiße Monifa, und das hier ist Bella.«

»Hallo«, machte Herr Schnettelbeck schüchtern. Einen Wachtmeister anzulügen, ging ihm leicht von der Zunge, aber mit diesen fremden Weibchen war das gleich etwas ganz anderes.

Monifa bestellte für sie beide bunte, alkoholische Getränke mit Schirmchen darin. Ihre drei Tischgenossinnen hatten schon welche. Herr Schnettelbeck trank sonst immer ein Bier oder ein Herrengedeck. Puh, dieses bunte, süße Zeug zog ihm den Mund zusammen, das war wirklich nur etwas für Weibchen!

Während die vier echten Weibchen sich bald fröhlich unterhielten, saugte Herr Schnettelbeck immer wieder ängstlich an seinem Getränk und warf verstohlene Blicke auf die Wachtmeister. Immer noch machten sie keine Anstalten zu gehen.

»Na, Bella?«, riss Ermentraud ihn aus seinen Gedanken. »Welcher von denen interessiert dich denn so sehr?«

Herr Schnettelbeck errötete unter dem Panzer. Ermentraud dachte, Bella würde heimlich einen der Wachtmeister anschmachten! »Keiner«, hüstelte er ärgerlich.

»Männer in Uniform haben aber auch was«, bemerkte Gudrun und grinste gedankenvoll in sich hinein.

»Ja, nicht wahr? Das sieht schick aus«, kicherte Frieda, und sie und Gudrun stießen ihre Gläser zusammen, weil sie sich so einig waren. Flüsternd setzte Frieda hinzu: »Und außerdem gehorchen die, wenn man ihnen was sagt!«

Alle vier Weibchen brachen in schreckliches Gelächter aus, und Herr Schnettelbeck zuckte empört zusammen. Dann merkte er, dass er auch lachte, weil die ganze Situation so absurd war. Und außerdem war in seinem Getränk ziemlich viel Alkohol. Die Kontertenor-Stimme fiel ihm immer leichter. Auch die Perlenkette kam ihm nun sehr passend vor, weil er damit so schön herumspielen konnte. So ist es also, ein Weibchen zu sein, dachte er. Das hätte ich mir schlimmer vorgestellt.

Um vier Uhr früh gingen die Wachleute endlich. Um halb sechs gingen Gudrun, Ermentraud und Frieda, und auch Monifa und Herr Schnettelbeck schleppten sich aus der Bar. Mittlerweile war er fast wieder nüchtern. Er gab die Perlenkette an einen Kellner zurück (mit freundlichen Grüßen an Lola) und stolperte hinter Monifa her.

Er hatte ein seltsames Glücksgefühl im Bauch, so als hätte er etwas gefunden, was ihm schon immer gefehlt hätte. Vielleicht, dachte er, ist es Bellas Blickwinkel auf die Welt.

Monifa begleitete ihn bis zum Schacht. Jetzt, am frühen Morgen, waren die Straßen leer, und auf dem ganzen Weg zum Schacht begegnete ihnen keine Streife. »Das war ein toller Abend«, sagte Monifa. »Das können wir gerne wiederholen.«

»Tja«, sagte Herr Schnettelbeck zufrieden. »Ganz meiner Meinung.«

»Gute Nacht«, seufzte Fräulein Monifa, und sie schaute ihn so seltsam sehnsüchtig an.

»Ähm«, machte Herr Schnettelbeck. »Ja, dann gute Nacht.«

Und da merkte er, dass sie gern einen Kuss gehabt hätte. Er hätte ihr diesen nur zu gerne gegeben, aber sie durften sich ja nicht verraten.

Er seufzte und sagte noch einmal gute Nacht, und Monifa sagte auch noch einmal gute Nacht. Und dann breitete er die Flügel aus und surrte los, durch den Schacht hinauf, weg von Unterstadt. Nur nicht nach hinten sehen oder gar umdrehen und winken! Er wusste, dass Monifa ihm hinterherstarrte, aber er war immer noch ein Käfermännchen. Stark und unabhängig und nicht sentimental. Auch, wenn er gerade Lidschatten trug. In seinem Kopf ging alles drunter und drüber.

Über den Baracken der Oberstadt sah man das erste Morgenlicht aufsteigen, als er leise ins Zelt geschlichen kam. Tinea hob den Kopf. Halblaut klagte sie: »Weißt du eigentlich, wie spät es ist, du vergnügungssüchtiger Tattergreis?«

»Entschuldigung«, erwiderte Herr Schnettelbeck steif und versteckte sein geschminktes Gesicht im Schatten, so gut es ging. »Wir alten Leute brauchen nicht mehr so viel Schlaf.«

»Lumpenpack«, gurgelte Tinea und schlief wieder ein.

Herr Schnettelbeck setzte sich auf sein Feldbett. Erst jetzt merkte er, dass er seinen Schal in Lolas Schnecken-Boudoir vergessen hatte. Immer noch hatte er den Kopf voller Gedanken. Und dass er bald einschlafen würde, glaubte er selbst nicht.

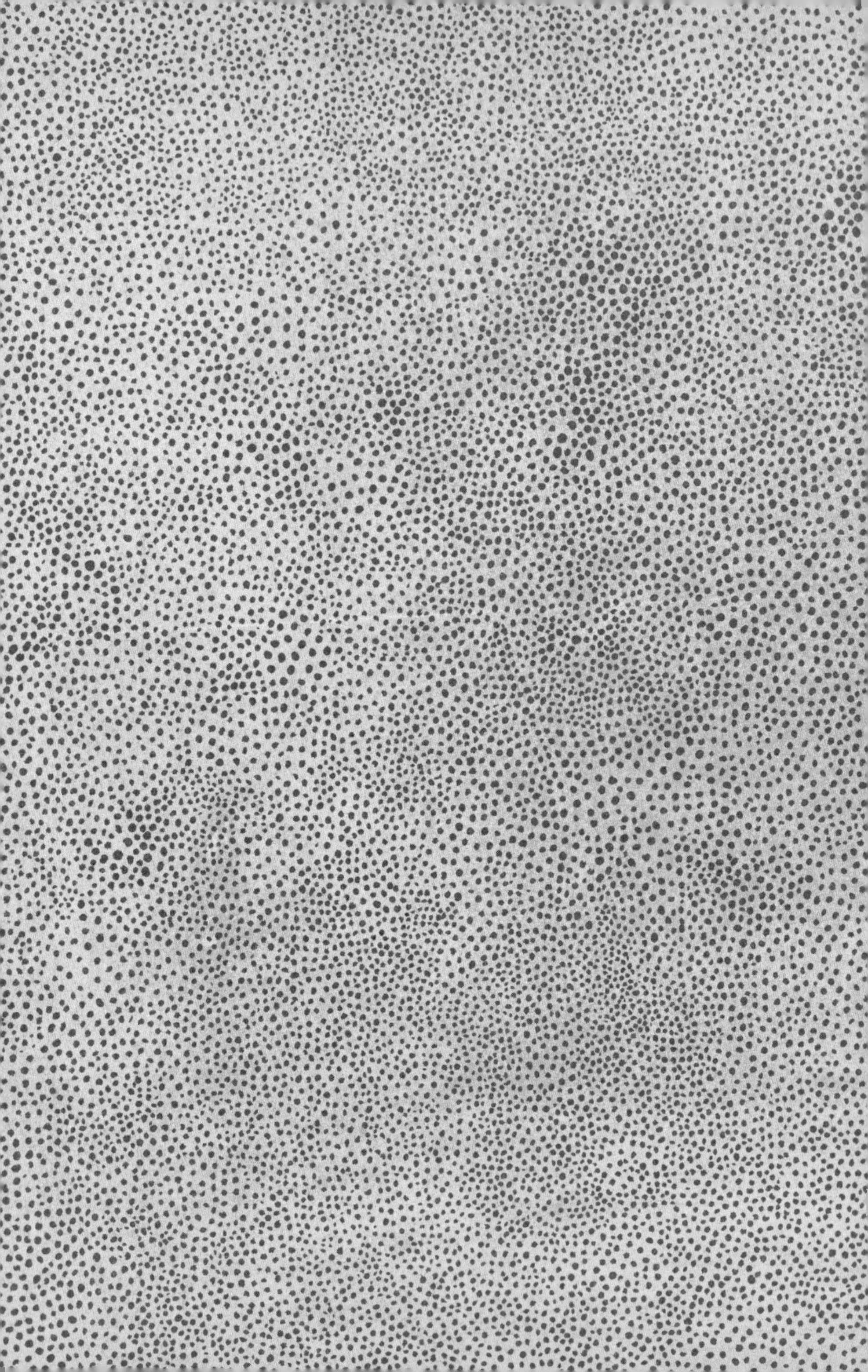

13. Kapitel

Von Mottenmeistern und Buchstabenverhexen

An diesem Morgen stand Herr Schnettelbeck sehr spät auf. Und trotzdem war er müde. Außerdem hatte er einen Kater. Mühsam quälte er sich aus dem Feldbett und stöhnte die ganze Zeit vor sich hin. Tinea und Donna-Doria waren bereits ausgeflogen.

Im Lager herrschte Hoffnungslosigkeit. Still saßen ein paar Bewohner der Oberstadt um das Feuer und kochten ihren Vormittagskaffee. Herr Schnettelbeck fragte Emil Wach, wo denn Tinea wäre.

»Die sitzt da drüben«, gähnte Emil Wach und zeigte auf eine Birke.

»Wo?« Herr Schnettelbeck kniff die Augen zusammen.

»Da, siehst du«, erklärte Emil Wach, aber Herr Schnettelbeck sah nicht.

»Ich gehe mit dir hin«, bot Donna-Doria an.

Auf einem niedrigen Ast saß Tinea im Schneidersitz. Ihre Hände hielt sie von sich weggestreckt, Handflächen nach oben.

»So saß sie schon gestern da, den ganzen Nachmittag und Abend, bis Mitternacht«, flüsterte Donna-Doria besorgt. »Und sie will nicht aufhören. Nur, um auf die Toilette zu gehen. Kannst du sie vielleicht zur Vernunft bringen? Seit du gestern Mittag verschwunden bist, macht sie das.«

»Ich werde mal mit ihr reden«, beschloss Herr Schnettelbeck und krabbelte den Stamm hinauf. Donna-Doria blieb unten stehen und schaute ihm nach, die Finger ängstlich am Kinn.

Herr Schnettelbeck näherte sich der regungslosen Tinea. Natürlich konnte sie ihn hören, aber sie ließ sich nicht ablenken. Herr Schnettelbeck räusperte sich, aber sie drehte sich gar nicht um.

»Was machst du da?«, fragte er. Langsam machte er sich doch Sorgen.

»Trainieren.«

»Und was trainierst du?«

»Die Motten.«

»Die Motten, ah ja«, stellte Herr Schnettelbeck fest. »Das ist also deine geheimnisvolle Idee. Wie viele hast du denn schon trainiert?«

»Eine.«

Herr Schnettelbeck schaute genau hin und sah, dass sie in ihren Handtellern zwei Untertassen balancierte. In beiden schwappte Apfelsaft. »Indem du eine Motten-Saftbar wirst?«

»Pst, da kommt sie!«

Eine weiße Motte kam vorsichtig angeflattert. Sie drehte ein paar Runden um Tinea und traute sich schließlich, ihren Rüssel in den Saft zu hängen. Sobald die beiden Untertassen leer waren, bat Tinea Herrn Schnettelbeck, sie noch einmal zu füllen. Der nahm den Saftkrug, der neben ihr stand, und goss in beide Schalen etwas Saft. Während die erste Motte weiter trank, erschien eine zweite und näherte sich mit ängstlichen Seitenblicken.

»Wofür machst du das?«, fragte Herr Schnettelbeck.

Tinea drehte ihm endlich das Gesicht zu. »Kapierst du das nicht? Die Motten kleben den ganzen Tag an der Rinde und schlafen. Alles, was sie tun müssen, ist, an der richtigen Stelle zu schlafen. Nämlich auf den Holzaugen. – Oh, Verzeihung, ich habe den Teller schon wieder leer werden lassen!«

Die zweite Motte kreiste nervös um sie herum, und Herr Schnettelbeck goss noch einmal Saft in die Schalen. Dann landete das Flattertier mit einem schüchternen Seitenblick und fing an zu trinken.

»Guter Grundgedanke«, sagte Herr Schnettelbeck skeptisch. »Aber wie willst du sie dazu kriegen? Dafür müsstest du ja ihre Sprache lernen.«

»Korrekt.«

»Unmöglich. Ausgemachter Blödsinn.«

»Ach ja?«, sagte Tinea. »Hör mal.« Sie zog Luft durch ihre Vorderzähne. Motte Nummer zwei schüttelte sich. »Muss ich noch üben«, stellte Tinea fest. »Die Tonhöhe stimmt noch nicht.«

»Stur wie ein Dackel«, seufzte Herr Schnettelbeck. »Das ist eine große Charakterschwäche. Mit so einer Einstellung kommt man im Leben nicht weit, lass dir das gesagt sein. Von einem Käfer mit Lebenserfahrung.«

»Geh jemand anders ärgern, du Mistkratzer«, sagte Tinea. »Du wirst schon sehen. Und dann werden wir endlich unsere Ruhe haben. Und dann, wenn Haugbrot nicht hinguckt, dann können wir endlich richtige Pläne machen und Odel erfährt nichts davon. Und was hast *du* heute Sinnvolles getan für unsere Mission?«

»Nichts«, sagte Herr Schnettelbeck, denn er wollte nicht

über die letzte Nacht reden. Er war immer noch voller Gedanken. Aber dann fiel ihm etwas wirklich Wichtiges ein. »Doch! Ich habe von den Fledermäusen erfahren, dass Meinungen nichts anderes sind als Energie. Man kann diese Energie anzapfen und sinnlos ableiten, indem man Meinungsmaschinen bietet, an denen sich die Leute austoben können.«

Tinea nickte anerkennend und stellte die Schalen ab, während die zwei Motten davonflatterten. Sie wartete, dass er weitersprach.

»Der Bürgermeister hält quasi alle zufrieden und still, indem er ihnen die Meinungsmaschinen gibt«, fuhr Herr Schnettelbeck fort, »und die Meinungsmaschinen halten ihm nicht nur die Bürger vom Hals, sondern schlucken auch all ihre Wut. Und verpulvern sie.«

»Schlau, sehr schlau«, sagte Tinea erstaunt. »Wenn man es so sieht, wird einem alles klar. Das sind abertausende kleiner Portionen Energie, die man für eine echte Veränderung nutzen könnte. Wenn man nicht so blöd wäre.«

Herr Schnettelbeck beobachtete Tineas Versuche, weitere Motten anzulocken. So langsam hatte er den Verdacht, dass Tineas haarsträubende Ideen auch nicht viel besser waren als Haugbrots. Er empfahl sich und ließ sie mit ihren Motten allein.

Den ganzen Rest des Tages grübelte er ratlos vor sich hin. Weil ihm auch nichts einfiel, was seine Resignation vertrieb, ging er früh ins Bett und hoffte, dass morgen alles anders aussehen würde. Und als er am nächsten Morgen aus dem Zelt kam, saßen tausende Motten auf allen Baumstämmen, und sie deckten alle Holzaugen zu. Und Tinea stand draußen im Neuschnee und sagte grinsend: »Na, du Dungroller, ich hab doch gesagt, ich werde mit den Motten sprechen lernen. Nenn mich einfach die Mottenmeisterin!« Und sie verbeugte sich.

Da staunte Herr Schnettelbeck und dachte, dass vielleicht doch noch nicht alles verloren war.

Nun hielten die Oberstädter endlich wieder eine Tagung am Lagerfeuer ab und freuten sich diebisch, dass Odels Leute durch die Holzaugen nur noch Mottenflügel sehen konnten. Der Professor fehlte natürlich, und Haugbrot wusste nichts von dem Treffen. Donna-Doria fühlte sich schrecklich deswegen.

»Der arme Haugbrot, der vertraut uns doch«, sagte sie. »Und der arme Professor Grätzlich. Sitzt in einem Kerker und hofft, dass wir ihn befreien!«

Emil Wach räusperte sich. »Tja. Leider sind wir immer noch so weit wie am Anfang. Bürgermeister Odel ist immer noch im Amt, die Meinungsmaschinen laufen immer noch. Nur, dass wir jetzt nicht mehr beobachtet werden.«

Herr Schnettelbeck überlegte. Er hatte so viel gesehen, so viel erfahren – er fand nicht, dass sie am Anfang standen. All dieses neue Wissen brachte sie dem Ziel näher, das wusste er einfach. Er wusste nur noch nicht, wie.

»Niemand«, erklärte derweil Tinea düster, »wird etwas gegen den Bürgermeister tun, solange sie ihre Wut an den Meinungsmaschinen auslassen können.«

»Und damit sind die Meinungsmaschinen für die Bürger das Problem und die Lösung gleichzeitig«, überlegte Emil Wach.

»Dass die Meinungsmaschinen schlecht für, nicht wahr, werden sie nicht einsehen«, stellte Martha mit großer Selbstverständlichkeit fest.

»Nee. Man kann sie ihnen nicht wegnehmen oder verbieten,

und wir können sie auch nicht zerstören«, murmelte Donna-Doria. »Sie können sie ja jederzeit wieder reparieren.«

»Sehr komplex sind sie bestimmt nicht gebaut, sie müssen ja nur einen Zettel schlucken und verbrennen«, nickte Herr Schnettelbeck, und dann stutzte er plötzlich.

Was hatte Tinea da grade gesagt? *Niemand wird etwas gegen den Bürgermeister tun, solange sie ihre Wut an den Meinungsmaschinen auslassen können.*

In Herrn Schnettelbecks Hinterkopf tickte etwas. Aber er wusste noch nicht genau, was es war. Während die anderen durcheinanderschnatterten, versuchte er, den Zipfel des Gedankens zu erhaschen, der ihm gerade durch den Schädel geflogen war. Und dann hatte er ihn. Unter seinem Panzer kribbelte es überall.

»Was wäre denn«, sagte er langsam, und plötzlich hörten ihm alle zu, »wenn die Bürger *wirklich* ihre Wut an den Meinungsmaschinen auslassen? Ich meine, nicht so, wie sie es jetzt tun. Sondern, dass sie wütend auf die Meinungsmaschinen werden und sie nicht mehr haben wollen.«

»Wie meinst du das?«, fragte Emil Wach.

»Na ja«, erklärte Herr Schnettelbeck und lehnte sich zurück, »die Meinungsmaschinen sind für das Bürgertum die gehorsamsten Diener, richtig? Sie betteln praktisch um die Meinung der Leute und schmeicheln ihnen damit. Sie geben keine Widerworte und kosten nichts. Was, wenn sie plötzlich anfangen würden«, und hier musste er überlegen, »wenn sie anfangen würden zu widersprechen?«

»Und wie soll das gehen?«, fragte Tinea resigniert. »Die Maschinen sind doch dumm. Die können keine Worte ausspucken. Nur einsammeln.«

Da setzte sich Donna-Doria plötzlich kerzengerade hin. »Doch«, sagte sie. »Können sie. Man wirft Buchstaben hinein, und die können auch wieder rauskommen.«

»Aber doch nur die, die man eingeworfen hat«, wandte Emil Wach ein.

Donna-Dorias Augen glänzten. »Dieselben Buchstaben, ja. Aber nicht«, rief sie und streckte ihren Zeigefinger himmelwärts, »in derselben Reihenfolge!«

»Erklären Sie sich bitte«, keuchte Herr Schnettelbeck. Er spürte am Kribbeln in seinen Gelenken, dass da gerade etwas passierte.

»Oh nein.« Donna-Doria stand auf wie eine Königin. »Noch sage ich gar nichts. Darüber muss ich lange und gründlich nachdenken!«

»Sie können doch jetzt nicht weggehen«, rief Herr Schnettelbeck verzweifelt, aber da hatte er sich geirrt.

In dieser Nacht wachte Herr Schnettelbeck immer wieder auf. Zwar war es still im Zelt, aber zwischen Tineas und Donna-Dorias Bett brannte noch ein Licht, und die beiden lagen wach in ihren Feldbetten und flüsterten – so leise, dass Herr Schnettelbeck kein Wort verstehen konnte. Sie waren aufgeregt, das konnte man sehen.

Was hecken die beiden da nur aus, dachte er und wünschte sich, er könnte es hören. Aber aufstehen und hingehen wollte er auch nicht, denn das Bett war warm und die Nacht war kalt. Und so schlief er wieder ein.

Es hatte geschneit, und es schneite immer noch ein bisschen. Frierend saßen die Bewohner der Oberstadt um ihr Frühstücksfeuer und rösteten Stockbrot. Eichel-Kaffee kochte in mehreren Pötten.

Herr Schnettelbeck kam als Letzter ans Feuer. Alle anderen saßen schon da.

»Setz dich, setz dich«, rief Tinea. »Donna-Doria will uns was erzählen, und sie fängt nicht an, bevor du da bist. Du hast nämlich die Idee gehabt!«

Ächzend schwang Herr Schnettelbeck die Beine über die Bank und nahm Platz. »Sagt mir erst mal, wo Haugbrot ist.«

»Puh, der ist wirklich schwer abzulenken«, seufzte Emil Wach. »Ich hab ihm erzählt, dass es eine Meile entfernt eine Bude mit Gratiskuchen gibt, und da ist er losgezogen. Aber er wird bald merken, dass das Unsinn war!«

»Jetzt lass doch Donna-Doria endlich mal erzählen!«, rief Tinea und wackelte vor Ungeduld.

»Anagramm-Magie«, blubberte Donna-Doria los. »Das ist die Lösung. Eigentlich ist es ganz einfach. Man braucht nur ein paar Stöckchen, roten Bindfaden, Häherfedern – ihr wisst schon, die schönen mit den blauen und schwarzen Streifen – und ein Stück Rauchquarz. Das Ganze verbindet man zu einer Figur, aber das erkläre ich euch nicht, das führt zu weit. Jedenfalls, das fertige Ding stellt man irgendwo auf, wo man Anagramm-Magie verursachen will. Und dann nennt man es einen Schenn.«

Unter ihrem Umhang zog sie ein pyramidenförmiges Gebinde aus Stöckchen, Fäden und einer Feder hervor, in dessen Mitte ein kleiner Kristall baumelte. Eigentlich sah es nicht anders aus als ihre üblichen Basteleien, fand Herr Schnettelbeck – klein und hutzelig und ein bisschen lächerlich. Aber dieses hatte etwas an sich. Irgendetwas daran sagte jedem Beobachter: In diesem Ding steckt Macht.

Wider Willen war Herr Schnettelbeck beeindruckt. Ein leichter Schauer lief ihm den Rückenpanzer hinunter, und er schüttelte sich. »Ein Schenn, so, so«, machte er betont lässig. Die anderen staunten ebenfalls.

Donna-Doria fuhr fort: »Damit kann man jedes Schriftstück verhexen, sodass sich die Lettern umstellen und eine neue Bedeutung bauen. Und das Tolle ist«, hier hickste sie vor Aufregung, »dass man jede beliebige Stimmung erzeugen kann. Man muss nur die richtige Formel dazu sagen, wenn man dem Schenn seine Magie einhaucht.«

»Ich verstehe das noch nicht.« Herr Schnettelbeck hielt den Fuß hoch und stoppte Donna-Dorias Redefluss. »Sie müssen ihm zuerst sagen, was es zu tun hat?«

»Na, man kann den Spruch so wählen, dass jemand einen Zettel mit einer Beschwerde einwirft und ein Zettel mit einer frechen Antwort herausflattert«, erklärte Donna-Doria ganz selbstverständlich. »Zum Beispiel. Die Antwort ist natürlich aus denselben Buchstaben gemacht.«

»Sieht das aus wie ein, wie heißt das, Erpresser?«, fragte Martha. »Wo jemand Buchstaben aus der Tageszeitung? Und dann aufgeklebt?«

»Ich glaube ja. Ich hab das noch nie ausprobiert«, erklärte Donna-Doria.

Herr Schnettelbeck räusperte sich. »Was, wenn ich fragen darf, hat das mit Gewitterhe … mit Meteoromagie zu tun?«

»Jetzt kommt's nämlich«, fuhr Donna-Doria fort. »Um das Ganze in Gang zu setzen, braucht es eine ganze Menge Elektrizität. Normalerweise würde man Wolle an einer Katze reiben oder so was, bis ein Funke entsteht. Aber das reicht bei uns natürlich nicht. So eine große Katze gibt's gar nicht.«

Herr Schnettelbeck hatte wieder so eine leise Ahnung, aber nein. Das konnte nicht sein. Diese Idee war so bescheuert, dass nicht einmal die Oberstädter sich daran versuchen würden!

Dachte Herr Schnettelbeck.

Donna-Doria plapperte munter weiter. »Na ja, für knapp zweihundert Maschinen in der ganzen Stadt, da braucht man natürlich viel, viel mehr Energie. Und die gibt es zum Glück gratis.«

Die anderen schauten sich erstaunt an und verstanden gar nichts. Nur Tinea biss sich auf die Lippe und hoffte, dass die anderen ihren Plan schlucken würden.

Herr Schnettelbeck sprach die Idee aus, die ihm auf der Zunge lag. »Sie wollen einen Blitz benutzen, richtig?«

»Richtig«, strahlte Donna-Doria. »Wir leiten einen Blitz in die Unterstadt!«

»Bist du verrückt?«, rief Emil Wach. »Du willst doch nicht die Stadt in Schutt und Asche legen!«

»Nee«, fuhr Donna-Doria fort. »Aber das muss ich ja auch gar nicht. Wir können die Energie leiten, sodass sie sich sauber in der Atmosphäre der Stadt verteilt. Wir brauchen nur eine Antenne. Eine sehr große Antenne aus leitendem Metall.«

»Und wo willst du die installieren?«

»Na, genau in der Mitte der Stadt. Sie muss auch Arme in alle Richtungen haben, wegen der Verteilung. Und dann muss sie auch einen Schenn enthalten.«

»In der Mitte der Stadt?«, fragte Emil Wach zweifelnd. »Da steht doch die Zitadelle. Ich glaube nicht, dass sie uns da eine Antenne aufbauen lassen.«

»Das Observatorium«, rief Herr Schnettelbeck plötzlich. »Wir brauchen gar keine Antenne, das Observatorium *ist* eine

Antenne! Das Dach der Zitadelle ist komplett aus Kupfer. Eine riesige Kupferschüssel, genau in der Mitte der Stadt. Wir brauchen nur den Schenn darin unterzubringen, und schon wird die Energie des Blitzes über die ganze Unterstadt geleitet!«

»Aber«, gab Tinea zu, »da beginnt leider unser nächstes Problem. Wie sollen wir den Schenn in die Kuppel bringen? Wenn wir die Fledermäuse um Hilfe fragen, werden sie uns was husten. Abgesehen davon, dass sie sich nicht trauen, offenen Widerstand gegen Odel zu leisten: Allein wegen der Elektrizität ist es viel zu gefährlich. Willst du einen Blitz in deinem Hinterhof haben? Oder in deinem Dachsparren?«

»Ich glaub nicht, dass es«, gab Martha zu bedenken. »Viel zu kompliziert.«

Herr Schnettelbeck überlegte. »So gefährlich wäre das gar nicht«, sagte er. »Solange sich niemand im Observatorium aufhält, kommt ja auch niemand mit der Kupferschüssel in Berührung.«

Donna-Dorias Gesicht war gerötet. »Wir müssen sie ja nicht fragen! Die Fledermäuse, meine ich. Solange irgendjemand den Schenn in die Kuppel bringt und dafür sorgt, dass der Raum hinterher verschlossen wird, müssen die Fledermäuse gar nichts davon wissen. Bis es zu spät ist.«

»Na, und wie soll das gehen?«, fragte Emil Wach. »Wir können ja schlecht als Hausmeister im Fledermuseum anheuern oder so was. Ich meine, wir kommen nicht mal in die Stadt rein, geschweige denn ins Museum.«

»Was ist mit dem Tunnel, durch den ihr neulich hochgekommen seid?«, fragte Donna-Doria. »Der Wartungsschacht für die Observatoriums-Linse?«

»Einbrechen? Nee«, seufzte Herr Schnettelbeck. »Die Fledermäuse haben so feine Ohren, dass sie unseren Herzschlag durch das ganze Observatorium gehört haben, und das ist eine riesige Halle. Wenn wir bei ihnen einbrechen würden, würden sie das merken.«

»Dann brauchen wir eine Fledermaus auf unserer Seite«, rief Donna-Doria.

Einen Moment lang dachte Herr Schnettelbeck an Kuttelfleck. Aber der hatte ihm ja nur mit einem Stadtplan ausgeholfen. Einen Blitz in die Zitadelle zu leiten – gegen das Wissen aller anderen Bewohner –, das war schon etwas anderes!

»Nur ein Wahnsinniger würde das machen«, schnaubte er. »Ich würde ja auch niemals auf die Idee kommen, so einer hanebüchenen Idee zuzustimmen, wenn es um mein Haus ginge!«

»Verdammte Neutralität«, fluchte Tinea. »Nur eine einzige Fledermaus, die uns hilft. Nur eine!«

»Eine wahnsinnige«, erinnerte sie Herr Schnettelbeck.

Da raschelte es über ihnen, und plötzlich kam etwas aus der Birke über ihren Köpfen gesegelt. Es flatterte, und dann landete es auf einem schneebedeckten Büschel Heidekraut. Die Oberstädter erschraken sich ziemlich.

»Wer bist du«, rief Emil Wach wütend und schnappte sich einen großen Stock. »Und warum belauschst du uns?« Aber dann blinzelte er verblüfft. Vor ihm saß eine sehr, sehr kleine, haarlose Fledermaus. Ein Fledermauskind, um genau zu sein.

»Strella?«, fragte Tinea verblüfft.

»Ich will zu dem Käfer«, quiekte Strella atemlos. »Zu dem Mistkäfer.«

Herr Schnettelbeck trat vor und guckte streng. »Fremde Leute belauscht man nicht«, sagte er. »Wissen deine Eltern überhaupt, dass du hier bist?«

»Ihr braucht eine Fledermaus, die euch hilft, nicht?«, quiekte Strella atemlos. »Ich bin eine Fledermaus. Ich helfe euch!«

»Du bist doch höchstens eine halbe Fledermaus«, sagte Donna-Doria erstaunt.

»Hör mal«, sagte Tinea. »Das hier ist wirklich keine Aufgabe für Kinder.«

»Ich will euch helfen! Schickt mich nicht weg!«, quäkte Strella.

Herr Schnettelbeck wollte sagen, dass sie gefälligst um diese Zeit im Bett sein sollte. Aber da dachte er plötzlich, dass ein Kind fast so gut war wie ein Wahnsinniger. Und obwohl er schreckliche Bauchschmerzen bekam bei der Vorstellung, ein winziges Fledermauskind mit einem Schenn und dem Einfangen eines Blitzes zu betrauen, wusste er sofort, dass das die einzige Möglichkeit war.

»Ähäm«, machte er. »Vielleicht ist das gar keine so schlechte Idee.« Emil Wach klappte verblüfft sein Spitzmausmaul zu. »Auch eine halbe Fledermaus könnte uns helfen«, sagte Herr Schnettelbeck vorsichtig. »Strella, kannst in das Observatorium hinein? Alleine, meine ich? Mit einem Schlüssel?«

»Ja klar, der Schlüssel hängt doch am Schlüsselbrett«, sagte Strella, als wäre er ein bisschen dumm.

»Und könntest du für uns etwas in die Kuppel werfen, dann hinausgehen und hinter dir abschließen?«, fragte Herr Schnettelbeck weiter.

»Klar«, sagte Strella und klang sehr sicher.

»Es ist absolut wichtig, dass du nicht im Observatorium bleibst, um zuzugucken«, warf sich Tinea ins Gefecht, »sondern dass du rausgehst und hinter dir abschließt. Du darfst also nicht zu neugierig sein. Kannst du das?«

»Ja«, versprach Strella und zuckte mit ihren großen Ohren.

»Und kannst du auch schweigen und niemandem was davon erzählen?«, fragte Donna-Doria. »Es muss ein Geheimnis bleiben.«

Strella nickte begeistert.

Die Rebellen von Oberstadt schauten sich bedeutungsvoll an. Sie hatten tatsächlich eine Verbündete im Fledermuseum gefunden. Jetzt kam es nur noch auf sie selbst an.

»Oh nein«, quiekte plötzlich Martha. »Haugbrot!«

Herr Schnettelbeck schaute über seine Schulter. Und tatsächlich, da kam Haugbrot angewackelt, offensichtlich ziemlich angefressen, weil er keinen Gratiskuchen bekommen hatte. Und er ahnte nichts davon, dass hier gerade ein geheimes Treffen ohne ihn stattfand. In Gedanken versunken steuerte er direkt auf Strella zu.

»Haugbrot, Vorsicht«, rief Tinea, und Haugbrot hielt an, sah das kleine Fledermäuschen – und etwas geschah mit ihm. Seine Augen begannen zu leuchten, und er nahm Strella an der Hand und sagte: »Komm, ich zeig dir mal, was wir hier machen.«

Strella freute sich und hoppelte auf ihren kurzen Beinen hinter ihm her. Und dann gab Haugbrot ihr eine zweistündige Führung durch das gesamte Lager, erklärte ihr alles und ließ sie die Brunnen ausprobieren. Und so hatten die anderen genug Zeit, um ihren Plan in Gang zu setzen.

»Das ist wirklich nicht die feine Art«, seufzte Emil Wach. »Einfach heimlich dieses Dingsda in der Kuppel zu installieren! Ich hätte wirklich lieber das Einverständnis der Fledermäuse gehabt.«

»Dann geh doch hin und frag sie«, schnaubte Tinea.

»Ihr wollt ernsthaft, dass die Kleine das Dings in der Kuppel unterbringt?«, fragte Emil Wach. »Meint ihr denn, das kann sie? Die ist noch so klein, die kann ja nicht mal bis zwanzig zählen!«

»Nun ja, die Erwachsenen werden uns nicht helfen«, sagte Herr Schnettelbeck und zuckte mit den Schultern.

»Unser Plan hängt von einer minderjährigen Fledermaus und ihrer Fähigkeit, Türen zu öffnen, ab. Und wir wissen nicht mal, ob sie das überhaupt kann«, fuhr Emil Wach resigniert fort. »Sie sagt zwar, sie kann es, aber ...«

»So schwer ist das nicht«, meinte Tinea. »Und wenn sie es nicht schafft, den Schenn in der Kuppel unterzubringen – na ja, dann fährt der Blitz halt in die Erde und nicht ins Fledermuseum, und niemand wird zu Schaden kommen.«

»Nur wir vielleicht«, setzte Donna-Doria hinzu. »Weil wir hier draußen auf der Ebene natürlich keinen Blitzableiter haben.«

»Woher kriegen wir denn ein Gewitter?«, fragte Emil Wach, bevor irgendjemand etwas über die Situation mit dem fehlenden Blitzableiter sagen konnte.

»Ich bin ja immerhin eine Hexe«, erklärte Donna-Doria stolz. »Ich kann zwar noch kein Gewitter machen, aber ich weiß immer ein paar Tage im Voraus, wann eins kommt. Und in den nächsten vierzehn Tagen ist es garantiert so weit.«

»Mitten im kältesten Winter?«, fragte Herr Schnettelbeck.

»Du Dummerchen«, rief Donna-Doria herzlich, »es ist doch schon März! Bald gibt es Tauwetter!«

Da erst merkte Herr Schnettelbeck, wie lange er schon von zu Hause weg war. »März, du meine Güte«, murmelte er. Wie die Zeit verging, wenn man etwas Wichtiges zu tun hatte!

Und es wurde wärmer. Von den Birken tropfte der Schneematsch herunter, sodass man aufpassen musste, nicht getroffen zu werden. Hungrige Gimpel saßen in den Baumkronen und spekulierten auf die ersten Knospen. Aber noch waren keine zu sehen.

Die Oberstädter zogen von früh bis spät durch die Heide und suchten Quarzkristalle und Federn. Die meisten Federn warf Donna-Doria mit kritischem Blick zur Seite, aber die Sammlung der brauchbaren Federn wuchs immer mehr.

»Nur nicht schlappmachen«, ermahnte sie immer wieder alle. »Wir müssen zweihundert Schenns bauen!«

»Wer soll die denn eigentlich alle in die Unterstadt bringen?«, seufzte Emil Wach irgendwann.

»Das machen wir«, erklärte Tinea. »Schnettelbeck und ich.« Tinea bastelte schon wieder an einem neuen Insektenkostüm, das Odels Wachleute noch nicht kannten. Und Herr Schnettelbeck baute sich eine große, sehr breite Schutzbrille. Die würde er in der Unterstadt tragen, damit man sein Gesicht nicht erkennen konnte.

»Alle zweihundert? Wie wollt ihr die denn tragen?«, zweifelte Emil.

»Kein Problem«, erklärte Donna-Doria, hielt einen Schenn hoch und zog an einer Schnur. Schwups, zurrte sich das Gebilde aus Stöckchen, Federn und Kristall von alleine zusammen, bis es so klein war wie ein zusammengeklappter Taschenfächer. »Die sind faltbar.«

»Hoffentlich wird alles rechtzeitig, sonst war alles, nicht wahr«, stöhnte Martha.

»Ihr müsst euch eben ranhalten«, erwiderte Donna-Doria erbarmungslos. »Das Gewitter ist noch fünf oder sechs Tage hin. Aber am Abend des dritten müssen wir mit allem fertig sein, damit die nächste Phase beginnen kann: der Einbau in die Maschinen!« Und so durchkämmten die Oberstädter die Heide – bis auf Haugbrot, der in seinem Zelt den nächsten Plan ausbrütete, und bis auf den armen Professor Grätzlich natürlich, der in der Gefangenschaft von Agharta Odel vor sich hin schmorte.

Haugbrot fragte irgendwann nach, was es mit den Federn und Stöckchen auf sich hätte, die die anderen sammelten. Aber Donna-Doria war vorbereitet.

»Och, das ist für Professor Grätzlich«, erwiderte sie leichthin. »Wir basteln ihm ein paar Traumfänger, die wir ihm dann per Post schicken. Damit er weiß, dass wir an ihn denken, während er in Gefangenschaft ist.«

Haugbrot schüttelte den Kopf und meinte, zum Glück wäre hier einer vernünftig (und damit meinte er natürlich sich selbst). »Ich hab einen neuen Plan, und er ist fast fertig«, erklärte er beiläufig. »Und unser Herr Schnettelbeck wird uns da äußerst nützlich sein.«

»Ach«, sagte Herr Schnettelbeck, und der bloße Gedanke an ein weiteres hanebüchenes Abenteuer mit Haugbrots Plänen jagte ihm den Puls in die Höhe. Diesmal würde er sich nicht breitschlagen lassen!

»Ja, aber da muss ich noch die Details austüfteln«, winkte Haugbrot ab. »Wo ist eigentlich die kleine Fledermaus hin? Wer hat die denn mitgebracht? Die war ja herzallerliebst.«

In dieser Nacht schlief Herr Schnettelbeck schlecht. Immer wieder schreckte er hoch, weil er träumte, er wäre wieder in einen von Haugbrots Plänen geraten, und derselbe wäre gerade grandios schiefgegangen. Mal war er im Traum von Libellen umrundet, mal fiel er in einen Hochofen und hatte vergessen, wie man fliegt. Zuletzt schreckte er sogar schweißgebadet hoch, weil er im Traum in einen Habichtschnabel hineingeflogen war und kurz vorm Gefressenwerden stand. Auch das war Teil von Haugbrots Plan gewesen – in Herrn Schnettelbecks Traum zumindest.

Er atmete schwer und versuchte, sich klarzumachen, dass alles gut war. Es dauerte eine Weile, bis er wieder in der Realität angekommen war. Dann sah Herr Schnettelbeck das Morgenlicht unter der Zeltwand hereinkriechen. Und das machte ihn nachdenklich.

Haugbrot machte doch immer Frühsport. Um diese Zeit müsste er eigentlich durch die Heide rennen. Herr Schnettelbeck rieb sich die Augen, dann stieg er geräuschlos aus dem Bett und krabbelte leise aus dem Zelt. Draußen war noch niemand. Also krabbelte er hinüber zu Haugbrots Zelttür und schaute hinein.

Tatsächlich war Haugbrots Feldbett leer und zerwühlt, und niemand war drinnen zu sehen. Aber was Herrn Schnettelbeck interessierte, war Haugbrots Schreibtisch (zwei Tonnen mit einem Brett darauf, um genau zu sein). Wenn Haugbrot zu seinen neuen Ideen irgendwelche Notizen gemacht hatte, dann musste Herr Schnettelbeck sie sehen! Allein der Gedanke, dass Haugbrot ihn für ein weiteres Himmelfahrtskommando verplant hatte, brachte Herrn Schnettelbecks Käferfüße zum Zittern.

Da lagen tatsächlich zwei Blätter mit Notizen. Einige komplizierte chemische Formeln, ein paar Daten, ein paar Wörter, umrandet und mit Strichen und Pfeilen verbunden. Herr Schnettelbeck ging alles durch und kniff die Augen zusammen. Langsam baute sich vor seinem inneren Auge eine vage Vorstellung auf, was Haugbrot damit meinen könnte. Und es gefiel ihm kein bisschen. Wirklich gar nicht. Empört ließ Herr Schnettelbeck die Papiere sinken, und dann rannte er zurück zu seinem Zelt.

»Tinea!«, zischte er und schüttelte sie an der Schulter. »Wach auf! Los, wach auf!«

»Was?«, fragte Tinea mit verquollenen Augen.

»Psst! Wir müssen verschwinden.« »Was?!« Tinea setzte sich mit einem Ruck auf. »Werden wir angegriffen?«

»Schlimmer! Haugbrots neuer Plan! Wir müssen sofort weg! Er will das Rathaus in die Luft sprengen«, erklärte Herr Schnettelbeck und wunderte sich, dass er überhaupt noch in vollständigen Sätzen sprechen konnte, angesichts einer so idiotischen Idee. »Beziehungsweise Monifa soll das machen! Weil sie auf unserer Seite ist und Odel sie noch nicht kennt. Kannst du dir das vorstellen?! Heute will er mich losschicken, um sie zu suchen. Deswegen müssen wir uns schleunigst aus dem Staub machen und in der Unterstadt verschwinden, verstehst du? Dann kann Haugbrot den Plan nicht mehr umsetzen, denn er kennt Monifa nicht und kann sie auch nicht ausfindig machen. Er muss sich etwas Neues überlegen, und damit haben die anderen Zeit, sich um das Gewitter zu kümmern.«

»Wieso weigerst du dich nicht einfach, sie zu fragen?« Tinea streckte sich.

»*Ich* kann durchaus ablehnen«, erwiderte Herr Schnettelbeck. »Aber stell dir mal die anderen vor. Emil und Martha und vielleicht auch Donna-Doria. Denkst du, sie schaffen es, Haugbrot klipp und klar nein zu sagen, wenn er sie auffordert, Sprengstoff herzustellen?«

»Hm«, murmelte Tinea. »Wahrscheinlich nicht. Vor allem nicht Martha.«

»Und kannst du dir Martha beim Herstellen von Sprengstoff vorstellen?«

»Hm«, machte Tinea wieder. »Schon, aber nur für einen kurzen Moment, und dann kommt ein lauter Knall.«

»Siehst du. Wenn wir weg sind, ist der Plan gestorben«, sagte Herr Schnettelbeck und hob wichtig den Vorderfuß.

Tinea kratzte sich am Kopf. »Dann muss ich Haugbrots Gottesanbeterin-Kostüm nehmen«, seufzte sie. »Keine Zeit mehr, um mein neues Kostüm fertig zu machen. Und wir müssen die Schenns mitnehmen. Alle hundertneunzig.« Sie ächzte und stieg von ihrem Feldbett hinunter. »Aber zuerst müssen wir unsere Hexe wecken.«

Donna-Doria verstand. Sie faltete ihnen die Schenns in zwei große Koffer, während Tinea und Herr Schnettelbeck schnell ihre Sachen anzogen und ihre Rucksäcke packten. Bloß nicht das Werkzeug vergessen! Und die zwei kleinen blauen Mützen, die ihnen Martha heimlich genäht hatte, damit sie wie Maschinen-Reparateure aussehen sollten. Und natürlich die Lagepläne über die genauen Standorte der Meinungsmaschinen. Zu guter Letzt setzte Herr Schnettelbeck seine große Schutzbrille auf.

»Bis zum Gewitter haben wir noch drei Tage«, erklärte Tinea. »Das gibt uns genug Zeit, um alle Maschinen zu verwanzen. Wir bleiben in der Unterstadt, bis die ganze Sache gelaufen ist. Dann sehen wir ja, ob Donna-Dorias Magie funktioniert hat. Donna-Doria wird den anderen schon erklären, warum wir verschwunden sind.«

»Und was erzählt sie Haugbrot?«, fragte Herr Schnettelbeck.

»Dass wir desertiert sind«, erklärte Tinea fröhlich. »Was denn sonst? Deswegen hab ich doch das Gottesanbeterinnen-Kostüm mitgenommen. Weil wir in die Unterstadt gegangen sind, um uns Odel anzuschließen.«

»Wirbeltiere«, murmelte Herr Schnettelbeck. »Völlig hirnrissige Ideen, diese Wirbeltiere.«

14. Kapitel

Schimpf und Schande

Nun waren sie also in der Unterstadt. Und sie mussten doppelt so vorsichtig sein wie zuvor. Herr Schnettelbeck zog seine blaue Mütze tief in die Stirn und trottete hinter Tinea her. Wenigstens, dachte er sich, zieht das Gottesanbeterinnen-Kostüm nicht so viel Aufmerksamkeit auf sich wie das Käferkostüm mit dem durchweg gelungenen Hinterteil! Die Wachleute am Schacht schauten nicht besonders genau hin. Zwei Monteure mit ihren Koffern interessierten sie nicht.

Sie begannen am Nordende der Stadt und arbeiteten sich vorwärts durch die Meinungsmaschinen. Vor den meisten Maschinen befanden sich trotz der frühen Stunde schon Bürger, die ihre Empörung kundtun wollten. Tinea näherte sich ihnen immer mit winkenden Vorderbeinen und wichtiger Stimme.

»Aus dem Weg, aus dem Weg«, rief sie. »Entschuldigen Sie, gnä' Frau, wir müssen hier Wartungsarbeiten durchführen. Dauert keine zehn Minuten. Entschuldigen Sie die Umstände.«

Herr Schnettelbeck krabbelte wichtig hinterher, schwenkte den Werkzeugkasten und schraubte die Maschine auf. Dabei gab er Tinea Befehle, und sie reichte ihm, was er gerade brauchte. Dann setzte er vorsichtig den Schenn in die jeweilige Maschine und zog an dem Schnürchen, wie Donna-Doria es ihm gezeigt hatte. Schwups, entfaltete sich der Schenn, und die Feder im Inneren schwankte sacht vor sich hin. Dann schraubte Herr Schnettelbeck alles wieder zu, und die Bürger stürzten sich wieder begeistert auf die Maschine.

Genau wie ich, als ich hier angekommen bin, dachte sich Herr Schnettelbeck immer wieder. So begeistert davon meine Meinungen einzuwerfen, nur damit sie verbrannt werden!

Stunde um Stunde zogen die beiden die Straßen entlang, von Meinungsmaschine zu Meinungsmaschine, fast wortlos, ohne Pause. Herrn Schnettelbeck knurrte der Magen, aber er wollte nicht aufhören. Sie mussten diese ganze Sache durchbekommen, bevor man auf sie aufmerksam wurde. Wenn man sie verhaftete und auch nur eine einzige Maschine übrig blieb, die weiter brav arbeitete – dann würden die Bürger sich wahrscheinlich alle an der einen Maschine anstellen und niemals aus ihrer Bräsigkeit erwachen. Eine riesige Schlange durch die ganze Stadt. Das war eigentlich eine lustige Vorstellung, aber Herrn Schnettelbeck war nicht zum Lachen. Denn das würden die braven Bürger wirklich tun, egal wie lange es dauerte, so sehr waren sie Sklaven der Meinungsmaschinen!

»Weißt du was?«, fragte Tinea nach vielen Stunden.

»Was?«, fragte Herr Schnettelbeck matt zurück.

»Die Hälfte ist geschafft«, erklärte Tinea und schwenkte einen der Koffer. Er war leer.

»Geschafft bin ich auch«, seufzte Herr Schnettelbeck. »Zapfenstreich für heute. Den Rest machen wir morgen.«

Sie mieteten sich in einem schmuddeligen Gasthof in einem wenig frequentierten Viertel ein, kauften sich auf der Straße ihr

Essen und aßen im Zimmer. So wenig wie möglich in Erscheinung treten, das war jetzt die Devise!

Am nächsten Morgen ging es weiter. Schon um fünf Uhr begannen sie, um möglichst wenig gesehen zu werden. Und um schnell fertig zu sein.

»Morgen Abend kommt das Gewitter«, erklärte Tinea. »Bis dahin muss jede Maschine verwanzt sein. Und der Schenn muss im Observatorium stehen!«

Auch dieser Tag verging hektisch, arbeitsam und wortlos. Herr Schnettelbeck fühlte in seiner Magengegend ein Flattern. Und es hatte nichts damit zu tun, dass er bei der Arbeit in der Liebstöckl-Straße an Monifa dachte. Es war Nervenkitzel, purer Nervenkitzel! Jetzt musste es funktionieren. Es *musste* gut gehen. Wenn er und Tinea nicht fertig würden mit ihrer Aufgabe – dann würden sie ihre Kameraden über der Erde enttäuschen, und alle Mühe wäre umsonst gewesen.

»So«, sagte Tinea schließlich um acht Uhr abends mit heiserer Stimme, nachdem sie mit der letzten Maschine fertig waren und durch eine dunkle Gasse schlenderten. »Schau mal in den Koffer.« Sie hielt ihn offen hin. Darin befand sich nur noch ein einziger Schenn: der für das Observatorium, der den Blitz in die Kuppel lenken sollte.

»Gehen wir schlafen«, sagte Herr Schnettelbeck. Er konnte sich nicht einmal freuen. Er fühlte sich müde und etwas krank. Die anstrengenden letzten zwei Tage hatten ihn sehr mitgenommen.

Am nächsten Morgen erwachte er mit einem siedendheißen Schrecken. Wie um alles in der Welt sollten sie mit Strella in Kontakt treten? Sie konnten ja nicht einfach ins Museum hineinspazieren und ein kleines Kind suchen, ohne dass seine Eltern etwas davon mitbekamen! Und es musste bis heute Nachmittag passieren – oder nie.

Er schaute sich im Raum um. Tinea saß bereits angezogen an der Decke und flickte einen Lederriemen an ihrem Gottesanbeterinnen-Kostüm, der gerissen war. »So, Schnettelbeck«, sagte sie. »Heute wird ein entspannter Tag. Nur noch den Antennen-Schenn ins Museum bringen, fertig.«

»Das dachte ich auch gerade«, sagte Herr Schnettelbeck. »Ich nehme an, du hast einen unfehlbaren Plan, wie wir das machen?«

»Ich?«, fragte Tinea verblüfft. »Wieso ich? Ich bin die Mottenmeisterin, nicht die Antennenmeisterin!«

Herr Schnettelbeck dachte kurz nach und rieb die Mundwerkzeuge aneinander. »Na schön«, sagte er schließlich. »Du bist heute nicht Teil vom Plan. Ich gehe ins Museum, und zwar mit Monifa. Du bleibst hier im Zimmer und rührst dich nicht von der Stelle, bis ich zurückkomme und dir sage, dass alles geklappt hat.«

Tinea zog die Augenbrauen hoch, aber zu seinem Erstaunen zuckte sie die Achseln und sagte: »Fein, Mistkäfer. Ich sitze brav hier und warte sehnsüchtig auf dich.« Dann überlegte sie noch einmal und taxierte ihn von oben bis unten. Schließlich stand sie auf. »Deine Monteur-Schutzbrille kannst du ja heute nicht tragen«, sagte sie und reichte Herrn Schnettelbeck ihren gestreiften Schal hinauf. »Nimm den mit. Falls du dein Gesicht verdecken willst. Dir soll ja nichts passieren.«

Herr Schnettelbeck nickte verlegen, nahm den Schal und den Koffer und wandte sich zum Gehen. »Danke.« Von nun an bin ich auf mich selbst gestellt, dachte er und schluckte. Und Monifa konnte er jetzt nicht mehr aus seinen Machenschaften heraushalten.

Monifa war zu Hause. Als sie die Tür öffnete, ging ein Lächeln über ihr Gesicht. »Guten Morgen«, sagte sie. »Ich hatte mich schon gefragt, ob du dich noch einmal in die Stadt traust. Du hättest mir aber auch einfach schreiben können. Ich wäre auch zur Erdoberfläche gekommen!«

Herr Schnettelbeck schüttelte den Kopf. »Sosehr ich mich auch freue, dich zu sehen«, sagte er, »ich bin heute hier, um die Sache – du weißt schon was – zu Ende zu bringen. Wir haben alles vorbereitet, ich muss nur noch etwas erledigen. Sehr, sehr wichtig. Und ich brauche dich, als meine Tarnung. Wirst du mir helfen?«

Monifa lächelte erst, dann legte sie vorsichtig den Kopf schief. »Was habt ihr vor?«

»Nichts Illegales«, erklärte Herr Schnettelbeck schnell. »Heute ist alles legal, was wir tun. Du sollst mit mir ausgehen – ins Fledermuseum. Und vorher kaufe ich dir noch einen großen Blumenstrauß!«

Monifa grinste. »Das hört sich gut an. Kommt in deinem Plan auch ein Mittagessen vor?«

Herr Schnettelbeck fand, das sei nicht die Zeit für Scherze. »Du hast keine Angst, dass du verhaftet wirst, wenn sie mich erwischen?«, fragte er bang.

»Wie denn?«, fragte Monifa leichthin. »Soweit ich weiß, bist du einfach nur ein charmanter Käfer mit einem Blumenstrauß, der mich ins Museum eingeladen hat. Keiner hat mir gesagt, dass du ein Verbrecher bist.« Und so, wie sie das sagte, würde es ihr auch jeder glauben, dachte Herr Schnettelbeck.

Er rannte los, kaufte einen großen Papierblumenstrauß und kehrte zu Monifas Wohnung zurück. Im Hausflur öffnete er den Koffer, nahm den zusammengeklappten Schenn heraus und friemelte ihn fluchend in den Blumenstrauß hinein, bis man ihn nicht mehr sah. Dann richtete er sich auf, lächelte breit und klingelte noch einmal.

Fräulein Monifa öffnete. Sie hatte sich inzwischen den Mantel angezogen. »Oh«, sagte sie wissend. »Meine Verabredung ist da!« Sie hakte sich bei ihm ein, und Herr Schnettelbeck führte sie hocherhobenen Hauptes hinaus auf die Straße und Richtung Stadtkern. Niemand in der Menge schenkte ihnen Beachtung.

Monifa lehnte ihren Kopf gegen seinen (was ein bisschen komisch aussah, denn Monifa war ja etwas größer als er). Das tat sie aber nicht aus Zärtlichkeit.

»Was soll ich tun?«, fragte sie. »Muss ich irgendwas Bestimmtes sagen?«

»Nein«, erwiderte Herr Schnettelbeck leise. »Sei einfach du selbst. Wir gehen ins Museum und suchen Strella.« Dann erklärte er ihr in aller Kürze, was Strella tun sollte.

Und da sah er Monifa zum ersten Mal zweifeln. »Seid ihr sicher, dass das eine gute Idee ist?«, fragte sie. »Das klingt wirklich gefährlich. Für die ganze Stadt, aber auch für die kleine Strella. Was, wenn sie nicht auf euch hört und in der Kuppel bleibt, um den Blitzeinschlag zu sehen?«

Herr Schnettelbeck seufzte. Da war es wieder, das Nervenflattern! »Das müssen wir ihr noch einmal einschärfen«, nickte er. »Aber erst müssen wir sie alleine erwischen und ihr den Schenn übergeben! Und das wird gar nicht einfach, denn die Fledermäuse sind einfach überall im Museum. Auf so ein kleines Kind haben sie bestimmt immer ein Auge.«

Monifa schaute still nach vorne. Dann ging ein schlaues Lächeln über ihr Gesicht, und ihre Augen begannen zu funkeln.

»Hast du eine Idee?«, fragte Herr Schnettelbeck hoffnungsvoll.

»Wart's ab«, erwiderte Monifa schelmisch. »Vielleicht ist es eine gute. Vielleicht nicht.«

Als sie die Eingangshalle betraten, kam Kuttelfleck angeflattert. Er sah nicht allzu erfreut aus.

»Herr Kuttelfleck«, rief Monifa ihm gleich charmant entgegen. »Schön, Sie wiederzusehen.«

Kuttelfleck landete bei ihnen. »Hören Sie mal«, erklärte er peinlich berührt. »Ich habe einen riesigen Ärger von Blechstein und Kannegießer gekriegt, weil ich Ihnen mit der Karte geholfen habe. Wir dürfen uns wirklich gar nichts zuschulden kommen lassen, sagt Kannegießer. Nicht mal den Hauch von einem Verdacht, dass wir Ihnen helfen. Deswegen darf ich Sie leider nicht mehr ins Museum lassen.«

»Aber ich möchte Fräulein Monifa nur das Museum zeigen«, erwiderte Herr Schnettelbeck so freundlich, wie er konnte. »Neulich, als Sie sie hergeholt haben, da hat sie das Museum gar nicht gesehen. Das wollen wir nachholen.«

»Das ist nämlich mein Geburtstagsausflug heute, wissen Sie«, erklärte Monifa.

Kuttelfleck biss sich mit seinen spitzen Zähnen auf die Unterlippe und schaute zur Decke, erst nach links, dann nach rechts. Herr Schnettelbeck war sicher, dass da oben seine Vorgesetzten im Schatten hingen und genauestens zuhörten.

»Wir möchten wirklich nur das Museum anschauen«, rief er in das Gewölbe der Halle. »Wir schwören hoch und heilig, dass wir hier nichts Illegales tun wollen!« Und das stimmte ja genaugenommen auch. Einem Kind ein paar Stöckchen mit Federn und Kristallen zu geben, war nicht illegal! Das sagte er aber natürlich nicht.

Im Gebälk tuschelten und flüsterten Stimmen. Es raschelte in der Dunkelheit wie altes Pergament, dann kam Kannegießer angesegelt. Auch sie landete mit einem unbeholfenen Hopser neben ihnen.

»Hören Sie mal«, seufzte sie. »Sie dürfen sich die Sammlung anschauen, aber wenn Sie irgendetwas Komisches machen oder wieder in den privaten Bereich des Museums gehen, dann haben Sie Hausverbot auf Lebenszeit.« Mit einem drohenden Blick auf Monifa fügte sie hinzu: »Beide.«

Monifa lächelte ihr charmantestes Lächeln. »Ganz bestimmt nicht«, erklärte sie.

»Ich glaube«, gab Kannegießer mit einem breiten, aber eisigen Lächeln zurück, »da gehe ich lieber mit Ihnen. Sie kriegen eine private Führung von mir. Und ich habe ein Auge auf Sie.«

Herr Schnettelbeck drehte sich zu Monifa um. »Siehst du«, sagte er und lächelte ebenfalls (das tat er nicht oft und meistens unwillkürlich, deshalb knirschte sein Gesicht ein bisschen dabei). »Kannegießer ist nämlich die Observatoriumsleiterin hier. Eine Führung von ihr muss ja großartig werden!«

Und die Führung war tatsächlich gut. Kannegießer machte ihre Sache sogar noch besser als Kuttelfleck. Aber Herr Schnettelbeck schaute sich immer wieder um und horchte bang auf Strellas Stimme. Wenn sie sich nicht in den Ausstellungsräumen aufhielt, dann würden sie sie gar nicht zu sehen bekommen!

Vitrine für Vitrine zog an ihnen vorbei, ohne dass auch nur

eine Spur von Strella aufgetaucht wäre. Herrn Schnettelbecks Herz schlug immer schneller.

Monifa bemerkte seine Nervosität und drückte heimlich seinen Vorderfuß. Auch sie spähte heimlich um jede Ecke und hinter jede Vitrine.

Schließlich betraten sie den dritten und letzten Stock. Erstes Regal – keine Strella. Zweites Regal – keine Strella. Herr Schnettelbeck sah bereits schwarze Punkte vor seinen Augen. Alles würde schiefgehen, wenn sie jetzt nicht auftauchte! Da klackte vor seinen Füßen plötzlich etwas über die Steinfliesen. Es war eine rote Murmel. Und da wusste Herr Schnettelbeck, dass sie gerettet waren.

»Hallo, Herr Mistkäfer«, sagte Strella und kam hinter einer Vitrine hervor.

»Hallo, Strella«, sagte Herr Schnettelbeck.

»Spielst du *jetzt* mit mir Murmeln?«, fragte Strella vorwurfsvoll.

Herr Schnettelbeck drückte sein Gesicht wieder in eine lächelnde Form. »Na, irgendwann muss ich das Versprechen wohl einlösen«, nickte er.

»Dafür habe ich aber gar keine Zeit«, sagte Kannegießer und schaute ins Gebälk. Anscheinend hoffte sie, dass irgendeine andere Fledermaus für sie übernehmen würde. »Ich muss zurück an die Arbeit.«

»Oh, wie hinreißend«, rief da plötzlich Monifa von der nächsten Vitrine her. »Sie haben ein Kostüm aus dem Fledermausballett von Ummsing?«

Kannegießer drehte sich um. »Oh ja«, sagte sie. »Das gehörte sogar mal einer Primaballerina. Wie haben Sie denn erkannt, dass es aus dem Ballett von Ummsing stammt?«

Herr Schnettelbeck sah hinter Glas einen Alptraum in Rosa und Weiß. Ein Tanzkostüm wie eine Sahnetorte. Aber Monifa war ganz hingerissen.

»Ich bin Tanzlehrerin, wissen Sie«, erklärte sie. »Natürlich kenne ich die Bühnenkostüme von damals. Ich habe im Theater gesessen und gestaunt!«

Kannegießer staunte auch. Das Eis war gebrochen. »Sie interessieren sich für das Fledermausballett?«, wunderte sie sich.

»Oh ja, sicher, nur kann ich leider die Musik dazu kaum hören, weil die Frequenzen ja auf Fledermausohren angepasst sind«, erklärte Monifa. »Ich war allerdings so beeindruckt von der Grazie der Fledermäuse, dass ich selbst versucht habe, einen ähnlichen Tanz zu entwickeln. Nur eben für Käfer. Möchten Sie ihn mal sehen?«

»Öhm«, machte Kannegießer. Sie schaute wieder ins Gebälk. »Möchten wir diesen Tanz sehen?«, fragte sie laut. Es war offensichtlich, dass *sie* ihn gern sehen wollte.

Es raschelte an der Decke – fast überall.

»Ja, klar!«

»Ein Tanz? Hier?«

»Au ja!«

Kuttelfleck kam aus dem Schatten gehumpelt. »Brauchen wir Musik? Ich kann schnell meine Bassgeige holen! Die können sogar Nicht-Fledermäuse hören.«

»Und ich hol meine Trommel!«, rief jemand anders.

Die Fledermäuse lösten sich von der Decke und kamen zu ihnen geflattert. Unter ihnen waren Blechstein und Nepenthe und Fürbaß und viele andere, unbekannte Gesichter.

»Und du«, erklärte Monifa, »kannst derweil mit der Kleinen die Partie Murmeln spielen, die du ihr versprochen hast.«

Da wurde Herrn Schnettelbeck das ganze Ausmaß von Monifas Genialität klar. Alle würden auf sie schauen, wenn sie tanzte. Und mit Trommel und Geige war für eine Geräuschkulisse gesorgt, sodass niemand hören würde, wie er mit Strella flüsterte! Er war restlos begeistert von dieser listigen Käferin.

Da kam schon Kuttelfleck und schleppte seine Bassgeige an. Jemand anders rollte eine große Trommel zwischen den Säulen hervor. Die Fledermäuse bildeten einen weiten Kreis und machten Monifa Platz.

Monifa gab Herrn Schnettelbeck die Blumen zum Halten, zog schwungvoll eine rote Papierblume daraus hervor und klemmte sie zwischen die Mandibeln. »Einen beschwingten Walzer, bitte«, sagte sie und schritt in die Mitte des Kreises.

»So«, sagte Strella zufrieden. »Jetzt spielen wir Murmeln.«

Herr Schnettelbeck hätte den Tanz gern gesehen, aber es gab jetzt sehr wichtige Dinge zu tun. Er hockte sich zu Strella auf den Fußboden. Der Bass brummte, die Trommel wummerte, und Herr Schnettelbeck flüsterte Strella zu:

»Erinnerst du dich noch, worum wir dich gebeten haben? Dass du etwas für uns in die Kuppel bringst, danach wieder aus dem Observatorium hinausgehst und hinter dir abschließt?«

»Ja, klar«, flüsterte Strella begeistert. »Mit dem Schlüssel vom Schlüsselbrett. Und dann häng ich den Schlüssel wieder hin, auf das Schlüsselbrett.«

Herr Schnettelbeck zog den Schenn aus dem Strauß hervor und zerriss ihn dabei fast. »Hier«, sagte er eilig und zog an dem Schnürchen, sodass der Schenn aufsprang. »Das muss in die Kuppel, und zwar so schnell wie möglich. Und du musst sofort wieder die Kuppel verlassen und hinter dir abschließen, ganz wichtig!«

»Mach ich«, sagte Strella und steckte den Schenn unter ihren Flügel.

»Und du darfst keinem davon erzählen«, drängte Herr Schnettelbeck. »Zumindest erst morgen. Denn dann ist die Sache gelaufen.«

Strella nickte ungeduldig. »Ja, aber jetzt muss ich dir die Regeln zeigen, wie man Murmeln spielt. Guck hier, die große Rote hier gewinnt immer. Und die kleine Blaue hier gewinnt manchmal, wenn ich die Rote verloren hab. Du kriegst die kleine Blaue.«

Herr Schnettelbeck schaute über die Schulter. Monifa surrte zum Takt der Trommel über die Bodenplatten, die rote Papierblume zwischen den Mandibeln. Den Fledermäusen standen ihre Mäuler offen. Sein Herz schlug höher. Was für eine Käferin!

»He, du hast verloren«, sagte Strella vorwurfsvoll und klickte ihre große rote Murmel gegen seine kleine blaue.

»Oh«, sagte Herr Schnettelbeck und hörte gar nicht zu. »Und du versprichst mir, Strella, dass du nicht in das Observatorium zurückgehst? Und auch niemand anders hineinschickst?«

»Hörenwort«, sagte Strella und hob eine Kralle.

»Hörenwort?«, wunderte sich Herr Schnettelbeck. »Ach, du meinst Ehrenwort! Ehrenwort heißt das.«

»Ehrenwort«, wiederholte Strella. »Guck mal, du hast schon wieder verloren!«

Herr Schnettelbeck klickte die Murmeln mit Strella hin und her und schaute immer wieder mit einem halben Auge auf Monifa. Er verlor 32 Partien, und Strella gewann 36 (wie das funktioniert hatte, konnte er sich hinterher auch nicht mehr erklären). Dann verstummten die Trommel und die Bassgeige, und die Fledermäuse begannen zu klatschen und zu jubeln.

»Strella«, zischte er schnell, während sich die Menge auflöste. »Denkst du daran, was du mir versprochen hast?«

»Ja, Hörenwort«, sagte Strella. »Und bis morgen darf ich keinem davon erzählen.«

Da kam schon Blechstein hinter ihnen angeschlurft und klopfte Herrn Schnettelbeck auf die Schulter. »Wahnsinn«, rief er. »Ich habe gerade zu Ihrer Begleiterin gesagt: toller Tanz. Fast so gut wie eine richtige Fledermaus. So viel Leidenschaft und Grazie! Und das in ihrem Alter, pardon.«

Herr Schnettelbeck platzte fast vor Stolz. »Ja, nicht wahr? Sehr beeindruckend.«

Monifa kam zu ihm herübergetänzelt. »Das hat Spaß gemacht«, erklärte sie. »Und so ein begeistertes Publikum! Das hat man in der Tanzschule selten.«

Auch Kannegießer grinste zufrieden. »Das Vergnügen ist ganz auf unserer Seite! Und, ganz unter uns, Kuttelfleck war selig, dass er endlich mal wieder seine Bassgeige spielen konnte. So, und jetzt zeige ich Ihnen noch einige wirklich wichtige Erfindungen der Fledermäuse!« Und sie steuerte auf die Vitrine mit den Schnabeltassen aus Biskuitporzellan zu.

Herr Schnettelbeck hakte sich bei Monifa ein. Eine große Ruhe überkam ihn. Was immer jetzt passierte – es lag nicht mehr in seiner Hand. Möge Strella ihre Sache gut machen, und möge das Gewitter pünktlich sein!

»Wie hast du nur so schnell einen Weg gefunden, um sie mit einem Tanz abzulenken?«, flüsterte er Monifa zu.

»Oh«, sagte Monifa und zwinkerte ihm zu, »ein Grund zum Tanzen fällt mir immer ein!«

Herr Schnettelbeck brachte Monifa nach Hause und schlenderte dann nachdenklich zum Gasthof zurück, den Schal hoch übers Gesicht gezogen. Sobald er die Tür zum Zimmer geöffnet hatte, kam ihm Tinea entgegen wie ein Springteufelchen.

»Und?«, rief sie. »Und?!«

»Alles hat funktioniert«, sagte Herr Schnettelbeck. »Strella hat die Antenne und den Schenn übernommen. Der Rest liegt in ihrer Hand. Und in Donna-Dorias Hand, natürlich. Ich hoffe nur, dass niemand mehr in die Kuppel geht, bis das Gewitter kommt!«

Tinea schüttelte den Kopf. »Laut Donna-Doria kommt das Gewitter heute Abend, ungefähr um sechs«, sagte sie. »Niemand geht ins Observatorium, um den Himmel anzugucken, solang es Tag ist. – Und jetzt erzähl mir alles!«

Herr Schnettelbeck und Tinea saßen also in ihrem schäbigen kleinen Zimmer und warteten bange auf das Gewitter. Hier unter der Erde würden sie nicht einmal den Donner hören. Erst, wenn der Blitz durch die Stadt zischte, würden sie etwas mitbekommen. Von den Straßen drang der normale Lärm der Unterstadt hinein: das Schwatzen der Leute, das Trappeln der Füße und das sanfte Krunschen der Meinungsmaschinen. Und so warteten und warteten sie, und jede Sekunde verrann zäh wie Gummi.

Über der Erde liefen die Bewohner der Oberstadt durcheinander, ihre Nerven gespannt wie Drahtseile (außer Haugbrot, dem es nur langsam dämmerte, dass etwas im Busch war). Aber die Oberstädter waren mit Recht nervös. Seit Menschengedenken hatte niemand versucht, einen Blitz einzufangen. Und bestimmt auch nicht seit Spitzmaus- oder Käfergedenken. Es konnte alles passieren – oder gar nichts. Nicht einmal Donna-Doria wusste, worauf sie sich eingelassen hatte.

Und das Gewitter kam. Es war ein mächtiges Gewitter, mit riesigen Regentropfen, die schneller niederprasselten, als die Erde sie aufnehmen konnte. Der Donner ließ jede Blechwand von Oberstadt erzittern. Ab und zu zeigte sich ein Wetterleuchten, und die Oberstädter fragten sich bange, ob sie nicht gerade ihr eigenes Grab schaufelten – zwischen Metallhütten, auf einer riesigen Altmetall-Halde auf einen Blitz zu warten!

Nun ja, alle Oberstädter außer Donna-Doria fragten sich das. Die Gewitterhexe war so fröhlich, wie man nur sein konnte. »Ah, diese unglaublichen Urgewalten«, schwärmte sie. »Endlich fühle ich mich wieder eins mit dem Universum!«

Emil Wach rannte hinter ihr her und assistierte ihr. Sie musste alle ihre Fläschchen und Federn bei sich haben, und Emil half ihr, sie auf einem großen, kahlen Platz zu drapieren. Hier sollte der Blitz einschlagen – das war der Plan. Schließlich hatten sie Donna-Dorias ganze Sammlung dort ausgelegt, und Donna-Doria rief: »Und jetzt in Deckung!«

Die Oberstädter rannten davon, zwischen die Bäume. In sicherer Entfernung (sagte Donna-Doria jedenfalls) stellten sie sich auf und warteten.

»Und nun?«, fragte Martha etwas ungeduldig.

»Du musst dich noch eine Weile gedulden«, bestimmte Donna-Doria. Von ihrer üblichen Schusseligkeit war nicht viel übriggeblieben. Sie beachtete die anderen gar nicht richtig, sondern behielt hellwach den Platz im Auge. »Ich muss kurz vor einem richtig großen Blitz die Formel sagen, sonst funktioniert es nicht.«

»Was macht ihr hier eigentlich?«, fragte Haugbrot, der versuchte, langsam den roten Faden zu finden. Aber niemand antwortete, jedermanns Nerven waren gespannt wie Drahtseile.

»Woher weißt du denn, wann ein Blitz?«, fragte Martha.

Donna-Doria schüttelte ungeduldig den Kopf. »Ich weiß das eben. Du spürst es doch auch, wenn ein Gewitter im Anzug ist, oder? Ich spüre es eben noch genauer. Ich merke jeden einzelnen Teil des Gewitters, bevor er passiert. Und jetzt Ruhe!«

Die Oberstädter schauten sich an. Donna-Doria stand wie eine Statue. Der Wind zerrte an ihren Haaren. Ihre Augen funkelten. Sie saugte die Luft durch die Zähne ein, und ihre Nackenhaare stellten sich auf. Dann schrie sie den Wind an.

Ich bin ein Teil von dir,
ich bin dein Schüler,
der Himmel bricht.
Du gibst mir deine Kraft,
ich trag sie weiter,
gib mir dein Licht!

Sie hob nicht einmal die Hände. Sie schrie einfach nur in den Wind, und der Wind drehte sich plötzlich, als würde er ihr gehorchen. Die Gewitterwolken schienen stillzustehen. Sogar der Regen hörte plötzlich auf. Alles war totenstill. Und dann begann eine Sturmflut niederzuprasseln, und in der Ferne begann es leise zu grollen.

Es rumpelte und grollte und hörte nicht mehr auf, immer lauter, und dann gab es einen ohrenbetäubenden Knall von Horizont zu Horizont. Die ganze Wut des Gewitters entlud sich mit Blitz und Donner gleichzeitig, und der Blitz schlug in die Erde ein. Die Oberstadt explodierte und zersprang und zerstob wie Puder: Zelte, Stangen, Betten, Geschirr, Wellblechdächer und das Klohäuschen. Der ohrenbetäubende Lärm übertönte sogar das Geschrei der Oberstädter, die sich die Hände über den Kopf hielten.

Aber der Blitz war noch nicht fertig. Er suchte sich seinen Weg durch die Erde wie durch einen nassen Schwamm, und er fuhr durch Gestein und durch Mauern und durch die Grundfesten der Fledermaus-Zitadelle. Die Wände wackelten, jede einzelne Schnabeltasse klapperte in jedem einzelnen Regal. Ein tiefes, elektrisches Surren fuhr allen Fledermäusen durch die Knochen. Unaufhaltsam raste die Entladung abwärts, durch alle Ausstellungshallen und alle Vitrinen, und bahnte sich ihren Weg zur Kupferkuppel. Artibeus Speck wackelte, als wäre er plötzlich wieder lebendig geworden, und dann explodierte er.

Der Blitz raste durch die Wände, von allen Seiten in die Kuppel, die Kupferbahnen entlang, und als die Entladungen in der Mitte der Kuppel zusammentrafen – da gab es noch einen Knall. Das Observatorium schepperte, dann wibbelte es noch in bisschen – und dann war es plötzlich still, totenstill.

Die Fledermäuse dachten natürlich an einen Unfall. »Puh, da sind wir ja gerade nochmal glimpflich davongekommen«, sagten sie zueinander. Und es war so, als wäre nichts passiert. Bis auf den armen, ausgestopften Artibeus Speck. Von dem war nicht einmal ein Härchen übriggeblieben.

Aber nichts war mehr wie vorher in der Unterstadt.

»Los, komm«, rief Tinea und zerrte an Herrn Schnettelbeck. »Wir müssen sehen, ob es funktioniert hat!«

Herr Schnettelbeck und Tinea rannten auf die Straße. Himmel noch mal, dachte Herr Schnettelbeck, das hat sich ja im Kopf angefühlt wie Neujahr. Komplett mit Feuerwerk.

Tineas Kletterhaken kratzten neben ihm auf dem Pflaster,

während sie nach der nächsten Meinungsmaschine Ausschau hielten. Dann sahen sie eine der vertrauten Schlangen von Leuten, die um eine Maschine herumstanden. Tinea hielt atemlos an. »Komm, gehen wir hin«, flüsterte sie. »Aber unauffällig.«

Sie schlenderten hinüber. Ein Bockkäfer war ganz vorn in der Reihe. Obwohl es gerade einen ohrenbetäubenden Knall gegeben hatte, schrieb er eifrig auf seinen Zettel und war nicht abzulenken. Herr Schnettelbeck schaute ihm dezent über die Schulter.

Die Steuern sind dieses Jahr um siebzehn Prozent gestiegen. Die da oben bereichern sich doch nur an uns armen Leuten! Schande!

Verdrossen warf er den Zettel ein und zog am Hebel. Die Maschine schluckte, machte ihr angenehmes Geräusch und begann dann plötzlich zu summen. Aus dem Summen wurde ein Rattern. Aus dem Rattern wurde ein ausgewachsener Schüttelfrost, und dann plötzlich kam ein Zettel aus dem Schlitz geschossen, gefolgt von vielen kleinen Papierschnipseln. Verdutzt nahm der Bockkäfer den Zettel und begann zu lesen.

Herr Schnettelbeck schaute ihm wieder über die Schulter.

Schnarch Schnarch! Die miesen beeren sind zu teuer oha Peng. Die tonnen sind zu dum. Ja siehe genoerbeL!

»Schnarch, schnarch?«, fragte der Käfer fassungslos. »Was soll das denn heißen?« Aber dann dämmerte es ihm, dass sich jemand über ihn lustig machte. »Genörbel? Das ist eine berechtigte Beschwerde, kein Genörbel! So eine Frechheit!«

Hinter ihm räusperte sich ein Silberfischchen, dem das zu lange dauerte. »Sie haben es offensichtlich nicht richtig gemacht«, mischte es sich ein. »Warten Sie, ich probiere es mal.«

Es nahm einen Zettel und schrieb drauf:

Die Schnitzel im Hirsch sind in letzter Zeit so
komisch zäh. Man sollte die Gesundheitsbehörde
mal dort hinschicken!

Der Apparat schluckte den Zettel, summte und begann dann wieder zu rattern.

»Das klingt nicht gut«, meinte jemand weiter hinten in der Schlange besorgt.

Und schon flog die Antwort der Meinungsmaschine ins Freie, gefolgt von den übriggebliebenen Buchstaben.

Du erinnerst mich an schlämMkreide.
Hihihi dödelotto Schickes ZitronenGesicht!

»Wie bitte?!«, rief das Silberfischchen und erbleichte. Jetzt sah es tatsächlich aus wie Schlämmkreide. »Zitronengesicht? Dödelotto? Jetzt reicht's! Dieser Apparat ist kaputt, und jemand muss dafür haften, dass er solche Beleidigungen ausspuckt!«

Einen Moment lang schauten sich alle Beteiligten hilflos an. Herr Schnettelbeck war viel zu nervös, um zu grinsen – obwohl es wirklich lustig war.

»Was tun wir denn jetzt?«, fragte eine ältere Schnecke.

»Einen Beschwerdezettel einwerfen«, beschloss eine Florfliege.

»Der Apparat ist doch kaputt«, hielt der Bockkäfer dagegen.

»Aber was tut man denn sonst in so einem Fall?«, regte sich die Florfliege auf.

»Tja«, machte der Bockkäfer.

»Platz da.« Ein großer, breiter Spinnerich drängelte sich nach vorne. »Ich verstehe was von Maschinen. Lassen Sie mich mal!« Er trat fest gegen den Apparat, sodass er schepperte, schaute den Apparat von oben an, schaute den Apparat von unten an, und dann warf er seine eigene Botschaft ein.

Mein Wasser wird nicht richtig heiß!
Wofür bezahlen wir eigentlich Steuern?

Drohend runzelte er den Apparat an und zog den Hebel, und die Quittung bekam er prompt:

deine Mutter ißt Schlüssel in nichtiger zWirnfrage!
hirnWeich wa?

»Das ist doch … also, das ist doch …«, machte der Spinnerich, völlig perplex vor Wut.

»Der Apparat hätte wirklich Ihre Mutter aus dem Spiel lassen sollen«, sagte der Bockkäfer mitfühlend.

Aber die Worte gingen im Lärm unter, denn der Spinnerich begann, die metallene Frontverkleidung von der Maschine abzureißen. »Keine Angst«, knirschte er wütend. »Ich verstehe was von Maschinen!« Und damit löste sich die letzte Schraube aus ihrem Loch und der Spinnerich konnte in das Innere der Maschine hineingucken. Er stutzte – offensichtlich war ihm doch nicht so klar, was nun zu tun sei. Da waren ein kleiner Kessel zum Sammeln der Zettel, ein paar Hebel und Sprungfedern, aber sonst nur etwas Holz und ein kleines, kleines Stück Kristall, das an einem Faden hing.

»Haben Sie den Fehler schon gefunden?«, fragte das Silberfischchen eifrig.

»Nein«, zischte der Spinnerich, »aber gleich!« Und damit riss er Federn und Kristall und Kessel und alles heraus und warf es wütend von sich. Es fiel zwischen den Häuserschluchten entlang und verschwand in der Tiefe. Aber immer noch fand er keinen Anhaltspunkt. Fluchend trampelte er auf den Maschinenresten herum.

»Ah«, sagte die Florfliege zufrieden. »So macht man das also. Es muss toll sein, wenn man was von Maschinen versteht.«

»Das hat keinen Zweck«, keuchte der Spinnerich schließlich.

»Dann gehen wir einfach zum nächsten Apparat«, beschloss die Florfliege loyal. »Ich lasse Sie auch vor.«

Herr Schnettelbeck und Tinea mischten sich still unter die Menge, während sie ein paar Straßen weiter stapfte. Vor der nächsten Meinungsmaschine stand gerade ein winziger Käfer, und der wurde einfach zur Seite geschubst. »Machen Sie mal Platz«, forderte der Spinnerich. »Wir müssen hier was Wichtiges ausprobieren!«

Eine Schabe trat vor. Sie hatte schon unterwegs einen Zettel vorbereitet. Darauf stand:

Der Bürgermeister sollte sich dringend um die Maschinen kümmern! Das ist ja wohl das Mindeste!

»So«, sagte sie, während sie den Zettel einwarf. »*Diese* Maschine wird ja hoffentlich funktionieren!«

Aber dann begann auch dieser Apparat zu rattern, und die

Schabe zog ein langes Gesicht. Die Botschaft ließ nicht lange auf sich warten. Zitternd vor Spannung nahm die Schabe sie entgegen.

ja würg doch schaBe! Mimimi nieDer mit
Dem lustigen handkaese! sie Müllrestesser

»Müllrestesser?! Wir sind äußerst wichtige Abfallverwerter der Natur!«, schrie die Schabe den Zettel an.

»Entschuldigung«, begehrte da der kleine Käfer auf. »Jetzt bin ich aber dran! Sie haben sich ja schon vorgedrängelt!« Und dann stellte er sich auf die Tarsenspitzen und warf seinen Zettel ein. Darauf stand:

Das Wetter wird auch immer mieser in dieser Stadt!
Wann tut jemand etwas dagegen?

»Der Apparat ist kaputt und der in der nächsten Straße auch«, belehrte ihn die Florfliege, während der Apparat sein angenehmes Geräusch machte und zu rattern begann.

»Wie, kaputt?«, fragte der kleine Käfer, und da kam es schon:

ist Das deine nase? au je sieht auS
Wie Warme eier an darm ne!

»Jetzt reicht's!«, schrie der Spinnerich. »Der Bürgermeister verspottet uns!«

»Aber was sollen wir denn dagegen tun?«, fragte der kleine Käfer verwirrt.

»Das dürfen wir uns nicht gefallen lassen«, brüllte die Schabe und rüttelte an dem Apparat. Aber der war fest mit dem Boden verschraubt. Der Spinnerich kam ihr zu Hilfe, brach den Hebel ab und drosch damit auf das kleine Fenster ein, hinter dem immer noch die Worte *Vielen Dank für Ihre Meinung* prangten. Dann verbeulte er die Frontklappe, und als sie aufsprang, riss er Schenn, Drähte und Innenleben heraus, wie er es schon vorher getan hatte. Angewidert ließ er sie in die Tiefe fallen.

»Los«, knirschte die Florfliege, und ihre Flügel zitterten vor Wut. »Wir beenden diesen Scherz ein für alle Mal! Nieder mit den Meinungsmaschinen!«

Die aufgebrachte Gruppe stolperte zur nächsten Meinungsmaschine, drei Straßen weiter. Herr Schnettelbeck und Tinea folgten, so schnell sie konnten. Da stand eine Köcherfliege vor dem Apparat, summte fröhlich vor sich hin und faltete ihr frischgeschriebenes Zettelchen.

Der große Spinnerich gab dem Apparat einen ordentlichen Tritt. Dann begann er daran zu rütteln.

»Was machen Sie denn da?!«, rief die Köcherfliege erschrocken und warf sich dazwischen.

»Zeigen Sie doch mal, was auf Ihrem Zettel steht«, forderte der Spinnerich.

Mit einem misstrauischen Seitenblick gehorchte die Köcherfliege.

Die Sicherheitsvorkehrungen der Stadt lassen
zu wünschen übrig! Aber so ist es, denen da oben
sind wir egal!

»Und jetzt schmeißen Sie ihn ein«, sagte der Spinnerich, und das tat die Köcherfliege. Und der Apparat spuckte aus:

Du Stinkebrot geh wArzen bügeln denn wir sind schon lange berauschd! So isses!

Das war sein letztes Wort, denn schon zerrten die Florfliege und die Schabe an den Nieten, die die Maschine im Pflaster festhielten. Die Köcherfliege feuerte sie an. Plötzlich hatte irgendjemand von irgendwoher ein Brecheisen geholt. Dem konnten die Nieten nicht lange standhalten. Der Apparat wackelte, dann knirschte es, und dann traten alle zur Seite und die Meinungsmaschine fiel bleischwer in die Tiefe und verschwand in der Dunkelheit der Grotte. Es dauerte lange, bis es in der Ferne leise *platsch* machte.

Herr Schnettelbeck fand, dass sie nun gehen könnten.

In dieser Nacht beherrschten Aufstände die Unterstadt. Niemand, nicht einmal die schneidigen Polizisten, wollte sich der stets anwachsenden Menge wütender Meinungsmaschinen-Konsumenten entgegenstellen. Warum sollte man auch seine Gesundheit für ein paar Maschinen riskieren? Schließlich würden die Maschinen doch bestimmt bald ersetzt werden, und dann konnte man eine saftige Beschwerde über die Gefahren des Polizistenberufs einwerfen und dabei gleich zart auf eine Gehaltserhöhung spekulieren.

Gegen Mitternacht war das Rathaus umstellt. Chöre skandierten und forderten das Erscheinen des Bürgermeisters. In der Menge waren auch Tinea und Herr Schnettelbeck.

»Schimpf und Schande«, schrie eine alte Stubenfliege neben ihnen und drohte mit ihrem Schirm. »Unser Bürgermeister macht sich über unsere Sorgen und Nöte lustig!«

»Komm raus, du Feigling«, schrie eine wütende Nacktschnecke. »Lass du dich noch mal in dieser Stadt blicken!«

Endlich öffnete sich im ersten Stock ein großes Butzenfenster, und Odel streckte seinen Kopf hinaus. »Was soll dieser Lärm?«, empörte er sich mit autoritärer Stimme, aber dann sah er, wer alles vor seinem Fenster stand. Er erbleichte unter seinem gewienerten Panzer.

Er konnte ja gar nicht wissen, warum alle so wütend waren! Und das freute Herrn Schnettelbeck umso mehr. »Jetzt ist der Herr Bürgermeister mal mit Rätselraten dran«, sagte er zufrieden.

Tinea brüllte nach Leibeskräften mit. »Du aalglatter Widerling«, raunzte sie, und ihre Energie spornte alle um sie herum noch mehr an. »Komm raus und sag uns ins Gesicht, was du uns durch deine Maschinen gesagt hast!«

»Genau!«

»Meine Rede!«

»Großkotz!«

Odel starrte verblüfft herum.

»Und deine dicke Tante kannst du gleich mitbringen«, rief Tinea, »dann lass ich sie ihr eigenes Monokel fressen!« Alle um sie herum stimmten lauthals zu. Anscheinend war Agharta nicht sehr beliebt.

Odel verschwand mit irritiertem Blick vom Fenster. Kurz darauf kehrte er mit einem blechernen Sprachrohr zurück. »Liebe Bürger der Unterstadt«, rief er hinein. »Was ist euer Anliegen? Ich diene dieser Stadt und ihren Angelegenheiten gern rund um die Uhr, aber was wollt ihr?«

»Ein Duell«, rief eine sehr altmodisch aussehende Schnabelkerfe. »Für meine gekränkte Ehre! Ihre vermaledeite Maschine hat mich einen Klopskopf genannt!«

»Beruhigen Sie sich bitte«, stammelte Odel. »Maschinen sind natürlich auch einmal störungsanfällig. Ein Techniker ist, ähm, informiert!«

»*Ein* Techniker?«, rief jemand. »Hahaha!«

»Alle Meinungsmaschinen hatten gleichzeitig eine Störung?!«, rief noch jemand anders. »Sehr witzig! Das können Sie Ihrer Oma erzählen!«

Odel schaute von einer Seite des Rathausplatzes zur anderen. Überall wütende Unterstädter. Einige hatten Fackeln dabei, und man sah sogar Mistgabeln. Weiß der Himmel, wo die Mistgabeln herkamen! Unterstadt hatte ja überhaupt keine Gärten.

»Alle Meinungsmaschinen sind gleichzeitig kaputtgegangen?«, fragte Odel erstaunt.

»Jawohl, alle!« In der Menge erkannte Herr Schnettelbeck den Spinnerich, der vorhin mit solcher Hingabe die Maschinen zerlegt hatte. »Alle Maschinen haben uns beleidigt!«

»W… wie, beleidigt?«, stammelte Odel wieder.

»Tun Sie nicht so unschuldig!«, rief noch jemand. »Sie wussten das ganz genau! Das sind schließlich Ihre Maschinen!«

»Beruhigen Sie sich«, rief Odel durch sein Sprachrohr, und er war wieder etwas gefasster. »Was auch immer passiert ist, die Stadtverwaltung und ich haben nichts damit zu tun. Wir werden uns morgen früh sofort darum kümmern. Gehen Sie bitte nach Hause ins Bett!«

Aber das tat die ungewaschene Masse nicht. Stattdessen begannen sie nun, faules Gemüse auf das Rathaus zu werfen. Odel schloss schnell das Fenster, aber nachdem das dritte matschige

Stück Obst an die Scheibe geknallt war, öffnete er es wieder. Ein Stück Kohlblatt verfehlte ihn nur knapp.

»Liebe Bürger«, rief er verzweifelt in sein Sprachrohr. »Wir haben beschlossen, einen Unterhändler ins Rathaus zu lassen. Denn wir wissen immer noch nicht, was eigentlich vor sich geht. Suchen Sie bitte einen Bürger Ihres Vertrauens aus, der zu uns hineinkommt und uns genau erklärt, was Sie wollen!«

Der Spinnerich drängelte sich vor. »Ich erklär's Ihnen«, blökte er. »Machen Sie die Tür auf!«

Sehr vorsichtig wurde die Tür von zwei Käferpolizisten geöffnet – nur einen Spalt weit.

Aber das nützte gar nichts. Sobald die Tür ein bisschen offen war, stürmte sofort die vorderste Front der Unterstadt-Bürger dagegen und drückte sie ein. Die Käfer flüchteten und die wütenden Bürger stürmten ins Rathaus. Die Luft in den engen Gassen stank nach Rauch, sodass man kaum atmen konnte.

»Los, komm mit«, keuchte Tinea. »Ich will dabei sein, wenn Odel den Hintern versohlt kriegt!« Sie zog Herrn Schnettelbeck am Vorderbein mit. Die Leute drängten sich auf der Rathaustreppe so eng, dass man kaum durchkam. Bevor die beiden die Tür erreichten, sahen sie plötzlich Odel auf den Balkon hinausschwanken. Seine dünnen Libellenbeine nützten ihm nicht viel. Er wich erschrocken vor seinen gewaltbereiten Bürgern zurück.

»Ihre Maschine hat gesagt, ich sehe aus wie ein Schuh auf Urlaub!«, kreischte eine Waldschabe.

»Und dass ich mich rasieren soll«, krähte ein Silberfischchen. »Und dass meine Füße stinken!«

»Und Ihre Tante«, schrie Tinea so schrill zu ihm hinauf, dass Odel sich umdrehte, »Ihre Tante hat gesagt, wir wären so nützlich wie Dreck an ihrem Schuhabsatz!«

Da blieb Odels Blick plötzlich an Herrn Schnettelbeck hängen, und ein Leuchten der Erkenntnis ging über sein Gesicht. Herr Schnettelbeck winkte freundlich. Und der Bürgermeister – dieses aalglatte, saubere Libellenmännchen – hatte plötzlich Angst im Gesicht stehen. Angst vor Herrn Schnettelbeck und was auch immer er angestellt hatte.

Und als er sich so umringt sah von wütenden Bürgern mit Fackeln und unerklärlichen Mistgabeln, schaute er gehetzt um sich und machte einen Satz in die Luft. Im Fall fing er an, mit den Flügeln zu schlagen, und flog davon.

»Hinterher!«, schrie Herr Schnettelbeck und breitete die Flügel aus.

Wütende flugfähige Insekten wiederholten seinen Ruf. Um ihn herum erhob sich ein Surren und Brummen, und hunderte Insekten stiegen aus den Gassen von Unterstadt und summten dem flüchtenden Bürgermeister in die Dunkelheit hinterher.

Herr Schnettelbeck ließ sich von ihnen mitreißen und flog, so schnell er konnte. Aber natürlich blieb er bald hinter den anderen zurück. Sie flogen weiter in die Grotte hinein, immer tiefer unter die Erde. Es dauerte nicht lange, da war Herr Schnettelbeck der Letzte (denn Mistkäfer sind nicht für Schnelligkeit gebaut, und außerdem war er ja recht alt). Vor ihm verschwanden einige wütende Fliegen und Wespen unter lauten Schmährufen in der Dunkelheit der Höhlen.

Ich muss sehen, wie sie ihn erwischen, dachte Herr Schnettelbeck. Ich will das nicht verpassen! Und so raste er weiter vorwärts, so schnell er konnte. Er sah kaum, wo er hinflog – und darum flog er mit dem Kopf gegen eine Felsnase, und dann wurde alles noch schwärzer, als es sowieso schon war.

Deshalb bekam er nichts davon mit, wie die wütende Meute von Unterstadt das Rathaus zerlegte und alle Möbel zertrümmerte. Wie die dicke Tante Agharta gefangen genommen, gefesselt und auf dem Meer in einem kleinen Bötchen ausgesetzt wurde. Oder wie der Bürgermeister der wütenden Menge gerade noch entkam, durch ein ganz kleines Loch im Felsen, was ihm seinen schönen, polierten Panzer zerkratzte – vermutlich auf ewig, aber so genau wusste das niemand, denn niemand sah Odel je wieder in dieser Stadt. Oder in diesem Land.

Und Herr Schnettelbeck bekam auch nicht mit, wie Tinea mit großem Genuss das Wirbeltierverbot verbrannte und um das brennende Papier herumtanzte. Oder wie sie alle Zimmer des Rathauses durchsuchen ließ, bis sie Professor Grätzlich in der Aktenkammer fand. Dieser wirkte aber gar nicht so abgehärmt und traurig, wie man nach der langen Gefangenschaft vermuten sollte. Im Gegenteil. Er hatte die Zeit genutzt, um auf den Rückseiten alter Akten ein neues Sachbuch zu schreiben.

»Druckfertig«, sagte er stolz. »Man hat mir freundlicherweise Papier und einen Bleistift überlassen. Eine umfassende Abhandlung über die Geschichte der Herren-Sportbekleidung!« Denn er war wirklich ein Mann von diversen Interessen.

Aber nun zurück zu Herrn Schnettelbeck.

Kapitel 15

Ein Grund zum Tanzen

Alles war dunkel. Langsam kam Herr Schnettelbeck zu Bewusstsein. Er lag auf dem Rücken, alles war kalt. Aber über ihm war etwas Helles, etwas Großes, das auf ihn niederleuchtete. Sein Schädel hämmerte. Nur langsam klärte sich sein Blick, und aus dem verschwommenen Licht wurden einzelne bläuliche Lichtpunkte. Hunderte, tausende.

Es waren die Sterne.

»Die Sterne«, schnaufte Herr Schnettelbeck. »Da sind sie ja!«

Ächzend drehte er sich um, ohne den Blick von den Lichtern abzuwenden. Er öffnete die Flügeldecken, breitete die Flügel aus und versuchte zu starten. Aber er war so zerschlagen und erschöpft, dass es ihm nicht sofort gelang. Vor Frust und Wut heulte er laut auf, und dann versuchte er es noch einmal, und diesmal kam er schaukelnd vom Boden hoch. Nur nach oben! Zu dem Leuchten!

Er kämpfte sich durch die Luft, sackte immer wieder ab und kam doch immer höher. Und bald waren sie ihm ganz nah. Direkt vor ihm leuchtete ein Stern, heller als alle anderen. Herr

Schnettelbeck, ganz betrunken von dessen Schönheit, breitete die Vorderbeine aus und flog direkt in ihn hinein.

Es war kein Stern. Natürlich war es kein Stern. Es war eine Falle. Herr Schnettelbeck klebte an einem langen Schleimfaden, an dessen Ende sich ein leuchtender Tropfen befand. Und jetzt sah er auch, dass es davon noch viel mehr gab. Hunderte, tausende Schleimfäden hingen von der Decke der Höhle – denn in einer Höhle war er immer noch – und jeder endete mit einem Licht.

Herr Schnettelbeck hatte nicht einmal mehr die Kraft, sich zu ärgern. Er stöhnte nur: »Auch das noch.«

Da begann der Faden, an dem er hing, zu schaukeln. Irgendjemand zupfte am anderen Ende. Und dann hörte er weit über sich ein begeistertes: »Jungs! Ich hab einen gefangen, einen ganz dicken! Ihr seid alle eingeladen!«

»Was geht hier vor?«, rief Herr Schnettelbeck.

Über ihm kicherte es, und dann stimmten viele, viele Stimmen mit ein. Und nun dämmerte es Herrn Schnettelbeck, dass an jedem dieser Fäden, hinter jedem dieser Lichter, ein gieriges Tier saß und hoffte, dass irgendein dummes Insekt ihm in die Falle gehen würde. So wie Herr Schnettelbeck.

Er rüttelte und zerrte an dem Schleimfaden, aber er kam nicht los. Derweil wackelte der Faden weiter, und wer auch immer vorhatte, Herrn Schnettelbeck zu fressen – er kam schnell näher. Auch die kichernden, schwatzenden Stimmen, die eben noch in der ganzen Höhle zu hören gewesen waren, schienen sich über ihm zusammenzurotten.

Und in diesem Moment gelangte Herr Schnettelbeck zu einer sehr wichtigen Erkenntnis: Er wollte gar nicht sterben. Wie war er nur auf die hirnverbrannte Idee gekommen, dass er sterben wollte? Noch eine Dungkugel, und dann Exitus? Von wegen!

Er brüllte vor Wut, riss an dem Faden und strampelte mit allen Beinen. Er breitete die Flügel aus und wollte davonsurren, aber er kam nicht weit. Mit einem Ruck pendelte er zurück und verhedderte sich dabei völlig in dem Klebfaden, von dem er hatte loskommen wollen.

Dann schaute er keuchend hoch, und direkt über sich sah er den ersten Lichtpunkt. Der Besitzer des Fadens war ganz nahe: ein schleimiger Wurm mit gierigem Gesichtsausdruck und blau leuchtendem Hinterteil. Herr Schnettelbeck fühlte in diesem Moment so einen Hass auf diesen Wurm, wie er ihn noch nie gefühlt hatte. Er schrie wieder, aber diesmal wie ein wildes Tier, das sich auf seine Beute stürzt. (Das sagt man nur so. Natürlich schreien wilde Tiere nicht wirklich, während sie sich auf Beute stürzen. Man will ja seine Beute überraschen.)

Und nun tat Herr Schnettelbeck etwas, was ihm in seinem ganzen langen Leben noch nicht in den Sinn gekommen war: Er warf sich auf den Wurm und biss ihn mit all seiner Kraft. Der Wurm kreischte heiser. Herr Schnettelbeck hatte zwar keine Zähne, aber mit den Mandibeln konnte er ordentlich zwicken, und der Wurm wand sich nach oben und krabbelte ein ganzes Stück seine eigene Fangleine hinauf.

Da merkte Herr Schnettelbeck, dass er nur an einem einzigen Faden hing. Von Kopf bis Fuß war er verklebt, aber wenn er diesen einen Faden durchtrennen konnte, würde er fallen – und dann wäre er außerhalb der Reichweite der scheußlichen Leuchtwürmer, die immer näher kamen.

Herr Schnettelbeck überlegte nicht lange. Er drehte den Kopf, bis er den Faden in den Mund bekam, und biss kräftig zu. Er schüttelte und rüttelte seinen Kopf und biss immer wieder zu, und dann spürte er, wie er ein Stück absackte. Sein Herz machte einen Hüpfer. Fast geschafft! Er biss noch ein letztes Mal zu, und der Faden löste sich in seinem Mund auf.

Und dann fiel er. Über ihm schrien die Leuchtwürmer enttäuscht. Seine Flügeldecken wollten sich öffnen, aber sie waren verklebt. Mit aller Gewalt drückte er sie auseinander, aber weiter als einen Spalt kriegte er sie nicht auf. Wie ein Stein fiel er, und wie ein Stein schlug er auf, und dann wurde alles wieder schwarz.

Es fühlte sich an, als würden Monifas Schleier sanft über sein Gesicht streichen. Sanfte, süße Stimmen umzwitscherten ihn. Vermutlich war er tot.

Aber Moment. Vermutlich hatten tote Leute nicht so einen ekligen Klebefaden-Geschmack im Mund. Und solche pochenden Kopfschmerzen. Es sei denn, die Kopfschmerzen waren die Strafe für ein Leben voller Nörgelei (dass er viel genörgelt hatte, das sah inzwischen sogar Herr Schnettelbeck ein). Ja, jetzt wurde alles klarer: Diese Kopfschmerzen waren seine ewige Strafe.

Er öffnete die Augen. Gespenster flatterten um seinen Kopf.

»So ist es also im Totenreich«, murmelte er. »Alles dunkel und voller Gespenster. Ich muss sagen, das lässt zu wünschen übrig.«

»He, Mistkratzer«, sagte Tinea und schubste ihn mit dem Fuß an. »Da bist du ja. Wir haben dich stundenlang gesucht.«

»Ach«, sagte Herr Schnettelbeck. Er war wohl doch nicht tot, und die Gespenster waren keine Gespenster, sondern Tineas weiße Birkenmotten. Sie flatterten überall in der kalten Höhlenluft herum. Einige saßen auf Herrn Schnettelbecks Brust und inspizierten ihn. Was er für Monifas Schleier gehalten hatte, waren die neugierig tastenden Antennen der Motten.

Ein Rettungstrupp war also gekommen, um ihn zu holen. Immerhin. Er setzte sich auf und eine widerliche Welle von Übelkeit schwappte über ihn. So schlecht war ihm noch nie gewesen.

»Mein Kopf«, wimmerte Herr Schnettelbeck. »Er fühlt sich ganz falsch an.«

Tinea ging in die Hocke und beäugte ihn kritisch. »Dein Schädel hat eine Delle. Aber mit so was können wir uns jetzt nicht aufhalten. Auf die Beine, los!«

Warum wackelt sie denn herum wie ein Pudding?, fragte sich Herr Schnettelbeck, aber irgendwie ahnte er, dass Tinea gar nicht wirklich wackelte. Das Wackeln war nur in seinem gedellten Kopf. Tinea hielt ihm eine Hand hin, und er drehte sich ungeschickt auf den Bauch und ließ sich hochziehen. Was war das für ein widerliches Pochen! Es klopfte und drückte in seinem Hirn.

»Ich kann nicht weiterlaufen«, jammerte er. »Lasst mich hier zurück!«

»Wir sind über den Rand der Welt hinausgeschossen worden und durch einen Wilden Wanderkorridor gelaufen«, erwiderte Tinea. »Und jetzt willst du aufgeben wegen einer lächerlichen Delle im Kopf. Nee, mein Lieber. Da geht es lang, komm!« Und dann fügte sie freundlicher hinzu: »Die Delle dengele ich nachher aus deinem Kopf raus. Ich kann alles reparieren, das weißt du doch. Und für dich gebe ich mir extra viel Mühe!«

Das klang gar nicht so schlecht, das musste Herr Schnettelbeck zugeben. Und so ließ er sich weiter mitziehen, über Felsen und durch tückische Spalten. Die Motten flatterten hinter ihnen her.

Es dauerte auch nicht lange, bis sie über sich einen gelblichen Glanz sahen, und sogar Herr Schnettelbeck (der ihn doppelt sah) konnte sich denken, dass es Unterstadt sein musste, was da in der Ferne vor sich hin schimmerte, weit über ihnen.

Tinea blieb stehen, schaute nachdenklich und rieb sich das Kinn. »Kannst du fliegen?«

Herr Schnettelbeck schüttelte sich matt. »Meine Flügel sind verklebt. Und überhaupt, wohin?«

»Unterstadt natürlich.«

»Nein«, erklärte Herr Schnettelbeck. Er konnte nicht einmal mehr gerade gucken. Mit ihm war es aus, da war er sicher. »Erzählt Monifa, dass ich tapfer gekämpft habe ...«

Tinea rollte mit den Augen. Dann pfiff sie sachte durch die Zähne, und die Motten kamen näher und umflatterten sie wie ein Schneesturm. Tinea pfiff noch einmal und einige Motten packten Herrn Schnettelbeck und hoben ihn hoch. Einige andere Motten packten Tinea an der Jacke und trugen sie durch die Luft. Und dann hob sich der ganze Mottenschwarm vom Erdboden ab und flog zum Licht. Tinea und Herr Schnettelbeck schwebten nebeneinanderher. Unterstadt kam näher.

»Siehst du«, sagte Tinea, »so nützlich ist es, wenn man Fremdsprachen kann.«

»Ich kann nicht mehr«, stöhnte Herr Schnettelbeck.

»Gilt nicht«, sagte Tinea streng. »Außerdem: Sobald wir in Unterstadt sind, mache ich die Delle aus deinem Kopf raus. Sofort. Hoch und heilig versprochen.«

Wie sie das machen wollte, ohne seinen Kopf noch mehr kaputtzumachen, da hatte Herr Schnettelbeck nicht die geringste Vorstellung. Aber mit einer Delle im Kopf kann man nicht gut denken, also fasste er Hoffnung. Die Motten trugen sie aufwärts, Stück für Stück. Und als ihm vor Erschöpfung schwummrig vor den Augen wurde – da kamen ihnen Fürbaß und Nepenthe entgegen. Fürbaß übernahm Herrn Schnettelbeck vorsichtig mit den Füßen und brachte ihn in Sicherheit.

»Da draußen sind sie am Feiern«, erklärte Tinea. »Aber erst einmal müssen wir deine Delle reparieren, dann gehen wir raus und geben uns mit ihnen die Kante!«

Herr Schnettelbeck und Tinea waren in der Werkstatt des Fledermuseums. Um sie herum saßen Nepenthe, Kannegießer und Strella. Kabel und Werkzeuge hingen an Haken an allen Wänden, Schrauben und Drähte lagerten in großen Marmeladengläsern auf allen Regalen. Nepenthe ging jedes einzelne Teil durch, um etwas Passendes zu finden.

Tinea bugsierte Herrn Schnettelbeck auf die Werkbank.

»Wie wollt ihr meinen Kopf denn reparieren?«, fragte Herr Schnettelbeck schwach und blinzelte ergeben in das Licht der Gasfunzel an der Decke.

»Keine Ahnung. Uns wird schon was einfallen«, sagte Tinea. Nepenthe rumorte weiter im Werkzeugschrank herum. »Wenn du ein Kessel wärst, würde ich die Delle einfach rausdengeln. Aber das geht ja nicht, weil ich nicht von der Innenseite dagegen klopfen kann.«

»Nein«, wehrte Herr Schnettelbeck entsetzt ab, »das geht nicht! Da drinnen ist mein Hirn!«

Tinea bohrte nachdenklich in ihrem Ohr. »Und wenn dein Kopf ein Tischtennisball wäre, würde ich ihn kochen, weil sich die Luft drinnen ausdehnt und die Delle wieder rausdrückt.

Aber das geht auch nicht. Nicht mangels Luft, du verstehst, sondern weil ich dich nicht kochen will.«

»Das hoffe ich doch!«, krächzte Herr Schnettelbeck und hatte irgendwie das Gefühl, dass man ihn gerade beleidigt hatte, aber sein gequetschtes Hirn fand einfach nicht heraus, womit.

Strella schaute ratlos vom einen zum anderen und kaute auf ihrer Flügelspitze herum.

»Bleibt nur die Möglichkeit, von außen Unterdruck auszuüben«, sagte Tinea, kratzte sich am Kinn und legte den Kopf schief.

»Und ich«, sagte Nepenthe fröhlich, »hab genau das richtige Werkzeug dafür.« Sie hob einen Toilettenpümpel gegen das Licht. »Unterdruck«, ergänzte sie zufrieden.

»Nein!«, rief Herr Schnettelbeck. »Nein, das lasse ich nicht mit mir machen!«

Tinea stand vor ihm und wedelte mit dem Pümpel. »Der ist sauber.«

»Nagelneu und noch nie benutzt«, ergänzte Nepenthe.

»Siehst du? Bloß eine ganz normale Saugglocke. Also komm her mit deiner Birne, du Heulsuse.«

Herr Schnettelbeck ächzte unter dem Druck auf seinen Schädel, aber er schüttelte den Kopf. »Mit einem Pümpel? Nein!«

»Ich setz mich auf ihn drauf«, erklärte Nepenthe, und das tat sie.

»Und ich halt seine Antennen«, verkündete Strella, aber niemand wusste, warum.

Kannegießer saß auf einem Schemel und lachte sich schlapp.

Herr Schnettelbeck konnte sich nicht wehren. Tinea setzte die Saugglocke an und begann zu pümpeln. Herr Schnettelbeck hörte einige übelkeitserregende Geräusche an seinem Kopf, aber zum Glück war ihm sowieso schon schlecht. Er kniff die Augen zu und wünschte sich, dass es bald vorbei sein möge. »Oh je, oh je«, wimmerte er.

Dann gab es plötzlich ein »Plopp«, das Herrn Schnettelbecks ganze Welt erschütterte. Alles, alles wurde für einen Augenblick aus den Fugen gerissen, sein Kopf schien zu implodieren – und dann war alles schön und klar und nichts tat mehr weh. Er sah auch nicht mehr doppelt.

»Dein Kopf macht sehr schön Plopp«, sagte Strella beeindruckt.

»Weg ist die Delle«, verkündete Tinea. »Und, wie fühlst du dich?«

»Besser«, murmelte Herr Schnettelbeck. »Der Schädel drückt nicht mehr auf mein Gehirn. Viel besser!« So ein Schutzkäfig, wie ihn der Professor trägt, hat doch etwas für sich, dachte er.

»Siehst du, ich hab doch gesagt, ich kann alles reparieren«, erklärte Tinea stolz.

Herr Schnettelbeck versuchte aufzustehen, aber die klebrigen Leuchtwurmfäden hielten ihn am Werkzeugtisch fest. Er wollte freundlich und höflich darum bitten, dass man ihn befreien möge, da kam schon Kannegießer und übergoss ihn mit einem Eimer kaltem Seifenwasser.

»So«, erklärte sie, und Herr Schnettelbeck konnte sich endlich losreißen. »Und jetzt zeige ich Ihnen unser Dampfbad. Ja, wir haben wirklich eine Menge toller Sachen hier in der Zitadelle! Dort können Sie sich den Dreck abwaschen. Und wir bereiten inzwischen einen Festschmaus vor!«

Herr Schnettelbeck marinierte sich über eine Stunde in dem Dampfbad. Immer wieder goss er sich kalt ab und ging dann zurück in den Dampfraum. Der Dreck quoll ihm aus allen Poren. Zum Schluss fühlte er sich ganz weich und wie neu. In ein großes Handtuch eingewickelt kam er schließlich wieder zum Vorschein. Tinea, Nepenthe und Strella warteten im Aufenthaltsraum auf ihn. Tinea malte mit Strella ein Bild. Die anderen Fledermäuse waren nicht zu sehen, aber in der sonst so stillen Zitadelle rumpelte und polterte es überall, und durch die Wände hörte man Stimmen.

Tinea legte die Stifte nieder und kam Herrn Schnettelbeck entgegen. »Wie neugewaschen. Sehr gut. Trink ein paar Tassen Tee, das macht dich wieder munter.«

Herr Schnettelbeck setzte sich gehorsam hin. »Was passiert jetzt?«

»Pf, keine Ahnung«, erklärte Tinea fröhlich. »Das Rathaus ist ja nun gestürmt. Das Wirbeltierverbot gibt's nicht mehr, weil ich es erstens verbrannt habe und zweitens keiner mehr da ist, um es durchzusetzen. Und zurzeit sind die Leute so schlecht auf ihren früheren Bürgermeister zu sprechen, dass sie aus Prinzip alles schlecht finden, was er gut gefunden hat.«

»Und die Polizisten?«

Tinea kicherte. »Der Polizeipräsident hat einen Zettel in eine Meinungsmaschine geworfen, und die hat ihn daraufhin einen Stinkbeutel genannt. Die Polizei sieht der ganzen Sache also mit Wohlwollen zu.«

»Stinkbeutel«, kicherte Strella.

Herr Schnettelbeck nippte nachdenklich an seinem Tee. »Und Monifa? Wo ist die?«

»Kuttelfleck holt sie grade«, grinste Nepenthe. »Er hat es sich nicht nehmen lassen, wieder einmal das liebende Paar zusammenzubringen.«

»He«, rief Herr Schnettelbeck empört, »das ist doch …«

»Sehr nett von ihm«, erwiderte Tinea. »Und weißt du, was ich jetzt mache? Ich gehe zurück zur Erdoberfläche, denn da oben sitzen alle auf glühenden Kohlen und wollen wissen, ob unser Plan funktioniert hat.«

»Holen Sie sie«, bat Nepenthe. »Und dann müssen Sie uns alle erzählen, was für ein Plan das war! Und wieso er so gut funktioniert hat.«

Strella guckte von einem zum anderen. »Darf ich das erzählen?«, fragte sie. »Darf ich? Ich will!«

»Sie müssen uns erst versprechen, dass Strella keinen Ärger kriegt, weil sie uns geholfen hat«, sagte Tinea zu Nepenthe.

»Strella?«, fragte Nepenthe verblüfft und betrachtete das kleine Fledermauskind. »Strella hat Ihnen geholfen? Unsere Strella?«

»Jetzt müssen wir aber gehen«, warf Herr Schnettelbeck ein. »Denn ich komme natürlich mit zur Oberstadt. Monifa muss leider noch ein bisschen auf mich warten. Erst muss ich meine Kameraden holen, das ist Ehrensache!«

Irgendeinen Grund zum Tanzen gibt es immer, hatte Monifa gesagt. Und genauso fühlte sich Herr Schnettelbeck, während sie auf dem Weg zum Schacht waren.

»Und? Wirst du dir eine kleine Wohnung hier unten nehmen?«, fragte Tinea, die ihr Kostüm ganz und gar abgelegt hatte. Kein Bürger auf der Straße sagte etwas gegen ihre Wirbeltierhaftigkeit. »Oder gehst du nach Moosing zurück?«

»Ich möchte doch gar nicht hier wohnen«, winkte Herr Schnettelbeck ab. »Alles, was ich wollte, waren die Sterne. Und jetzt habe ich sie wieder.«

»Dann kannst du ja jetzt deine Dungkugel rollen und sterben«, schlug Tinea vor.

»Wir werden sehen.« Herr Schnettelbeck polierte sein Vorderbein. »Und was tust du, jetzt, wo du in der Unterstadt wohnen darfst?«

Da starrte Tinea ihn völlig verblüfft an. »Was? Was soll *ich* denn in der Unterstadt?«

Herr Schnettelbeck starrte ebenso verblüfft zurück. »Dafür hast du doch die ganze Zeit gekämpft, oder? Dass die Wirbeltiere in der Unterstadt wohnen dürfen?«

Tinea schüttelte den Kopf. »Aber ich will doch nicht in Unterstadt wohnen! In einer Stadt, wo ich auf dem Kopf stehen muss? Bin ich denn bekloppt?«

»Aber«, rief Herr Schnettelbeck ganz außer sich, »warum denn dann der ganze Aufwand?«

»Weil ich es nicht leiden kann, wenn mich jemand irgendwo rauswirft«, sagte Tinea und schnaubte durch die Nase.

»Ach so, deswegen«, sagte Herr Schnettelbeck und dachte, dass Tinea doch ein ganzes Stück dämlicher sein musste, als er immer gemeint hatte.

»Nee, ich geh wieder zurück ans Tageslicht«, erklärte Tinea vergnügt.

»Dann kann ich dich ab und zu besuchen«, sagte Herr Schnettelbeck. »Es ist ja nicht weit bis zu deinem Dorf. Vorausgesetzt, du schneidest deine Himbeeren.«

Tinea dachte kurz nach. »Nee«, sagte sie noch einmal. »Ich glaube, ich kann jetzt nicht so einfach zurück nach Hause. Ich hab so viel Neues gelernt, damit will ich noch nicht aufhören. Ich glaube, ich geh auf die Walz.«

»Ah, eine alte und wertvolle Tradition«, erklärte Herr

Schnettelbeck. »Das habe ich als junger Käfer auch gemacht. Zwei Jahre auf Wanderschaft, das waren meine wichtigsten Lehrjahre.«

»Und meine Himbeeren dürfen wachsen, wie sie wollen.« Tinea streckte ihm die Zunge heraus.

Als sie durch den Schacht kamen, bemerkte Herr Schnettelbeck erstaunt, dass es heller Tag war.

»Na klar, es ist Vormittag«, erklärte Tinea. »Wir haben die ganze Nacht nach dir gesucht.«

Und da kam ihnen schon Donna-Doria entgegengerannt und platzte fast vor Neugier.

Zwar gab es die Oberstadt nicht mehr, aber den Verlust ihrer Zelte verschmerzten die Oberstädter angesichts der frohen Kunde leicht. Sie konnten es gar nicht erwarten, endlich frei in der Unterstadt herumzustreifen.

Haugbrot war ihnen nicht böse. Nur meinte er: »Ihr habt's euch ganz schön umständlich gemacht. Ich hatte einen neuen Plan, wie es viel leichter gegangen wäre. Absolut risikofrei. Aber ich will nichts sagen, es hat ja auch so funktioniert!«

Donna-Doria war selig. Ihre Haare standen noch zu Berge von der elektrischen Entladung, aber sie hätte nicht glücklicher sein können. »Ha!«, sagte sie immer wieder. »Aus mir wird eines Tages noch eine richtige Meteoromagie-Hexenmeisterin!«

»Jetzt kommt mit in die Stadt«, rief Tinea. »Im Fledermuseum bereiten sie eine riesige Sause vor. Und die Fledermäuse wollen euch alle kennenlernen. Professor Grätzlich sitzt schon im Ausstellungssaal und erzählt ihnen Sachen über ihre Ausstellungsstücke, die sie selbst noch nicht wussten. Und die Motten warten auch schon.«

Und so geschah es. In der Unterstadt begannen bereits die Vorbereitungen zur Wahl eines neuen Bürgermeisters (man überlegte sogar, ob vielleicht auch ein Wirbeltier-Kandidat aufgestellt werden sollte, denn Nicht-Wirbeltiere waren offensichtlich auch nicht gegen Charakterschwäche gefeit). Drinnen im Fledermuseum liefen die Vorbereitungen für die Feier auf Hochtouren. Mit großem Hallo wurden die Oberstädter von den Fledermäusen willkommen geheißen. Und alle feierten Strella, die kleine Heldin, die den großen Coup überhaupt erst möglich gemacht hatte. Sie platzte fast vor Stolz und erzählte immer wieder ganz genau ihren Teil der Geschichte. Jedes Mal, wenn sie ihn erzählte, kamen ein paar neue interessante Details dazu – zuerst ein Drache, dann ein Wirbelsturm und schließlich ein furchteinflößender Heuschreck mit einem Säbel.

»Ich glaub, jetzt übertreibst du aber«, sagte Tinea schließlich trocken.

»Prinzipiell finde ich die Entscheidung, eine ganze Stadt unter Strom zu setzen, ethisch etwas fragwürdig«, sagte der Professor.

»Stimmt schon«, sagte Blechstein und hob sein Glas, »aber hier heiligt eben der Zweck mal die Mittel.«

Das war eine Sause, wie sie Herr Schnettelbeck noch nicht gesehen hatte. Nicht einmal mit seinem Gesangsverein damals war es so zur Sache gegangen. Es wurde gegessen, getrunken, getanzt und gesungen. Feierlich wurde das Schild neben dem Faksimile des Wirbeltier-Erlasses ausgetauscht. Auf dem neuen Schild stand: *Einzige Kopie des mittlerweile zerstörten Wirbeltiererlasses. Historisches Lehrstück.*

Fräulein Monifa führte einige ihrer schönsten Tänze vor.

Gegen Mitternacht war der Skarabäustanz dran. Ein kleines bisschen beschwipst schaute Herr Schnettelbeck zu und war wieder einmal ganz hingerissen.

Zum Schluss taumelte Monifa zurück zum Tisch und sagte: »Weißt du, ich habe die Oberstadt noch nie gesehen. Lass uns doch mal zur Erdoberfläche fliegen, dann kannst du sie mir zeigen.«

»Aber gerne«, erwiderte Herr Schnettelbeck und stand auf. Galant bot er ihr den Arm an.

»Oh, ihr geht?« Plötzlich stand Tinea auch auf den Füßen. »Ich komme mit!«

Herr Schnettelbeck wollte eigentlich endlich etwas Zeit allein mit Monifa verbringen. »Wir fliegen leider hinaus«, sagte er deshalb. »Und du kannst nicht fliegen.«

»Aber du kannst mich tragen«, sagte Tinea fröhlich. »Moment, ich hole nur meinen Rucksack!« Und leise fügte sie hinzu: »Keine Angst, ich störe euch nicht lange.«

Und so verließen Monifa und Herr Schnettelbeck das Fest Arm in Arm, und Tinea hechtete hinter ihnen her.

Während sie durch den Schacht nach oben flogen, fiel Herrn Schnettelbeck plötzlich Tineas schwerer Rucksack auf. »Sag mal«, fragte er, »wofür hast du denn all das Zeug mitgenommen?«

Tinea, die auf seinem Rückenschild saß, antwortete: »Weißt du doch. Ich geh auf die Walz.«

»Jetzt sofort?« Herr Schnettelbeck wäre fast aus der Luft gefallen.

»Na ja, ich hasse lange Abschiede. Und man soll ja gehen, wenn's am schönsten ist, nicht?«

Herr Schnettelbeck wollte noch etwas sagen, aber da blieben ihm die Worte im Hals stecken.

Denn als er fast am Ausgang des Schachtes angekommen war, sah er die Sterne. Die wirklichen, echten Sterne, hunderte, tausende am schwarzen Firmament. Ein paar dunkle Wolkenfetzen zogen vorbei, aber dazwischen leuchteten die Sterne wie eh und je, weiß und klar und wunderschön. Er hatte ganz vergessen, *wie* schön sie waren. Und es fühlte sich so gut und richtig an, sie endlich wieder an ihrem Platz zu sehen!

Die beiden Käfer landeten auf der feuchten Heide, und Tinea stieg von Herrn Schnettelbecks Rücken ab.

»Tja«, sagte sie etwas entschuldigend zu Monifa, »hier war mal die Oberstadt. Leider ist sie ja explodiert. Und jetzt, ähm … jetzt mache ich mich besser auf den Weg.«

Herr Schnettelbeck war etwas verlegen. »Ähm«, machte er. »Ähm. Mach es gut und lass dich nicht von einem Habicht fressen.«

»Tja«, sagte Tinea ebenso verlegen. »Tschüss, Mistkratzer. Tschüss, Fräulein Monifa.«

Eine Sekunde lang stand sie zögernd da, dann legte sie auf einmal die Arme um Herrn Schnettelbeck und drückte ihn an sich. Aber schnell ließ sie ihn wieder los, warf ihren Rucksack über die Schulter und stapfte davon. Bevor sie zwischen den Heidekraut-Stängeln verschwand, drehte sie sich noch einmal um und winkte. Dann verschluckte sie die Dunkelheit.

Herr Schnettelbeck schaute ihr hinterher. Plötzlich hatte er niemanden mehr, der ihm widersprach und ihm ständig die Zunge herausstreckte. Das gefiel ihm seltsamerweise überhaupt nicht. In meinem Alter sollte man sich nicht mehr umgewöhnen müssen, dachte er etwas empört.

Monifa schaute ihn wissend an.

»Sie ist ganz in Ordnung«, murmelte er. »Für ein Wirbeltier.«

»Und?«, grinste Monifa. »Bist du zufrieden? Mit den Sternen, meine ich. War es den ganzen Ärger wert?«

Herr Schnettelbeck schüttelte sich und kam in die Wirklichkeit zurück. »Ärger?« sagte er leichthin. »Es war fast ein Vergnügen!«

Monifa lachte, summte mit den Flügeln und hob erneut ab. »Los, komm«, rief sie, und da dachte Herr Schnettelbeck daran, dass er ja jetzt eine Monifa hatte. Und das machte ihm den Abschied von Tinea gleich etwas leichter.

Monifa flog in den sternenklaren Nachthimmel hinein und Herr Schnettelbeck surrte schnaufend hinterher. Die Welt unter ihnen wurde kleiner und kleiner und war irgendwann nur noch ein dunkler Fleck. Nach einer Weile holte er Monifa ein.

»Was wirst du denn tun, wenn deine großen Ferien vorbei sind?«, fragte er.

Monifa legte den Kopf schief. »Ich weiß noch nicht. Vielleicht nehme ich mir eine nette kleine Höhle und genieße meinen Ruhestand.«

»Weißt du, ich dachte mir«, sagte Herr Schnettelbeck, »warum kommst du nicht mit mir nach Moosing? Ich lerne auch besser tanzen. Wenn du es mir beibringst. Und meine Höhle ist groß genug für zwei.«

Monifa schaute ihn unergründlich an. Herrn Schnettelbeck schlug das Herz bis zum Hals. War er jetzt zu vorwitzig gewesen? Fand sie seinen Vorschlag furchtbar? Aber dann grinste sie.

»Sehr gerne«, sagte sie.

Herr Schnettelbeck hätte schreien können vor Glück, aber stattdessen räusperte er sich nur verhalten. »Ähäm. Warte nur, bis meine Kinder dich kennenlernen, diese altbackenen Spießer. Das wird ein Skandal«, erklärte er fröhlich und schüttelte die Vorderfüße. »Ein Skan-dal!«

Monifa schaute ihn mit schiefem Kopf an, und da merkte Herr Schnettelbeck, was sie wollte. »Erst mal«, sagte sie, »musst du mich fangen.« Und dann surrte sie lachend davon.

Herr Schnettelbeck machte einen Luftsprung im freien Flug und sauste hinterher. Schaut her, ich habe die Sterne wieder an den Himmel gebracht, dachte er. Und ich habe noch lange nicht meine letzte Dungkugel gerollt.

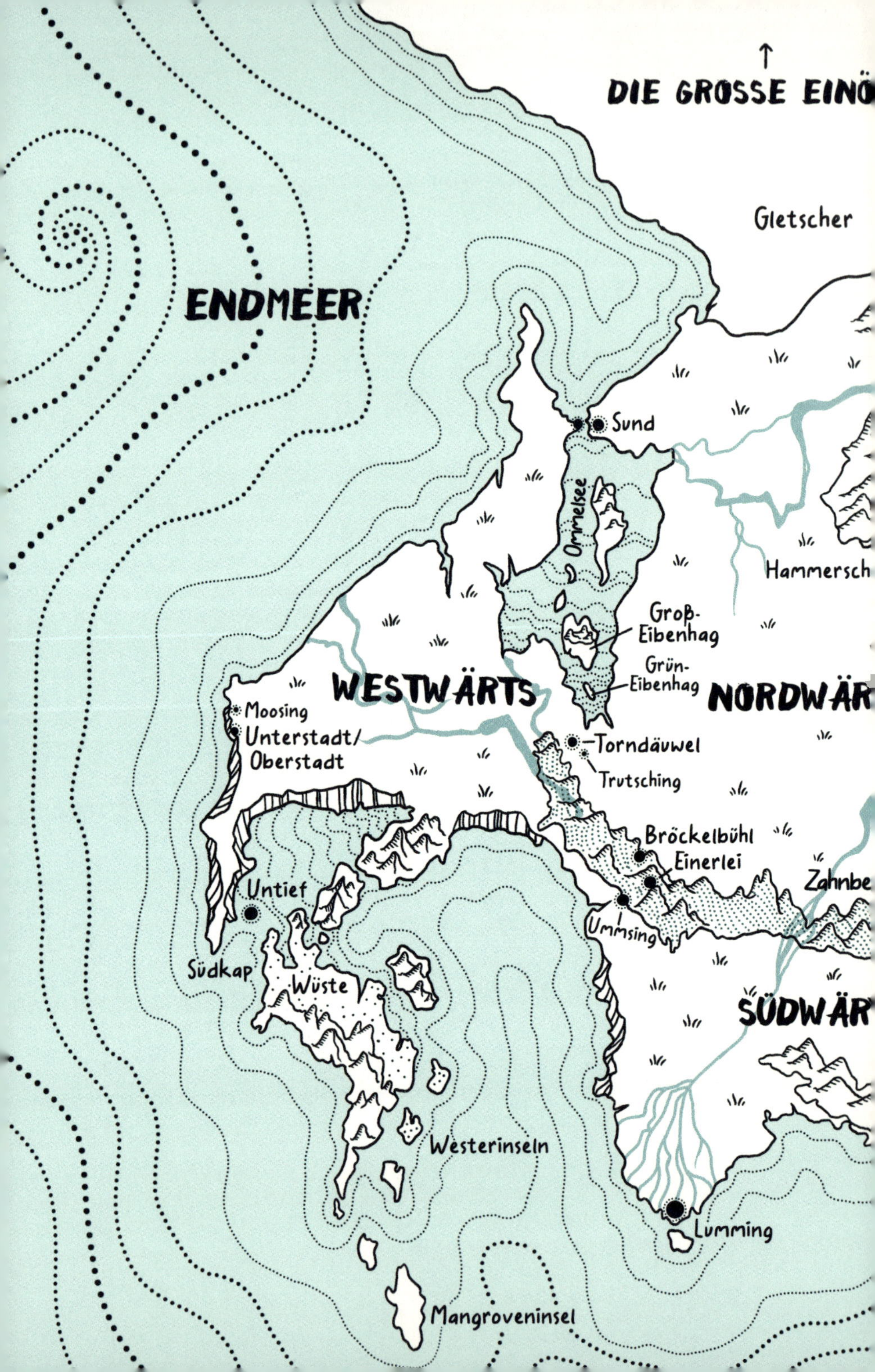
DIE GROSSE EINÖ
Gletscher
ENDMEER
Sund
Ommelsee
Hammersch
Groß-
Eibenhag
Grün-
Eibenhag
WESTWÄRTS
NORDWÄR
Moosing
Unterstadt/
Oberstadt
Torndäuwel
Trutsching
Bröckelbühl
Einerlei
Zahnbe
Untief
Ummsing
Südkap
Wüste
SÜDWÄR
Westerinseln
Lumming
Mangroveninsel

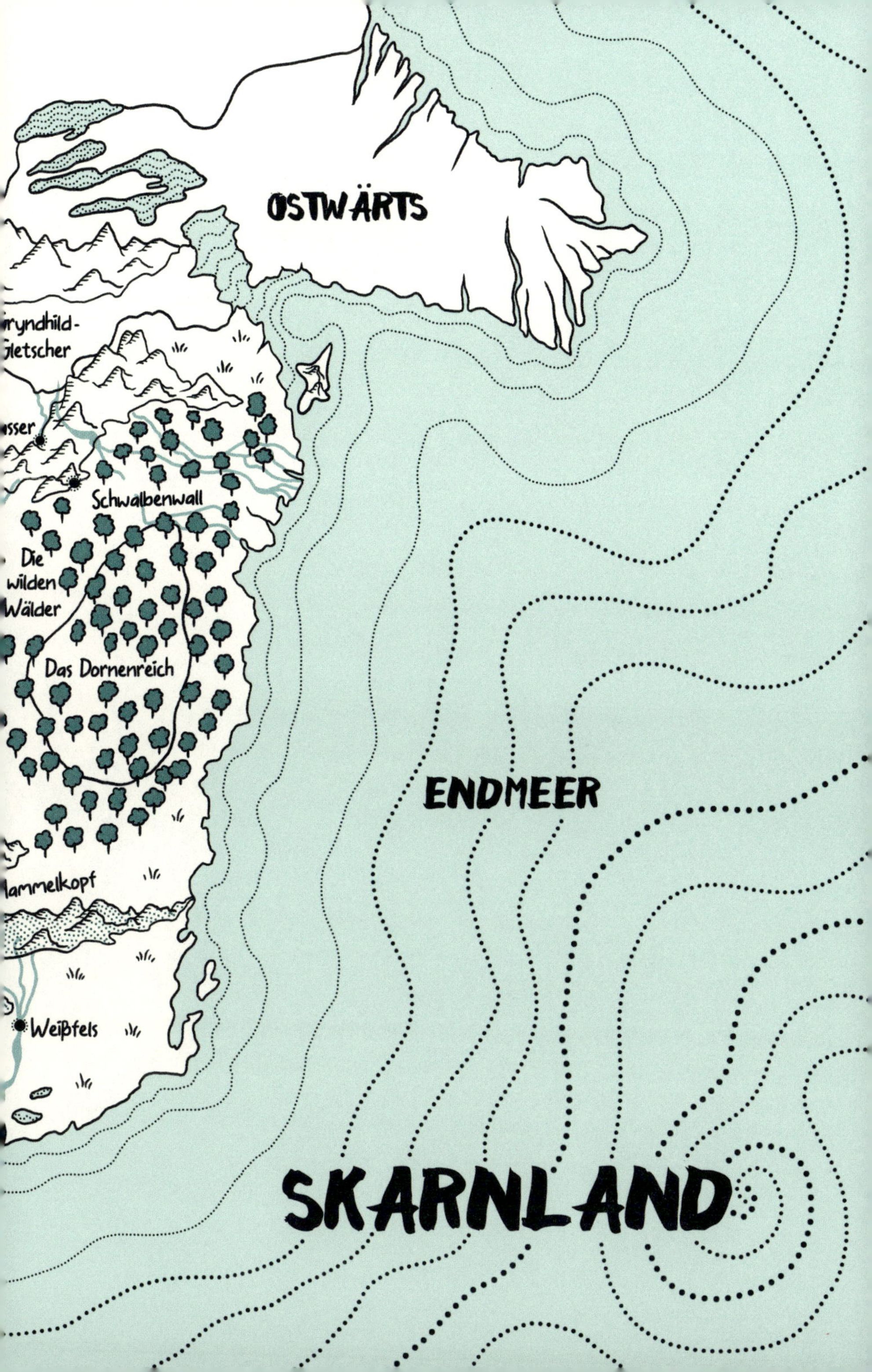
OSTWÄRTS
ryndhild-
Gletscher
sser
Schwalbenwall
Die
wilden
Wälder
Das Dornenreich
ammelkopf
Weißfels
ENDMEER
SKARNLAND

Verena Reinhardt, geboren 1983 in Wiesbaden fand als Zehnjährige eine alte Schreibmaschine auf dem Sperrmüll und tippte fortan in rasender Geschwindigkeit zahlreiche Romane und Kurzgeschichten, die aber niemals veröffentlicht wurden. Sie studierte Biologie und Anglistik in Mainz sowie in Birmingham/England und promovierte von 2011–2014 über das Bestäubungsverhalten der Honigbiene. Während dieser Zeit schrieb sie ihr erstes Buch *Der Hummelreiter Friedrich Löwenmaul*. Ihre dritte Leidenschaft neben der Biologie und dem Schreiben gilt der Musik, sie spielt Lead-Gitarre in einer Punkband. Verena Reinhardt wohnt mit ihrer Familie in Wiesbaden. www.verenareinhardt.de

Zuvor veröffentlichte sie neben *Der Hummelreiter Friedrich Löwemaul* auch *Die furchtlose Nelli, die tollkühne Trude und der geheimnisvolle Nachtflieger*.

MIX
Papier aus verantwortungsvollen Quellen
FSC® C089473

Dieses Buch ist erhältlich als
ISBN 978-3-407-75458-5 Print
ISBN 978-3-407-74984-0 E-Book (EPUB)

in der Verlagsgruppe Beltz · Weinheim Basel
Werderstraße 10, 69469 Weinheim

Lektorat: Barbara Gelberg
Einband, Zwischentafeln und Vignetten: Elsa Klever
Landkarte: Alexandra Helm
Herstellung: Jasmin Kerstner
Satz: Publikations Atelier, Dreieich
Gesamtherstellung: Beltz Bad Langensalza GmbH, Bad Langensalza
Printed in Germany
1 2 3 4 5 22 21 20 19

Weitere Informationen zu unseren Autor_innen und Titeln
finden Sie unter: www.beltz.de

Einfach brummbastisch!

Verena Reinhardt

Der Hummelreiter Friedrich Löwenmaul

Roman
Gebunden, 521 Seiten
Beltz & Gelberg (82097)
E-Book (74643)
Ab 10 Jahre

Von Anfang an ist Friedrich Löwenmaul, letzter Spross einer berühmten Familie von Hummelreiter, diese Mission nicht ganz geheuer: Zusammen mit Hieronymus Brumsel soll er im Auftrag von Ophrys, der Königin von Südwärts, den Norden des Landes ausspionieren – ein wildes Land, von dem Gefahr droht. Himmel nochmal! Wird es ihnen gelingen, alle Insekten und sonstige kuriose Kreaturen zu vereinen, um den großen Krieg von Skarnland zu verhindern? Ein irrwitzig spannender Abenteuerroman.

»Dieser Wälzer ist vieles zugleich: Krimi, Abenteuer-, Spionage-, Fantasyroman. Vor allem aber ist er tierisch spannend, schillernd geschrieben und sogar lehrreich.« *GEOlino*

www.beltz.de BELTZ & Gelberg

Ein irrwitziger Krimi!

Verena Reinhardt

Die furchtlose Nelli, die tollkühne Trude und der geheimnisvolle Nachtflieger

Roman
Gebunden, 184 Seiten
Beltz & Gelberg (82320)
E-Book (74695)
Ab 10 Jahre

Haselmaus Nelli, Messerwerferin Trude und die illustre Truppe des Wanderzirkus Woimick haben keinen Schimmer, warum der Kompass total verrückt spielt und ihr Zeppelin ziellos im Nirgendwo treibt. Plötzlich gehen alle Kunststücke schief – die Jungfrau Hilde wird fast zersägt, die seiltanzende Spinne stürzt beinahe vom Seil und Nelli wird um ein Haar aufgespießt! Doch Nelli will sich partout nicht gruseln, sie ist überzeugt: hinter alledem steckt ein geniales Verbrechen. Mit detektivischem Spürsinn, Trude im Schlepptau und den drei Zwergsiebenschläfer vom Trapez will sie Licht ins das geheimnisvolle Dunkel bringen.

»Reinhardt erzählt mit überbordender Fabulierlust und hält den Spannungsbogen bis zum Schluss« *Lilo Solcher, Augsburger Allgemeine*

www.beltz.de BELTZ & Gelberg